I0610754

BROOKS (SFOA)

GOLD TEAM – STAHLHARTE BESCHÜTZER
BUCH EINS

RILEY EDWARDS

OPERATION ALPHA

WILLKOMMEN

Liebe Leserinnen und Leser,

willkommen in der Fan-Fiction-Welt von *Special Forces: Operation Alpha!*

Falls Sie diese Welt zum ersten Mal betreten, sollten Sie wissen, dass die Autorin in ihrer Erzählung einen oder mehrere meiner Charaktere verwendet. Manchmal spielt die Figur dabei eine wichtige Rolle in der Geschichte, und zuweilen wird sie nur kurz erwähnt. Das ist völlig legal und erlaubt, da der Roman von Aces Press, LLC veröffentlicht wird.

Dieses Buch ist vollständig das Werk der Autorin. Zwar habe ich beim Brainstorming geholfen und Ideen eingebracht, wenn es darum ging, welche meiner Figuren in der Erzählung erwähnt werden würden, aber ich hatte weder Einfluss auf den Schreibprozess noch auf die Bearbeitung der Geschichte.

Ich bin stolz und begeistert, dass meine Figuren so viel Anklang finden und viele Autorinnen und Autoren ihnen in ihren eigenen Erzählungen Platz schaffen. Vielen Dank, dass Sie sie und mich unterstützen!

Viel Spaß beim Lesen!

Susan Stoker xoxo

WILLKOMMEN

Liebe Leserinnen und Leser,

willkommen in der Fan-Fiction-Welt von *Special Forces: Operation Alpha!*

Falls Sie diese Welt zum ersten Mal betreten, sollten Sie wissen, dass die Autorin in ihrer Erzählung einen oder mehrere meiner Charaktere verwendet. Manchmal spielt die Figur dabei eine wichtige Rolle in der Geschichte, und zuweilen wird sie nur kurz erwähnt. Das ist völlig legal und erlaubt, da der Roman von Aces Press, LLC veröffentlicht wird.

Dieses Buch ist vollständig das Werk der Autorin. Zwar habe ich beim Brainstorming geholfen und Ideen eingebracht, wenn es darum ging, welche meiner Figuren in der Erzählung erwähnt werden würden, aber ich hatte weder Einfluss auf den Schreibprozess noch auf die Bearbeitung der Geschichte.

Ich bin stolz und begeistert, dass meine Figuren so viel Anklang finden und viele Autorinnen und Autoren ihnen in ihren eigenen Erzählungen Platz schaffen. Vielen Dank, dass Sie sie und mich unterstützen!

Viel Spaß beim Lesen!

Susan Stoker xoxo

BEVOR SIE DIESES BUCH LESEN

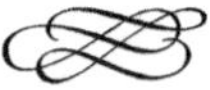

Danke, dass Sie sich für den Kauf von *Brooks (SFOA)* entschieden haben. Ich bin überglücklich, erneut in Susan Stokers *Special Forces: Operation Alpha* Universum mitwirken zu dürfen. Seit vielen Jahren bin ich ein Fan von Susan und habe jedes ihrer Bücher (mehrfach) gelesen. Obwohl ich mein Bestes getan habe, um ihren Originalcharakteren treu zu bleiben (denn sie sind einfach fantastisch), bin ich nicht Susan. Daher habe ich die Figuren so wiedergegeben, wie ich sie als Leserin erlebt habe.

Ich möchte, dass alle Fans der SOP-Reihe das Gefühl haben, alten Freunden zu begegnen, wenn sie ihre geliebten Charaktere darin wiederfinden. Ich hoffe, dass ich ihnen gerecht geworden bin. Aber vergessen Sie bitte nicht, dass ich mir auch einige Freiheiten genommen habe.

In *Brooks (SFOA)* spielen auch einige Charaktere der Reihe *SEALs of Protection: Legacy* mit: Rocco, Ace, Gumby, Phantom, Bubba und Rex. Zudem sind einige Bösewichte und Handlungselemente aus *Ein Beschützer für Caite* in dem Buch vertreten. Sie können *Brooks (SFOA)* durchaus als eigenständigen Roman lesen, aber ich würde Ihnen empfehlen, sich zuerst *Ein Beschützer für Caite* zu Gemüte zu führen.

Und natürlich wird der unbestrittene IT-König und Cyber-Genie John »Tex« Keegan uns auch wieder beehren.

Ich hoffe, Sie genießen die Welt, die ich für Sie erschaffen habe, so sehr, wie ich es geliebt habe, sie zu gestalten.

PROLOG

ZANE LEWIS

Das ununterbrochene Klingeln meines Handys riss mich aus einem tiefen Schlaf. Wütend griff ich danach und tippte meinen zehnstelligen Sicherheitscode ein, ohne darauf zu achten, wer anrief.

»Zane«, meldete ich mich knurrend.

Es war zwei Uhr morgens. Wenn mich jemand um diese Zeit weckte, musste er schon am Verbluten sein.

»Wir haben ein Problem.« John »Tex« Keegan kam sofort zur Sache. Seine Direktheit war eine der vielen Eigenschaften, die ich an dem Mann schätzte. Zudem war er mit Abstand der beste Computerfreak, den ich je getroffen hatte. Natürlich würde ich ihn in seiner Anwesenheit nie einen Freak nennen.

»Das wundert mich nicht.« Ich warf einen Blick auf meine schöne Frau, als sie sich im Schlaf auf die Seite rollte und ein Seufzen ausstieß. Der sexy Laut brachte meinen Schwanz augenblicklich zum Zucken. Vor nicht einmal einer Stunde hatte sie das gleiche Geräusch von sich gegeben, nachdem ich sie mit meinem Mund und meinen Fingern zum Orgasmus gebracht hatte. Schweren Herzens stand ich auf, schnappte mir eine Jogginghose und ging nach unten. »Was für ein Problem?«

»Tatiana Jones hat mich angerufen, nachdem sie erfahren hat, dass das Gold Team in Bahrain ist.«

Diese Aussage allein enthielt so viele Informationen, die ich erst einmal verarbeiten musste.

»Um zwei Uhr mitten in der Nacht?«

»In Bahrain ist es zehn Uhr morgens.«

»Tatiana Jones ist in Bahrain?«

Mein Verstand war auch noch nicht aufgewacht.

»Ja. Und sie will eine Garantie, dass das Team für sie kein Problem darstellen wird.«

»Was zum Teufel soll das? Ich dachte, sie hätte sich zur Ruhe gesetzt. Sie hat sich doch einen Mann geangelt, um mit ihm in den Sonnenuntergang zu schippern. Oh warte, ich vergaß. Sie hat dieses Arschloch Monroe geheiratet. Ich vermute, die Ehe ging in die Brüche.«

Ivy hätte mir die Hölle heißgemacht, wenn sie mitbekommen hätte, wie ich über das Scheitern von jemandes Ehe scherzte. Nun, wenn sie gewusst hätte, was für ein Arschloch James Monroe war, dann hätte sie mir vielleicht sogar recht gegeben. Er war nicht nur eine Schande für sämtliche Spezialeinheiten, sondern auch ein beschissener Ehemann, wie ich gehört hatte.

»Nachdem sie Monroe endlich losgeworden war, hat sie sich wieder in die Arbeit gestürzt«, erklärte Tex.

»Hat sie einen neuen Arbeitgeber gefunden oder ist sie in ihren alten Job zurückgekehrt?«

»Ersteres. Sie arbeitet jetzt allein.«

Verdammt. Mir blieb nichts anderes übrig, als dem Treffen zuzustimmen.

»Könntest du sämtliche Informationen, die du über sie sammeln kannst, in einem Dossier zusammenstellen und an Declan weiterleiten?«

»Das soll wohl ein Scherz sein. Das kann ich nicht tun. Selbst wenn ich etwas herausfinden könnte, würde ich es nie in einen Bericht schreiben.«

»Würdest du einem Treffen mit einer Unbekannten zustimmen?«, fragte ich.

»Nein, auf keinen Fall.«

»Ganz genau. Dec wird ein Dossier verlangen. Es ist mir egal, wie spärlich es ausfällt, aber irgendetwas müssen wir ihm geben. Das Treffen wird sicher nicht lange dauern. Das Gold Team wird nur noch ein paar Tage in Bahrain sein. Höchstens.«

Als Tex ein tiefes, grollendes Lachen ausstieß, hielt ich inne. Bisher hatte ich den Mann noch nicht oft lachen gehört.

»Was ist so lustig?«

»Du weißt, wie die Frau aussieht?«

»Scheiße.«

Mittlerweile lachte Tex schallend. »Viel Glück.«

»Arsch«, murmelte ich. »Danke für die Vorwarnung.«

»Immer gern zu Diensten. Bis morgen werde ich etwas zusammengestellt haben.«

»Gute Nacht.«

Ich trennte die Verbindung und starrte aus dem bodentiefen Fenster, von dem man einen Blick auf den Jachthafen hatte. Mein Instinkt sagte mir, dass diese Sache nicht gut ausgehen würde.

Tatsächlich tat Declan Crenshaw mir leid. Ich hatte

ihm gerade die Leitung des Gold Teams übertragen. Den Mann plagte eine innere Unruhe und ich dachte, es würde ihm vielleicht helfen, sein eigenes Team zu befehligen. Bevor er die Stelle in meinem Unternehmen annahm, hatte er jahrelang als verdeckter Ermittler für die CIA gearbeitet. Er hatte mir nie verraten, was er in dieser Zeit alles gesehen und getan hatte, und ich hatte ihn auch nie gedrängt, es mir zu erzählen. Aber das Erlebte ließ ihn offenbar nicht mehr los.

Tatiana würde für Declan keine Versuchung darstellen. Er hatte deutlich gemacht, dass er nicht vorhatte, sesshaft zu werden. Andererseits hatte ich das auch nicht geplant, bis ich Ivy traf. In dem Moment, in dem ich sie zum ersten Mal gesehen hatte, war ich verloren. Aber Declan würde sich nicht für die Frau interessieren. Sollte er irgendwann einmal bereit sein, sich zu binden, dann an ein zartes Mauerblümchen. Tatiana war alles andere als zart.

»Was tust du da?«, wollte Ivy wissen.

Ich hatte ihre Schritte gehört, als sie die oberste Stufe der Treppe erreicht hatte. Selbst wenn ich nicht darauf trainiert gewesen wäre, auch nur das leiseste Geräusch wahrzunehmen, hätte ich gewusst, dass sie im Zimmer war. Mein Körper reagierte immer sofort auf ihre Anwesenheit.

»Ich denke nach«, antwortete ich, als sie mir von hinten die Arme um die Taille legte.

»Worüber?«

»Darüber, wie gut es sich anfühlen wird, wenn ich dich gegen das Fenster drücke und in dich eindringe.«

»Wirklich? Warst du deshalb so in Gedanken versunken?«

»Ja.«

Bevor sie noch weitere Fragen stellen konnte, hatte ich sie in meine Arme gezogen und gegen das Fenster gepresst. Ich hob sie hoch und sie schlang ihre Schenkel um meine Taille.

»Ich liebe dich, Zane.«

»Ich liebe dich, Ivy.«

Sobald ich in dem warmen Körper meiner Frau versunken war, waren sämtliche Gedanken an das Gold Team und Tatiana Jones verflogen. Die Männer würden schon zurechtkommen. Immerhin bestand das Team aus fünf ehemaligen Elitesoldaten, die mit einer einzelnen Frau fertigwerden würden. Auch wenn diese Frau den Ruf hatte, die beste Agentin zu sein, die die CIA je ausgebildet hatte. Das war, bevor sie zur Einzelkämpferin wurde.

KAPITEL EINS

Drei Dinge wusste ich mit Sicherheit. Erstens, die Frau, die mir gegenübersaß, war eine Lügnerin. Zweitens, es ging mich nichts an, warum sie sich hinter einer Tarnung versteckte. Und drittens, sie hatte die sinnlichsten Beine, die ich je gesehen hatte. Ich ließ den Blick von den sexy schwarzen Stilettos über ihre Waden bis zu den durchtrainierten Oberschenkeln wandern. Verdammte Scheiße. Ich hatte kein Recht, sie anzustarren, aber ich konnte nicht anders. Sie zog mich förmlich in ihren Bann.

Laut dem Dossier, das mein Chef Zane Lewis an das Team geschickt hatte, hieß sie Tatiana Jones. Declan, Max, Thad, Kyle und ich hatten uns die spärlichen Informationen angesehen. Angeblich arbeitete sie für die UN als Beauftragte für politische Angelegenheiten. Das bedeutete, dass sie zur Abteilung für Terrorismusbekämpfung gehörte. Zweifellos stand sie auf deren Gehaltsliste, aber ihre Körpersprache und ihr wissender Blick verrieten mir, dass sie eine Agentin war.

Kaum hatten wir ihr Büro betreten, ließ sie uns wissen, wie sehr ihr unsere Anwesenheit im Königreich Bahrain missfiel. Sie wusste, weshalb wir hier waren. Wir sollten der Spur des Geldes folgen und ein weiteres Puzzleteil zusammensetzen. Eine reine Aufklärungsmission, mit der wir auf keinen Fall der Antiterroreinheit der Vereinten Nationen in die Quere kommen sollten. Es sei denn, sie führte uns an der Nase herum. Und das tat sie.

»Ich wurde über den Vertrag informiert, den Militrix für die transozeanische Verkabelung erhalten hat. Meine Taucher haben das Gebiet um den King Fahd Causeway abgesucht und keine Kabel gefunden.« Sie klang, als hätte sie die Worte eingeübt. Zweifellos wollte sie uns so schnell wie möglich loswerden.

»Ihre Taucher?«, warf ich ein.

Warum sollte eine Beauftragte für politische Angelegenheiten ein Team von Tauchern zur Verfügung haben? *Ganz ausgeschlossen.*

»Ja. Meine. Das Gebiet ist sauber.«

Interessant. In ihrem verzweifelten Bemühen, uns von ihrem momentanen Projekt abzuhalten, war ihr ein Fehler unterlaufen. Ein Anfängerfehler. Vielleicht war sie nicht so gut ausgebildet, wie ich zunächst angenommen hatte. Möglicherweise war sie nur eine Nachwuchsagentin.

»Wenn es Ihnen nichts ausmacht, würde ich mir das gern selbst ansehen«, drängte ich.

Ich brauchte weder ihre Erlaubnis, noch legte ich Wert darauf. Aber ich wollte sie zum Reden bringen. Tatiana Jones führte irgendetwas im Schilde. Woran auch immer sie arbeitete, hatte zwar keinen Einfluss auf unsere Mission, aber es machte mich neugierig. Tatsächlich hatte ich das Bedürfnis, mehr über diese Frau in Erfahrung zu bringen.

»Das ist nicht nötig. Ich habe vollstes Vertrauen in …«

»Sicher. Sie haben vielleicht Vertrauen in Ihre Taucher, aber ich nicht. Und, bei allem Respekt, selbst wenn ich jemandem vertraue, überprüfe ich die Dinge gern selbst.«

Tatiana lehnte sich zurück und beäugte mich mit einem kritischen Blick. Aha. Ich hatte recht. Sie stand kurz davor, sich in die Karten blicken zu lassen. Es gab sicher nicht viele Menschen, die es wagten, ihr mitten im Satz das Wort abzuschneiden. Außerdem hätte ich wetten können, dass sie es nicht gewohnt war, Anweisungen entgegenzunehmen. In ihre Augen trat eine Mischung aus feuriger Wut und eisiger Verachtung. Der Anblick war verdammt sexy. *Ja, von ihr würde ich mich nur allzu gern herumkommandieren lassen.* Ich hatte große Lust, sie noch weiter zu verärgern, nur um diesen Gesichtsausdruck noch einmal sehen zu können.

»Ich weiß alles darüber, wie Sie die Dinge überprüfen, Mr. Miller. Außerdem kenne ich Männer wie Sie nur allzu gut.«

Da haben wir's ja. Offensichtlich hatte ich ein heißes Eisen angepackt. Vielleicht ein herrischer Vater oder dominanter Ehemann.

Männer wie Sie … Am liebsten hätte ich ihr gesagt, dass sie noch nie einem Mann wie mir begegnet war. Dessen war ich mir sicher.

»Ach wirklich? Und was für ein Mann bin ich, Schätzchen?«

»Ein Überflieger. Sprengstoffexperte. Kampftaucher. Fallschirmjäger. Experte für taktisches Abseilen.«

Ihre Liste meiner Qualifikationen war unvollständig und ich unterdrückte den Drang, sie über mich aufzuklären. Aber in meiner Einheit hatte ich als Bester im Nahkampftraining abgeschnitten. Ich hatte die Gabe, meine Hände gekonnt einzusetzen.

Und damit meinte ich nicht nur meine Fähigkeit, einen Mann auf hundert verschiedene Arten zu töten, ohne dabei ins Schwitzen zu geraten.

»Schön zu sehen, dass Sie Ihre Hausaufgaben gemacht haben. Leider war der Bericht, den wir über Sie erhalten haben, nur einen Absatz lang. Darin stand nichts über Ihre Errungenschaften.«

»Meine Errungenschaften sind nicht von Bedeutung. Wichtig ist nur, dass Sie meine Operation nicht durchkreuzen.«

Interessant. Sie hatte tatsächlich ihre Karten auf den Tisch gelegt. Die Frage war nur, ob sie absichtlich mit der Sprache herausgerückt war oder ob sie sich verplappert hatte.

»Nun, Miss Jones. Ich darf Sie doch mit *Miss* ansprechen, nicht wahr? Wir wollen Ihnen nicht in die Quere kommen. Ich werde mich heute Nachmittag kurz umsehen, und in ein paar Tagen sind wir hoffentlich wieder auf dem Weg nach Hause.«

»Das geht Sie eigentlich nichts an«, entgegnete Tatiana. »Ich werde Sie selbst dorthin bringen. Morgen früh um fünf Uhr.«

»Sie werden mich dorthin bringen?«

»Gut zu wissen, dass all die Kampfeinsätze Ihr Gehör nicht in Mitleidenschaft gezogen haben.«

»Was wissen Sie über das Tauchen?«

»Sie sind nicht der Einzige mit besonderen Qualifikationen, mein Freund. Sind wir fertig? Denn ich habe noch etwas zu erledigen. Mir wurde versprochen, dass ihr mir keine Probleme bereiten würdet.«

Ich hätte gute Lust gehabt, die Frau noch weiter zu sticheln, aber Declan sah aus, als würde er jeden Moment einen Schlaganfall bekommen. Uns wurde nahegelegt, Tatiana nicht zu verärgern. Obwohl die Details über sie bestenfalls lückenhaft waren, war nicht zu übersehen, dass sie einige sehr wichtige Leute kannte.

»Es wird keine Probleme mit uns geben«, bestätigte Declan. »Wir sammeln nur Informationen und werden wieder verschwinden.«

»Gut. Ich habe in weniger als einer Woche einen wichtigen Termin. Mir wäre es recht, wenn Sie bis dahin abgereist sind.«

»Ah. Sie werfen uns also aus dem Land?« In einer dramatischen Geste legte ich mir die Hand aufs Herz.

Tatiana schüttelte den Kopf und schien nicht im Geringsten amüsiert. »Große Egos bringen immer eine große Klappe mit sich«, murmelte sie. »Ich wünsche Ihnen noch einen schönen Tag, meine Herren. Mr. Miller, wir sehen uns an den Docks entlang der 59th Avenue, Rampe fünfzehn.«

Das, was sie als großes Ego bezeichnete, war mein Selbstvertrauen, das ich mir hart erarbeitet hatte. Ich würde nicht länger als ein paar Stunden brauchen, um ihr den Ausdruck der Verachtung aus dem Gesicht zu wischen.

Tatiana wartete nicht, bis wir aufgestanden waren, bevor sie den Raum verließ. Auch das war sexy.

»Verdammt, Bruder, ich fühlte mich schon in die

Grundschule zurückversetzt«, scherzte Kyle mit einem Lachen.

»Ich habe nur darauf gewartet, dass du sie an den Haaren ziehst«, warf Max ein.

»Glaubt mir, ihr Idioten, wenn wir mehr Zeit hätten, würde ich dieses Teufelsweib nicht nur an den Haaren ziehen. Heilige Scheiße, diese Beine in den himmelhohen Absätzen sind verdammt sexy. Und dieser Mund. Von mir aus kann sie mir gern noch ein paar unflätige Bemerkungen an den Kopf werfen«, erwiderte ich.

»Behaltet euren Schwanz in der Hose. Wir sind nur hier, um Aufklärung zu betreiben«, mahnte Declan.

»Verstanden, Boss.«

»Brooks wünscht sich nur, er hätte Zeit für eine schnelle Aufklärungsmission«, bemerkte Thad und lachte über seinen eigenen Witz.

Wir verließen das UN-Gebäude und die heiße Luft schlug mir ins Gesicht. Ausnahmsweise beschwerte ich mich nicht über die Temperaturen, denn ich war viel zu beschäftigt damit, mir auszumalen, wie ich Tatiana Jones aus der Reserve locken konnte.

»Worüber lachst du?«, wollte Max wissen.

»Ich musste gerade daran denken, wie wütend sie morgen früh sein wird, wenn sie herausfindet, dass ich bereits dort getaucht bin und das Gebiet geräumt habe.«

»Wirst du es ihr sagen?«, meldete Kyle sich zu Wort.

»Darauf kannst du wetten.«

»Bitte versaue diese Operation nicht. Nur rein und raus, mehr nicht«, stöhnte Declan.

»Genau darauf hat er gehofft. Rein und raus, und schon ist er fertig.« Thad klopfte Declan auf die Schulter.

»Keine Sorge, an dem Zeitplan wird sich nichts ändern. Er braucht nicht länger als fünf Minuten.«

Declans Lippen umspielte kaum merklich ein Lächeln, als er den Kopf schüttelte. Als neuer Anführer unseres Teams würde er schon bald feststellen, dass wir nur scherzten. Aber wenn es darauf ankam, waren wir voll bei der Sache und absolut tödlich.

KAPITEL ZWEI

In den vergangenen zwölf Stunden war mir Brooks Miller entschieden zu häufig im Kopf herumgespukt. Es war mir scheißegal, was er und sein Team in Bahrain zu erledigen hatten. Solange sie meine Mission nicht behinderten, konnten sie im Golf herumtollen, so viel sie wollten.

Aber warum zum Teufel stand ich dann in aller Herrgottsfrühe um halb fünf an den Docks an Rampe fünfzehn, statt friedlich in meinem Bett zu schlummern?

Ich war aufgebracht. Das war der Grund. Und vielleicht auch ein bisschen neugierig. Ich wusste, dass der Bereich sauber war, denn ich hatte ihn selbst geräumt. Das hatte ich Brooks und seinem Team natürlich nicht verraten. Ich hatte ihnen ohnehin schon mehr erzählt, als ich hätte preisgeben sollen. Mir war bewusst, dass sie meine Tarngeschichte nicht glaubten. Aber das war auch nicht nötig, solange niemand auf dem Marinestützpunkt neben dem Anbau, den ich nur für meine Zwecke eingerichtet hatte, Fragen über meine Anwesenheit stellte.

»Sieh mal einer an.« Brooks' tiefe Stimme jagte mir einen Schauer über den Rücken, obwohl um diese Uhrzeit bereits dreißig Grad herrschten. »Ich hätte nicht gedacht, dass Sie so eine Frühaufsteherin sind. Und dennoch sind Sie dreißig Minuten früher als vereinbart erschienen. Und *mich* nennen Sie einen Überflieger.«

»Ich komme nicht gern zu spät. Das ist unhöflich.« Er kam mit langen, selbstsicheren Schritten auf mich zu und blieb etwa einen Meter vor mir stehen. Dann ließ er den Blick gemächlich von meinen Schuhen bis hinauf zu meinen Haaren wandern, die ich zu einem Pferdeschwanz zusammengebunden hatte. »Genauso unhöflich ist es, jemanden derart unverhohlen anzustarren.«

»Ich kann Ihnen versichern, dass ich so einige Angewohnheiten habe, die andere als unhöflich erachten würden. Aber mir ist scheißegal, was die Leute von mir denken. Ich wollte mich lediglich vergewissern, dass Sie passende Kleidung für eine Bootsfahrt tragen, mehr nicht. Falls Ihnen das missfällt, ist das Ihr Problem, Schätzchen.«

Offenbar war ich zu voreilig gewesen. Scheiße.

Statt mich jedoch für die Unterstellung zu entschuldigen, fragte ich: »Sind Sie bereit?«

»Ich wurde bereit geboren.«

Ja, das wunderte mich nicht. Er war genauso wie all die anderen Kerle, die immer einen lässigen Spruch auf den Lippen hatten. In diesem Punkt unterschied Brooks sich nicht von meinem Ex-Mann. Alles nur Gerede. Er hatte Regeln aufgestellt und Befehle gebellt. Und er hatte sein Berufs- und Privatleben strikt voneinander getrennt, bis die beiden miteinander kollidiert waren.

»Wo waren Sie gerade mit Ihren Gedanken, Schätzchen?«

Weshalb stand er plötzlich so dicht vor mir? Und warum zum Teufel nannte er mich *Schätzchen*? Ich hatte einen Namen, den sollte er benutzen.

»Nirgendwo. Das Boot ist gleich hier vorn.«

Ich brauchte etwas Abstand von ihm, also sprang ich an Bord des Bayliners.

»Ist das Ihres?«

Fast hätte ich laut gelacht, denn ich lebte aus einem Koffer. Ich besaß weder ein Haus noch ein Boot.

»Es ist nur geliehen«, antwortete ich, als er das sechs Meter lange Motorboot bestieg. Er ließ die Muskeln an seinen Armen spielen, als er die schwere Tauchtasche ins Boot hievte.

»Legal?«

Mit der Frage brachte er mich zum Lächeln. »Diesmal schon.«

»Verdammt, eine Frau ganz nach meinem Geschmack.«

Ich zollte der Bemerkung keinerlei Beachtung und startete stattdessen den Motor. Ohne Brooks darum bitten zu müssen, löste er die Leinen vom Steg und rollte die Taue ordentlich auf. Es war unverkennbar, dass er einmal ein guter Seemann gewesen war.

»Wissen Sie denn, wie man das Ding bedient?«

Ich ignorierte seine Frage und drückte den Gashebel nach vorn. Wir fuhren an den anderen Booten vorbei aus dem Hafen.

»Sie reden nicht viel, nicht wahr?«

»Nur, wenn ich etwas zu sagen habe«, entgegnete ich.

Die frische Meeresbrise und der Anblick des sich langsam rosa färbenden Horizonts weckten Heimweh in mir. Es kam mir wie eine halbe Ewigkeit vor, seit ich das letzte Mal in den USA gewesen war. Nach meiner Scheidung hatte ich keinen Fuß mehr nach San Diego gesetzt, obwohl ich dort nach wie vor einen Lagerraum gemietet hatte, der vollgestopft war mit Dingen, die ich weder brauchte noch wollte. Nichtsdestotrotz konnte ich mich nicht dazu durchringen, ihn auszumisten. Darin befanden sich Erinnerungen an ein früheres Leben. Damals hatte ich geglaubt, ein Traum sei wahr geworden, doch er hatte sich als riesiger Fehler entpuppt.

Die Gischt des Salzwassers erinnerte mich daran, wie gern ich früher in die kalte Brandung des Pazifiks hinausgewatet war. Ich hatte es geliebt, meine Bahnen zu schwimmen, bevor ich in eine leere Wohnung zurückkehrte, in der ich nichts anderes zu tun hatte, als auf James Monroe zu warten. Bis er schließlich vom Stützpunkt nach Hause kam und wie immer an mir herummäkelte. Meine Güte, das vermisste ich wahrlich nicht. Genauso wenig wie die Tatsache, dass ich damals so untätig war. Ich hatte einen Job aufgegeben, den ich geliebt hatte, um eine Familie zu gründen, die nie zustande kam.

»Tatiana?« Brooks riss mich aus meinen Gedanken.

»Hm?«

»Sie träumen wohl ziemlich oft.«

»Ich habe nur gerade an zu Hause gedacht.« *Warum zum Teufel habe ich das zugegeben?* Mit einem Kopfschütteln fuhr ich fort: »Entschuldigen Sie, was haben Sie gesagt?«

»Wo ist Ihr Zuhause?«

Das war eine gute Frage. Eine noch bessere Frage war,

warum ich überhaupt an San Diego dachte. Ich trauerte dieser Zeit nicht nach, denn ich hatte die Erinnerungen daran mitsamt meinem Bedauern schon vor einer ganzen Weile in einer Kiste verstaut. Und ich hatte nicht vor, sie wieder aufleben zu lassen. Nie wieder.

»Hier und dort. Wo auch immer die UN mich hinschickt.«

»Sicher. Womit wir wieder bei Ihrer albernen Tarngeschichte wären.«

»Wir sind nie von ihr abgewichen. Außerdem ist sie nicht albern. Ich arbeite tatsächlich für die UN.«

Ich verlangsamte das Boot und machte mich bereit, den Anker zu werfen. Wir waren etwa hundert Meter von der zentralen Insel des King Fahd Causeway entfernt.

»Der Arbeitsauftrag sah eine transozeanische Verkabelung von der zentralen Insel nach Umm Al Nasaan vor. Das Gebiet ist sauber. Niemand hat …«

»Ich weiß.«

»Sie wissen es?« Ich kniff die Augen zu dünnen Schlitzen zusammen. Die Geste war jedoch keine Reaktion, um mich vor der aufgehenden Sonne zu schützen. »Was hat das zu bedeuten?«

»Ich hatte am Tag unserer Ankunft Lust auf ein Bad im Meer und habe nach dem Rechten gesehen. Und ich stimme mit Ihrer Einschätzung überein. Das Gebiet ist sauber.«

»Was zum Teufel tun wir dann hier draußen, Brooks?«

»Es ist doch ein schöner Morgen für eine Bootsfahrt.«

»Wollen Sie mich verarschen?«, zischte ich.

»Nicht doch.«

Er schlenderte gemächlich zum Bug und machte es sich auf der Sitzbank bequem, wobei er lässig die Arme auf die Reling stützte. Er war die Selbstgefälligkeit in Person.

»Sie sind unglaublich. Aber es sollte mich nicht überraschen, dass ein Mann wie Sie so einen Schwachsinn abzieht.«

»Da ist es ja wieder. *Ein Mann wie ich.* Würden Sie vielleicht näher erläutern, was Sie damit meinen?«

»Nein. Und nennen Sie mich nicht *Schätzchen.*«

»Soll ich Sie lieber *Zuckerpuppe* nennen?«

Der Kerl trieb mich noch in den Wahnsinn.

»Ganz sicher nicht. Mir wäre es lieber, Sie würden den Mund halten und meine Zeit nicht länger verschwenden.«

»Sie haben mir doch angeboten, mich hierherzubringen. Tatsächlich haben Sie mir befohlen, mich mit Ihnen am Pier zu treffen. Ich habe Ihrem Befehl nur Folge geleistet.«

Unglaublich. Dieser arrogante Mistkerl.

Ich legte den Gang ein und gab mehr Gas, als nötig gewesen wäre. Der Motor heulte auf und der Bug hob sich. Ich konnte mir ein Lächeln nicht verkneifen, als Brooks gezwungen war, sich an der Reling festzuhalten, um nicht über Bord zu fallen.

Zu meinem Verdruss lachte er jedoch nur. Der Wind rauschte mir um die Ohren, daher konnte ich das Lachen nicht hören, aber ich konnte es sehen. *Arschloch.*

Als wir uns dem Jachthafen näherten, verlangsamte ich das Tempo. Brooks stand auf und stellte sich neben mich. Er war mir so nahe, dass mir sein würziger Duft in die Nase stieg. Wie hatte mir dieses Aroma zuvor entgehen können?

»Haben Sie persönliche Leibwächter?«, wollte er wissen. Die Frage war seltsam.

»Nein.«

»Dann werden Sie verfolgt.«

»Wie bitte?«

»Die beiden Kerle dort drüben.« Mit einem Nicken zeigte er auf eine leere Rampe. »Sie sind Ihnen von Ihrer Wohnung gefolgt. Kennen Sie sie?«

»Ich glaube nicht.« Plötzlich wurde mir die Bedeutung seiner Worte bewusst. »Einen Moment mal. Sie sind mir ebenfalls von meiner Wohnung aus gefolgt?«

»Halten Sie das Boot an, Tatiana.«

Scheinbar reagierte ich nicht schnell genug, denn Brooks legte seine Hand auf meine und zog den Gashebel nach hinten. Der Bayliner schaltete ruckartig in den Rückwärtsgang und der Motor stotterte. Brooks riss das Steuerrad herum und das Boot machte eine scharfe Linkskurve. Dann schob er den Hebel wieder nach vorn und wir schossen los.

»Was zum Teufel soll das?«

»Ziehen Sie mein Handy aus meiner linken Gesäßtasche.«

»Warum? Was ist …«

Ich verstummte, als die erste Kugel an uns vorbeizischte. Hastig fischte ich das Gerät aus seiner Hose. Er nannte mir eine Nummer, die ich sogleich eintippte, dann nahm er mir das Telefon aus der Hand und hielt es sich ans Ohr.

Ich drehte mich wieder zum Pier um und war dankbar zu sehen, dass wir an Abstand gewannen. Aber wir waren noch nicht weit genug weg. Entfernt hörte ich, wie Brooks sagte, dass wir in Schwierigkeiten steckten, doch ich konzentrierte mich mehr auf das, was am Pier vor sich ging.

»Äh, Brooks? Ich glaube, die Typen haben eine Panzerfaust.«

Er blickte sich ruckartig um, wobei ihm das Telefon aus der Hand fiel und auf dem Deck aufschlug. »Ich hoffe, Sie können schwimmen«, sagte Brooks, dann schlang er die Arme um mich und sprang mit mir über Bord.

Wir bewegten uns mit einer Geschwindigkeit von über siebzig Stundenkilometern, als wir aufs Wasser aufschlugen. Es war weit entfernt von einem anmutigen Sprung in einen spiegelglatten Teich. Ich tauchte mit der Schulter zuerst ein. Statt sofort wieder an die Wasseroberfläche zu schwimmen, packte Brooks mich am Arm und zog mich weiter in die Tiefe. Meine Lunge brannte und ich versuchte, mich aus seinem Griff zu befreien. Ich war zwar eine gute Schwimmerin, aber auf einen Freitauchgang war ich nicht vorbereitet.

Brooks hielt inne und drehte mich zu sich, sodass mein Gesicht nur wenige Zentimeter von seinem entfernt war. Das Salzwasser brannte mir in den Augen, doch ich starrte ihn wie gebannt an. Er wirkte völlig entspannt.

Eine Schockwelle trieb uns durchs Wasser. Brooks packte meine Hände und hielt mich fest. Ich musste gegen den Drang ankämpfen einzuatmen. Die Zeit schien sich zu verlangsamen und mit jeder Sekunde wuchs mein Bedürfnis nach Sauerstoff. Ich war dabei zu ersticken.

Zwei starke Arme schlangen sich um meinen Körper und schwammen mit mir in Windeseile an die Oberfläche. Hätte ich es nicht besser gewusst, hätte ich geschworen, dass wir von einem Tauchscooter nach oben gezogen wurden. Brooks schob mich an die Oberfläche und ich schnappte nach Luft. Eine Sekunde später tauchte auch er auf und wirkte nicht im Geringsten beunruhigt.

»Geht es Ihnen gut?«

Ich hustete zu heftig, um zu antworten, und begnügte mich mit einem Nicken.

»Rollen Sie sich auf den Rücken und lassen Sie sich treiben. So werden Sie leichter wieder zu Atem kommen.«

Ich versuchte vergeblich, seinem Rat zu folgen. Schließlich erbarmte er sich meiner und drehte mich auf den Rücken. Ich konzentrierte mich auf den wolkenlosen Himmel und zählte meine Atemzüge.

»So ist es gut. Atmen Sie langsam ein und aus«, sagte er.

»Was zum Teufel?«, brachte ich keuchend hervor.

»Wollen Sie mir erzählen, warum jemand Ihnen nach dem Leben trachtet?«

Wenn ich nicht auf seine Hilfe angewiesen gewesen wäre, wäre ich weggeschwommen. Aber meine Lunge brannte immer noch und meine Gliedmaßen versagten mir den Dienst.

»Vielleicht hatten die Kerle es auf *Sie* abgesehen.«

»Negativ.«

»Woher wollen Sie das wissen?«

»Ich bin noch nicht lange genug in Bahrain, um jemanden verärgert zu haben. Und die Feinde, die ich mir im Laufe der Jahre gemacht habe, wären nicht derart schlampig.«

Dieser selbstgefällige Mistkerl. Sogar seine Attentäter waren besser als meine. Natürlich wäre jemand, der ihn töten wollte, wesentlich raffinierter als jemand, der es nur auf mich abgesehen hatte. Auch das war etwas, was ich an meinem Ex-Mann nicht vermisste. Ich hatte ihm nicht einmal sagen können, dass mir kalt war und ich mir eine Jacke anziehen wollte, ohne mir anhören zu müssen: *Du weißt nicht, was kalt ist, bis du die Kälte erlebt hast, die ein Navy SEAL aushalten muss.*

»Meine Güte, Sie sind aber ziemlich reizbar.« Er lachte nur.

Wer zur Hölle lachte, während er im Wasser trieb, nachdem er beinahe von einer Panzerfaust ins Jenseits befördert worden war?

»Ich habe doch gar nichts gesagt.«

»Das mussten Sie auch nicht. Ich kann es Ihnen an der Nasenspitze ansehen. Ich sage es ja nur ungern, aber Sie können sich nicht verstellen.«

»Haben Sie Ihrem Team mitteilen können, wo wir uns befinden?«

»Ja.«

»Und?«

»Wir warten. Die Jungs werden bald eintreffen.«

»Bald? Was soll das bedeuten?«

»Genau das, was ich gesagt habe. Wir werden warten. Da ich den Pier von hier aus nicht sehen kann, weiß ich nicht, ob die Kerle vielleicht dort auf uns warten. Ich könnte zwar unbemerkt zurückschwimmen, aber Sie wollen wahrscheinlich nicht, dass ich Sie hier draußen allein treiben lasse. Also warten wir.«

Es ärgerte mich zwar, es zuzugeben, aber er hatte recht. Bis zum Pier waren es etwa achthundert Meter. Ich hätte die Strecke zwar schwimmen können, aber unbemerkt wäre ich dabei nicht geblieben, soviel war sicher. Und ich hatte keine Lust herauszufinden, ob ich es schaffen würde, mich so lange an der Oberfläche zu halten, wie er brauchen würde, um ans Ufer und zurück zu schwimmen.

Nein, es wäre klüger, mich auf dem Rücken treiben zu lassen, den Mund zu halten und auf sein Team zu warten.

Verdammt! Es war mir zuwider, auf seine Hilfe angewiesen zu sein, doch ich hatte keine Wahl.

KAPITEL DREI

»Entspannen Sie sich, Schätzchen.«

Obwohl Tatiana die Lippen zu einer dünnen Linie zusammengepresst und die Stirn gerunzelt hatte, war unverkennbar, wie schön sie war. Ich wünschte, ich hätte eine Möglichkeit, die Sorgenfalten auf ihrer Stirn zu glätten. Nur zu gern hätte ich ihr versichert, dass sie in dem warmen Wasser des Golfs nichts zu befürchten hatte, doch ich glaubte nicht, dass sie meine Bemerkungen sonderlich zu schätzen wusste. Gestern hatte es noch Spaß gemacht, sie zu reizen, doch jetzt erschien es mir grausam. Man konnte so einiges über mich sagen, aber bösartig war ich nicht.

In ihren intelligenten Augen spiegelte sich ein trauriger Ausdruck wider, der von Schmerzen zeugte. Aber nicht von körperlichen Qualen, sondern von seelischen. Es erklärte zumindest, warum sie sich hinter dieser unnahbaren, knallharten Fassade versteckte. Ich würde zwar nicht so weit gehen, sie als Zicke zu bezeichnen, aber sie war ein bissiges Luder. Pech für sie, denn ich hatte eine Vorliebe für aufsässige und temperamentvolle Frauen. Ihr Verhalten schreckte mich nicht ab. Vielmehr wedelte sie mit dem sprichwörtlichen roten Tuch vor dem Stier.

»Ich habe es Ihnen schon einmal gesagt. Nennen Sie mich nicht Schätzchen.«

Ja, sie hatte Mumm, und das gefiel mir. Am liebsten hätte ich ihr irgendeinen niedlichen Kosenamen an den Kopf geworfen, nur um zu sehen, wie sie reagieren würde, doch ich hatte zu viel Angst davor, dass sie ertrinken könnte.

»Also schön, *Tatiana*. Während wir warten, können wir uns auch über Ihren Job unterhalten. Was beinhaltet die Arbeit einer Beauftragten für politische Angelegenheiten?«

Ich spürte, wie sie sich versteifte. »Was genau wollen Sie wissen?«

»Ich würde gern den wahren Grund für Ihren Aufenthalt in Bahrain erfahren. Aber ich bezweifle, dass Sie mir diesen verraten werden. Also erzählen Sie mir doch von Ihrer Arbeit bei der UN.«

»Ich analysiere Sicherheitsberichte und verifiziere Informationen.«

»Wie verifizieren Sie die Informationen, die Sie erhalten?«

»Das hängt von der Region ab. Manchmal werde ich einer Einheit zugeteilt. Für gewöhnlich einem Zug aus der Armee. Zuweilen bin ich auf mich allein gestellt.« Sie wandte den Blick vom Himmel ab und drehte mir ihr Gesicht zu. »Werden Sie denn nicht müde?«

»Nein. Ich könnte den ganzen Tag lang Wasser treten.«

»Das ist keine Überraschung. Tauchübung zum Schutz vor dem Ertrinken, Phase eins.«

Die Anspielung auf meine Ausbildung ließ mich innehalten. Sie hatte meine Akte gelesen und wusste, dass ich ein ehemaliger SEAL war. Die Trainingseinheiten waren nicht unbedingt geheim, doch die meisten Menschen wussten nichts über die verschiedenen Bestandteile.

»Zum einen. Zum anderen habe ich viel Zeit im Wasser verbracht. Was wissen Sie über das SEAL-Training?«

Sie wandte den Blick wieder gen Himmel und schwieg so lange, dass ich schon glaubte, sie würde mir die Antwort schuldig bleiben. Stattdessen ließ sie eine Bombe platzen.

»Ich war mit einem SEAL verheiratet. Er war ein Ausbilder.«

»Im Ernst? Mit wem?«

»James Monroe.«

»Monroe? Chief Monroe von Team Eins?«

»Ja. Genau der.«

Heilige Scheiße, nun wusste ich, woher Tatianas Einstellung rührte. Der Typ war ein egomanes Arschloch. Und er war gefährlich. Bei seinen Teammitgliedern war er berüchtigt. Während einer Rettungsaktion hatte er sich geweigert, auf die vierköpfige Kampfbootbesatzung zu hören, hatte das Steuer an sich gerissen und das Boot zum Kentern gebracht. Seine Dummheit hätte fast alle an Bord getötet. Danach wurde er zum Trainingszentrum geschickt, um dort als Ausbilder zu arbeiten. Bei den SEALs war das gleichbedeutend mit einem Verweis auf die Ersatzbank.

»Als Sie gestern sagten, Sie kennen Männer wie mich,

haben Sie mich also mit dem hirnlosen Monroe verglichen?«

Zumindest hatte sie den Anstand zusammenzuzucken. »Nicht direkt mit ihm. Ich habe damit ganz allgemein die Mitglieder der Spezialeinheiten gemeint. Sie sind alle gleich. Arrogante Alphamänner mit übersteigerten Egos.«

»Ich glaube, Sie verwechseln Arroganz mit Selbstbewusstsein.«

»Da gibt es keinen Unterschied.«

»Das stimmt nicht, Schätzchen. Nicht einmal annähernd. Ein arroganter Mann erzählt Ihnen, wie gut er ist. Ein selbstbewusster Mann schweigt, weil er Ihnen nicht erklären muss, wozu er fähig ist. In den meisten Fällen will er nicht einmal, dass Sie es wissen.« Ich hatte jahrelang mit den Besten der Besten zusammengearbeitet. Und damit meinte ich nicht nur die Männer aus meiner Einheit, sondern auch Frauen und Männer aus anderen Abteilungen und Behörden. Sie alle zogen es vor, wenn niemand über ihren Job Bescheid wusste. »Sie sagten, Sie *waren* verheiratet. Seit wann sind Sie geschieden?«

»Seit einigen Jahren.«

Ich hörte entfernt das Aufheulen eines Motors und suchte unsere Umgebung ab. Hier draußen auf dem offenen Meer waren wir leichte Beute, denn wir konnten uns nirgendwo verstecken. Tatiana lag inzwischen entspannt auf dem Rücken, aber ich glaubte nicht, dass sie für einen weiteren Tauchgang bereit wäre.

»Wenn ich Ihnen den Befehl gebe wegzuschwimmen, dann machen Sie sich aus dem Staub. Tauchen Sie ab und schwimmen Sie, so weit sie können. Wenn Sie wieder auftauchen müssen, treiben Sie langsam an die Oberfläche. Dabei drehen Sie sich auf die Seite und strecken nur den Mund aus dem Wasser, um Luft zu holen. Dann tauchen Sie wieder ab. Warten Sie nicht auf mich. Und versuchen Sie nicht, mir zu helfen. Verstanden?«

»Aber …«

»Kein Aber, Schätzchen. Verstanden?«

Das Boot kam immer näher. Mittlerweile hatte sie es auch gesehen. Ich hatte keine Zeit, ihr zu erklären, warum sie sich von mir entfernen und in Sicherheit bringen sollte.

»Verstanden«, antwortete sie knapp. Offenbar behagte ihr meine Forderung nicht.

Pech für sie. Auf dem offenen Meer konnte ich Tatiana kaum beschützen. Aber ich war beeindruckt. Nachdem sie endlich wieder zu Atem gekommen war, hatte sie kein Wort über die Explosion verloren oder sich darüber aufgeregt, dass ich sie über Bord geworfen hatte. Ich fragte mich, wie oft sie sich schon in einer ähnlichen Situation befunden hatte. Sie schien nicht einmal verängstigt zu sein. Die meisten Menschen würden in Panik geraten, aber Tatiana blieb ruhig. Ich wollte ihr gerade befehlen, sich aus dem Staub zu machen, als ich die drei lauten Pfiffe hörte, auf die ich gehofft hatte.

»Alles in Ordnung. Das sind die Jungs.«

»Sollten Sie Ihnen nicht zuwinken?«

»Nein. Wir lassen uns einfach treiben. Sie werden uns finden.«

»Also. Äh. Danke, dass Sie … mich gerettet haben.«

»Das klingt fast so, als kämen Ihnen die Worte nur unter Qualen über die Lippen. Aber Sie müssen mir nicht danken.«

»Es ist keine Qual. Ich bin es nur nicht gewohnt, mich so hilflos zu fühlen.«

»Sie sind keinesfalls hilflos. Und Sie haben sich gut geschlagen.«

»Sicher. Ich habe mich nur treiben lassen, während Sie mich von der Tatsache abgelenkt haben, dass ich fast einen Feuertod gestorben und dann beinahe ertrunken wäre.«

»Sie haben zuerst mich gerettet, denn Sie haben die Panzerfaust gesichtet.«

Gott sei Dank hatte Tatiana zum Pier zurückgeblickt. Andernfalls wären wir zu Fischfutter geworden.

Das Boot war inzwischen nahe genug, dass ich mein Team an Bord erkennen konnte. Fast bedauerte ich, dass die Jungs hier waren, denn ich hätte nichts dagegen gehabt, noch etwas länger mit Tatiana im Wasser zu treiben. Die Frau weckte in mir den Wunsch, sie besser kennenlernen zu wollen. Das wäre jedoch nicht möglich, da wir schon in ein paar Tagen abreisen würden. Schlechtes Timing.

KAPITEL VIER

Kaum hatten die Jungs uns ins Boot gehievt, begannen sie mit der Inquisition. Declan löcherte mich mit Fragen, die ich nicht beantworten konnte. Das lag jedoch nicht daran, dass ich keine Antworten hatte, aber aus sicherheitstechnischen Gründen waren mir die Hände gebunden. Je mehr ich versuchte, ihn abzulenken, desto frustrierter wurde er.

»Was können Sie uns sagen, Tatiana?«, wollte er wissen.

»Nichts.«

»Verdammte Scheiße«, brummte er. Glücklicherweise näherten wir uns dem Ufer. Je schneller ich zurück im Anbau des UN-Gebäudes wäre, desto besser. »Sie haben heute fast einen meiner Männer umgebracht, aber Sie haben keinerlei Informationen für uns?«

»Nur um das klarzustellen, hätte er nicht so einen Mist abgezogen, läge er wohlbehalten in seinem Bett auf dem Militärstützpunkt. Also machen Sie mich nicht für Ihren Schlamassel verantwortlich. Ich habe Sie alle höflich gebeten, die Informationen zu sammeln, die Sie brauchen, und danach aus Bahrain zu verschwinden. Jetzt sage ich Ihnen, dass Sie sich verdammt noch mal von mir fernhalten sollen. Ich will mit keinem von Ihnen gesehen werden, und das bedeutet auch, dass Sie den Anbau nicht mehr betreten dürfen.«

»Wir haben uns mit Ihnen auf Ihre Bitte hin getroffen«, erinnerte Declan mich.

Er hatte recht. Nachdem ich erfahren hatte, dass Zane Lewis eines seiner Teams nach Bahrain geschickt hatte, hatte ich herausfinden wollen, was die Männer hier zu suchen hatten. Als ich Tex anrief und ihn um ein Treffen bat, hatte ich nicht gewusst, dass Declan Crenshaw der Teamleiter war. Aufgrund meiner vormaligen Anstellung bei der CIA war ich mit Declans Arbeit vertraut. Kurz bevor ich meinen Job gekündigt hatte, hörte ich, dass er untergetaucht war. Ich hatte keine Ahnung, dass er inzwischen für Zanes Firma Z Corps arbeitete. Hätte ich es gewusst, hätte ich vielleicht von dem Treffen abgesehen. Beim Geheimdienst war er als ein tollwütiger Hund bekannt, wenn er Informationen wollte.

»Und jetzt fordere ich Sie auf zu gehen«, sagte ich. »Sie wissen, dass hier keine transozeanischen Kabel verlegt werden. Ich bin mir sicher, Sie haben mittlerweile erkannt, dass der Vertrag der Regierung mit Militrix nichts anderes ist als ein Mittel, um Geld zu schleusen.«

»Was wissen Sie über Militrix' Machenschaften?«, fragte Brooks.

»Nichts.«

Das war eine Lüge. Zwar nur eine kleine, denn ich wusste wirklich nicht viel über Militrix, aber während meiner Nachforschungen war der Name immer wieder aufgetaucht. Häufig genug, um mich genauer mit der Firma zu befassen.

Kyle steuerte das Bott in den Jachthafen und verlangsamte das Tempo. Max und Thad machten sich bereit, uns festzumachen, während ich aufstand. Dank der hohen Temperaturen trocknete meine Kleidung bereits.

»Wessen Boot ist das eigentlich?«

»Keine Ahnung«, antwortete Thad.

Es überraschte mich nicht, dass sie sich das Boot ohne Erlaubnis ausgeliehen hatten, aber ich war beeindruckt, dass sie es an den Liegeplatz zurückbrachten. Dabei gingen sie behutsam vor und achteten darauf, das Glasfaserboot nicht gegen den hölzernen Steg prallen zu lassen.

»Nun. Danke für die Rettung.«

»Langsam, Schätzchen. Sie werden nirgendwohin gehen. Zuerst müssen wir herausfinden, wer auf uns geschossen hat.«

»Haben Sie mir nicht zugehört? Ich habe zu arbeiten, doch das kann ich nicht tun, wenn ich mit Ihnen in der Öffentlichkeit gesehen werde.«

»Wie kommen Sie darauf?« Brooks stand vor mir und hatte die Füße schulterbreit in den Boden des schaukelnden Bootes gestemmt. Er verschränkte die muskulösen Arme vor seiner breiten Brust und machte keine Anstalten, mich aussteigen zu lassen.

»Meinen Sie das Ernst? Sie alle fallen hier auf wie ein bunter Hund. Es ist nicht zu übersehen, dass Sie amerikanische Soldaten sind.«

»Und warum wäre das ein Problem für Sie?«, drängte er.

Langsam wurde ich wütend. Weder er noch seine Teamkameraden waren dumm.

»Brooks …«

»Tatiana …«

Der Mann würde mich noch um den Verstand bringen.

Ich verschränkte ebenfalls die Arme vor der Brust. »Auf keinen Fall sollten wir hier draußen darüber reden.«

»Da bin ich ganz Ihrer Meinung. Wir werden das besprechen, sobald wir wieder auf dem Marinestützpunkt sind.«

»Ich gehe mit Ihnen nirgendwohin. Sie werden noch alles vermasseln.« Ich versuchte vergeblich, ein Knurren zu unterdrücken.

Während der letzten Monate hatte ich mir den Arsch aufgerissen. Ich war kurz davor, diese Mission erfolgreich zu beenden, doch jetzt musste ich mich mit G.I. Joe und seinen Kumpanen herumschlagen.

Brooks strich mir die Haare aus dem Gesicht, beugte sich vor und flüsterte: »Sie haben die Wahl. Entweder Sie gehen freiwillig mit uns oder ich werfe Sie über meine Schulter und trage Sie zum Wagen. Sie können noch so viel treten und schreien, es ist mir egal.«

»Das würden Sie nicht wagen.«

»Glauben Sie mir, das würde ich. Mein Morgen war nicht sonderlich erfreulich. Ich will nur etwas Frisches zum Anziehen und eine Tasse Kaffee.«

»Ist das alles? Trockene Kleidung und Kaffee?«

»Zuerst der Kaffee, dann reden wir. Also, was darf es sein, Schätzchen? Gehen Sie selbst oder soll ich Sie tragen?«

»Ich werde Ihnen in die Eier treten, wenn Sie auch nur versuchen, mich hochzuheben.«

»Dann hoffe ich um meiner zukünftigen Kinder willen, dass Sie sich für erstere Option entscheiden.«

Er meinte es ernst. Und er wusste, dass es keine Rolle spielen würde, wie laut ich schreien und kämpfen würde. Keiner würde mir zu Hilfe kommen. Zweifellos wusste er auch, dass ich niemals die Aufmerksamkeit auf uns lenken würde, indem ich schrie und um mich trat.

Dieser Mistkerl.

»Sie haben eine Stunde, dann muss ich mich wieder an die Arbeit machen.«

Kyle, Thad und Max warteten bereits auf dem Pier auf uns. Brooks trat zur Seite und reichte mir die Hand, um mir beim Aussteigen zu helfen. Ich ignorierte ihn. Für heute hatten wir einander schon genug berührt. Sein grollendes Lachen jagte mir einen erregenden Schauer über den Rücken und bestätigte mir, dass es richtig war, seine Hand nicht zu ergreifen. Der Mann würde mich nur ablenken, aber ich durfte mein Ziel nicht aus den Augen verlieren. Zum einen verließen andere sich auf mich und zum anderen wollte ich Bahrain lebend wieder verlassen. Ich hatte also keine Zeit für Spielchen mit dem gut ausse-henden Söldner. Auch wenn er verdammt sexy war und mein letztes Abenteuer mit einem Mann schon lange zurücklag.

»Ich würde zu gern wissen, wohin Sie mit Ihren Gedanken immer abschweifen«, murmelte Brooks, und ich spürte seinen heißen Atem an meinem Hals. Ich begegnete seinem Blick und sah seinen belustigten Gesichtsausdruck.

Mit dem zerzausten Haar und diesem Lächeln hätte er mir gefährlich werden können. Aber als mein Blick auf sein durchnässtes T-Shirt fiel, das an seiner muskulösen

Brust klebte, kam ich wieder zur Besinnung. Er war nur ein tödlicher Söldner mit einem übersteigerten Ego und unterschied sich damit nicht von all den anderen Kerlen.

»Was mir durch den Kopf geht, ist eher langweilig.«

»Sie sind alles andere als langweilig«, erwiderte er.

Er ist tabu, erinnerte ich mich selbst, als wir zum Wagen gingen. Seine Schmeicheleien, sein muskulöser Körper und sein anzügliches Lächeln waren absolut tabu.

* * *

Dummerweise war ich in Gedanken versunken und achtete auf der Fahrt nicht auf meine Umgebung. Als wir anhielten, brauchte ich einen Moment, um zu begreifen, dass wir noch etwa dreißig Minuten vom Marinestützpunkt entfernt waren.

Declan brachte den Wagen vor einem eingezäunten Grundstück zum Stehen. »Wo sind wir?«

Max stieg aus, als Brooks antwortete: »In einem sicheren Unterschlupf.«

»Ich dachte, Sie wohnen auf dem Marinestützpunkt.«

»Dort haben wir ein Zimmer«, antwortete er, ging aber nicht weiter darauf ein.

Max öffnete das Tor und gab den Blick auf ein unscheinbares, zweistöckiges U-förmiges Gebäude mit einer gepflegten Fassade frei. Declan fuhr in den Innenhof und Max schloss das Tor. Die Mauer war viel höher als die zwei bis drei Meter hohen Zäune, die die Häuser in dieser Gegend für gewöhnlich umgaben. Abgesehen von den zusätzlichen Sicherheitsmaßnahmen schien nichts außergewöhnlich.

Durch eine unverschlossene Tür betraten wir das

Gebäude, das im Inneren so gut wie leer war. Zwei Sofas standen in einem Raum, den man als Wohnzimmer hätte bezeichnen können, doch ansonsten gab es hier weder Möbel noch irgendwelchen Wandschmuck. Im Esszimmer, an das eine moderne Küche angrenzte, befand sich ein großer Tisch.

Kyle, Max und Thad waren verschwunden, sodass ich mit Brooks und Declan allein war.

»Wohin sind die anderen gegangen?«

»Kyle und Max beziehen im ersten Stock Stellung und Thad geht zum Tresor«, antwortete Declan.

»Erwarten Sie eine Invasion?«

»Nein. Aber wir haben heute Morgen auch nicht mit einem Attentat gerechnet.«

»Der Punkt geht an Sie.«

»Haben Sie eine Ahnung, wer Ihnen nach dem Leben trachtet?«, wollte Declan wissen.

»Meine Güte, Sie verschwenden keine Zeit, nicht wahr? Brooks' und meine Kleider sind noch nicht einmal trocken und Sie kommen gleich zur Sache.«

Zugegeben, ich versuchte, Zeit zu schinden. Inzwischen herrschten fast vierzig Grad und sowohl meine Shorts als auch mein T-Shirt waren so gut wie trocken. Brooks musste sich in seiner feuchten Cargohose sicher unwohl fühlen und … Wann hatte er seine Stiefel ausgezogen? Und warum starrte ich auf die nackten Füße des Mannes?

Thad kam zurück ins Zimmer und legte eine Sig P226 vor Brooks auf den Tisch. Dieser nickte dankend, zog das Magazin heraus, überprüfte, ob es geladen war, schob das Magazin wieder hinein und steckte die Waffe hinten in seine Cargohose.

»Tatiana«, blaffte Declan.

Verdammt. So viel zu dem Versuch, Zeit zu schinden. Irgendetwas musste ich ihnen geben. »Nicht jeder hier freut sich über meine Anwesenheit. In meinem letzten Bericht habe ich die Instabilität der Region aufgeführt.«

Der letzte Teil meiner Aussage war komplett gelogen. Ich hatte keine Berichte eingereicht.

»Schwachsinn«, entgegnete Thad. »Ein Bericht über politische Schwankungen in Bahrain ist nichts Besonderes. Sie sagten, Sie hätten in einer Woche einen wichtigen Termin. Was haben Sie vor?«

»Diese Informationen kann ich nur bei Bedarf an berechtigte Personen übermitteln«, antwortete ich.

»Bei uns besteht Bedarf«, erwiderte Declan.

»Sie haben mit der Sache rein gar nichts zu tun, Declan. Ich weiß, welche Aufgabe Ihr Team hier hat, und ich habe keinen Zweifel daran, dass Sie Ihre Mission erfüllen und bald wieder abreisen können.«

»Schätzchen, jemand hat heute versucht, mich zu töten …«, warf Brooks ein.

»Nein. Jemand hat versucht, *mich* zu töten. Sie hatten nur das Pech, in meiner Nähe zu sein. Und ich weise Sie noch einmal darauf hin, dass Sie gar nicht bei mir gewesen wären, wenn Sie sich heute Morgen nicht unter falschen Voraussetzungen mit mir getroffen hätten.«

»Wollen Sie ernsthaft mit mir darüber diskutieren, wer von uns beiden das eigentliche Ziel war?«

»Da gibt es nichts zu diskutieren. Sie haben mir deutlich zu verstehen gegeben, dass jeder Attentäter, der es auf Sie abgesehen hat, nicht so schlampig gewesen wäre. Wir alle wissen, dass die Angreifer es auf mich abgesehen hatten. Ende der Geschichte. Es steht mir nicht frei, Ihnen zu verraten, warum ich hier bin. Ich wäre Ihnen also dankbar, wenn Sie nicht weiter nachbohren würden. Und da wir hier ohnehin nicht weiterkommen, würde ich jetzt gern nach Hause gehen. Wenn mich also einer von Ihnen zurück zum Pier fahren könnte, ich habe noch zu tun.«

»Und wie wollen Sie vom Pier nach Hause kommen? Ich bin sicher, Ihr Autoschlüssel liegt auf dem Grund des Golfs.« Brooks verzog die Lippen zu einem Grinsen.

Arschloch.

Ich schob eine Hand in meine Hosentasche, löste meinen Wagenschlüssel von dem Sicherheitsclip und streckte ihn ihm entgegen.

Bevor ich ihm unter die Nase reiben konnte, dass ich keine Anfängerin mehr war, meldete Thad sich zu Wort. »Wir haben Besuch.«

»Haben Sie jetzt vielleicht Lust zu reden?«, fragte Declan erneut.

»Nein. Aber je schneller ich mich von Ihnen allen verabschieden kann, desto eher können Sie Ihre Operation unbeschadet abschließen.«

»Wird oft auf Sie geschossen?«, fuhr er fort.

»Normalerweise nicht zweimal an einem Tag.«

Leider war das die traurige Realität. Die meiste Zeit war ich damit beschäftigt, Kugeln auszuweichen. Bösewichte wussten es nicht sonderlich zu schätzen, wenn ich ihren Machenschaften ein Ende bereitete und ihnen dadurch den Geldhahn zudrehte. Es ging nur ums Geschäft.

»Fünf bewaffnete Männer. Zwei in der Fahrerkabine eines Pick-ups, drei auf der Ladefläche«, berichtete Thad.

Declan zog sein Handy aus der Tasche, wischte über den Bildschirm und verließ den Raum.

»Nicht zweimal an einem Tag, hm? Dann kann ich also davon ausgehen, dass Sie einmal am Tag beschossen werden?«, wollte Brooks wissen.

»Nein. Nicht jeden Tag. Ich muss jetzt wirklich zurück zur Arbeit.«

Brooks bedachte mich mit einem seltsamen Gesichtsausdruck, den ich nicht recht deuten konnte. Ein Muskel an seinem Kiefer zuckte und er kniff die Augen zu dünnen Schlitzen zusammen. Ich war froh, als Declan zurückkehrte, bis er sagte: »Es gibt keinen Grund, warum Sie sich jetzt auf den Weg machen müssten. Der Anbau steht in Flammen.«

»Wie bitte? Ich muss gehen.«

»Sie haben den Befehl hierzubleiben.«

Ich richtete den Blick gen Decke und atmete tief durch, um mich zu beruhigen. Declan redete einen Haufen Mist. Niemand hatte mir etwas befohlen.

»Wir sind fertig mit den Spielchen, Declan. Ich bin Ihnen und Ihrem Team immer nur mit Respekt begegnet, doch Sie lügen mir einfach ins Gesicht. Ich werde jetzt gehen.«

Brooks stellte sich mir in den Weg.

»Ich mache keine Scherze, Brooks.«

Thad bereitete unserem Wortgefecht ein Ende, als er sagte: »Die drei Kerle sind von der Ladefläche gesprungen und patrouillieren vor dem Eingangstor.«

Ich saß in der Falle. Jeden Moment würden fünf Männer durch das Tor stürmen, und es wäre besser, wenn ich bewaffnet wäre.

KAPITEL FÜNF

Tatiana hielt meinem Blick für einen Moment stand, bevor sie sich Declan zuwandte. »Die Männer da draußen arbeiten für einen Mann namens Matek Nazari. Sie wurden angeheuert, um mich zu töten ...«

»Wer ist der Kerl?«, fiel Declan ihr ins Wort.

»Ein Händler, der ...«

»Womit handelt er? Mit Menschen?«, fragte er.

»Diese Typen werden gleich durch das Tor brechen«, knurrte Tatiana. »Wir könnten viel schneller zur Sache kommen, wenn Sie mich ausreden lassen würden. Er handelt mit antiken Artefakten. Ich habe mich ebenfalls als Händlerin ausgegeben und ein besseres Gebot abgegeben als er. Das hat Nazari ziemlich verstimmt. Er hat seine Männer auf mich angesetzt, um die Konkurrenz auszuschalten. Alles lief nach Plan, bis Sie aufgetaucht sind. Ich wollte Nazari sein Spielchen spielen lassen, doch nun muss ich seine Lakaien ausschalten. Schließlich kann ich nicht riskieren, dass sie zu ihrem Chef laufen und ihm erzählen, dass sie mich in Begleitung amerikanischer Soldaten gesehen haben.«

»Arbeiten Sie für die CIA?«, fragte ich mit einem verächtlichen Unterton in der Stimme. »Keiner von uns kauft Ihnen den Job als UN-Beauftragte ab.«

»Ich bin … Darüber kann ich nicht reden. Was haben Sie sonst noch im Waffenlager?«, fragte sie und sah Declan an.

Mein Teamleiter warf ihr einen vielsagenden Blick zu, bevor er sich an Thad wandte, der kurz nickte und dann den Raum verließ.

»Was wissen Sie über die Typen da draußen?«

»Nichts. Ich weiß nur, dass sie keine sonderlich guten Schützen sind. Bis dato haben sie dreimal versucht, mich zu töten, wobei sie jedes Mal schlampig waren. Nazari schreckt nicht vor Attentaten zurück, aber dafür heuert er billiges Personal an.«

Thad kehrte mit zwei HK416-Gewehren zurück. Eines davon übergab er Tatiana, das andere überließ er mir. Dann zog er mehrere geladene Magazine aus den Taschen seiner Cargohose. Schließlich reichte er ihr eine Sig P226, die mit meiner 9mm-Pistole identisch war.

Ich hatte keine Ahnung, ob ich mich dafür schämen sollte, aber als ich sah, wie sie die Waffe inspizierte, erregte der Anblick mich ungemein. Sie drückte auf den Knopf, um das Magazin zu entfernen, vergewisserte sich, dass es geladen war, schob es wieder hinein und zog den Schlitten zurück. Das Geräusch der Kugel, die in die Kammer gedrückt wurde, erschien mir plötzlich als eine Art taktisches Vorspiel, wie ich es noch nie erlebt hatte.

»Zwei Kerle sind nach Süden gegangen«, informierte Thad uns. »Sie nähern sich dem Gebäude von hinten.«

»Ihr beide übernehmt die Rückseite. Thad, du kommst mit mir nach vorn«, befahl Declan. Dann wiederholte er die Anweisungen über Funk und fügte hinzu: »Max, Kyle, ihr bleibt im ersten Stock.«

Tatiana nahm zwei der zusätzlichen .223 Magazine und steckte sie in die Gesäßtasche ihrer Shorts. Sie sah aus wie ein Pin-up-Girl aus einem Waffenkalender, und der Anblick erregte mich nur noch mehr. Was zum Teufel war nur los mit mir? Noch nie zuvor hatte ich vor einem Feuergefecht eine Erektion bekommen.

»Bereit?«, fragte ich.

Sie nickte mir zu und folgte mir den Flur entlang und durch die Hintertür. Die hüfthohe Mauer, die die Zementterrasse umgab, bot die perfekte Deckung. Wir duckten uns dahinter und warteten ab, ob diese Arschlöcher es schaffen würden, die Mauer zu überwinden.

»Was denken Sie? Glauben Sie, sie werden herüberklettern oder sich den Weg freisprengen?«, fragte ich.

Es spielte keine Rolle, auf welche Weise sie versuchen würden, hier einzudringen, sie wären tot, bevor sie auch nur einen Fuß auf das Grundstück setzen konnten. Die Frage war nur, wo wir das Chaos würden beseitigen müssen.

Tatiana ließ den Blick über den Hinterhof schweifen, bevor sie antwortete: »Sie werden nicht versuchen, sich von hier hinten Zugang zu verschaffen. Sobald ihre Köpfe über die Mauer ragen, werden sie beschossen. Niemand kann so dumm sein. Und ich glaube nicht, dass sie über die nötige Sprengladung verfügen.«

Kaum hatte sie den Satz beendet, tauchte ein Kopf über der Mauer auf. Ohne meinen Standort preiszugeben, hob ich meine Waffe und drückte ab. Der Mann verschwand aus dem Blickfeld.

»Wie war das gerade?«

»Ich bin enttäuscht. Nazari hat ein paar Idioten auf mich angesetzt. Seiner Meinung nach bin ich eines erfahrenen Teams wohl nicht würdig.«

Zwei Schüsse ertönten vor der Mauer, kurz darauf folgte Gewehrfeuer. Mein Instinkt befahl mir, zu meinen Teamkameraden zu eilen und ihnen den Rücken zu stärken. Doch schon seit meinem ersten Einsatz musste ich gegen diesen natürlichen Drang ankämpfen, denn ich hatte den Befehl, meine Position zu halten.

»Die Kerle wollen den Auftrag auf Teufel komm raus beenden, und dann werden sie schlampig«, sagte ich, während ich immer noch die Umgebung nach dem anderen Mann absuchte.

Drei Pfiffe durchdrangen die morgendliche Stille. »Die Luft ist rein«, erklärte ich.

»Schade, ich hatte auf etwas mehr Unterhaltung gehofft«, beschwerte Tatiana sich.

Wieder zuckte mein Schwanz in meiner Hose. Warum war ihr Durst nach feindlichem Blut so erregend? Sie war nicht die erste Frau, die ich mit einer Waffe in der Hand gesehen hatte. Und sie war auch nicht die erste, mit der ich gekämpft hatte. Aber irgendetwas an ihr war anders. Bei unserer ersten Begegnung trug Tatiana einen Rock und ein Paar hochhackige Schuhe, die in mir das Bedürfnis geweckt hatten, auf die Knie zu fallen und dem Designer zu danken. Und zwar kurz bevor ich mich daranmachte, jeden Zentimeter ihres Körpers zu liebkosen. Bisher hatte sie sich die meiste Zeit wie eine Zicke benommen. Diese hatte nichts gemein mit der Frau, mit der ich im Meer Wasser getreten hatte.

Aber diese starke, fähige Frau in Shorts und durchnässten Turnschuhen, die gekonnt mit einer Waffe umgehen konnte ... war einfach unglaublich sinnlich. Jetzt fehlte nur noch, dass sie mir ihre temperamentvolle Seite zeigte, und ich wäre ihr verfallen wie ein liebeskranker Narr.

Nachdem ich mich noch einmal umgesehen hatte, stand ich auf und Tatiana tat es mir gleich. Sobald wir uns wieder im Haus befanden, stellte ich mich ihr in den Weg und drückte sie mit dem Rücken gegen die Wand. Obwohl sie eine vollautomatische Waffe zwischen uns hielt, beugte ich mich vor.

»Wer sind Sie, Schätzchen?«

»Niemand von Belang.«

»Das ist der größte Schwachsinn, den Sie mir je aufgetischt haben. Also wer sind Sie, Tatiana Jones?«

»Ein Geist. Ein Niemand. Eine Einzelgängerin ohne Freunde, ohne Team, ohne Heimatadresse«, erklärte sie mit fester Stimme, während jedoch ein trauriger Ausdruck in ihren Augen lag. »Nicht anders als Sie.«

Sie hatte unrecht, wir ähnelten einander nicht. Ich hatte mein Team und könnte mir einen Einsatz ohne meine Kameraden nicht vorstellen. Jeder von uns musste Opfer bringen, um unserem Land zu dienen. Doch meine engsten Freunde waren immer bei mir.

»Da ist ein Anruf für Sie, Tatiana«, unterbrach Declan uns. »Brooks, hilf uns, die Leichen in den Hof zu tragen.«

Ich trat zurück, damit sie sich an mir vorbeidrängen und das Handy entgegennehmen konnte. Dies war sowohl der falsche Zeitpunkt als auch der falsche Ort, um eine Erektion zu haben. Aber ich konnte nichts dagegen tun, also rückte ich meine Hose zurecht.

»Jetzt verstehe ich, warum Zane sich immer beschwert«, brummte Declan, als wir nach draußen traten.

»Warum?«

»Es kann einen auf die Palme bringen, wenn man ein Team von Arschlöchern in Schach halten und gleichzeitig dafür sorgen muss, dass sie ihre Schwänze in der Hose behalten.«

»Mein Schwanz hat meine Hose nie verlassen.«

»Und das ist auch gut so. Diese Frau ist nicht die, die sie vorgibt zu sein.«

»Was du nicht sagst.«

Declan blieb vor dem Tor stehen und wandte sich mir zu. »Nein, Brooks. Sie ist nicht die, für die wir sie halten. Sie ist keine Agentin der CIA.«

»Wer ist sie dann?«

»Wollt ihr beiden uns helfen, bevor die Streitkräfte auftauchen, oder wollt ihr nur herumstehen und tratschen?«, fragte Kyle, während er eine Leiche in den Innenhof schleppte.

Ohne ein weiteres Wort joggte Declan davon, während ich dastand und darüber rätselte, wer Tatiana Jones wirklich war und für wen sie arbeitete. Erst als Kyle auf dem Weg zurück zur Straße an mir vorbeiging und mir auf den Rücken klopfte, riss ich mich aus meiner Benommenheit.

»Komm schon, Romeo, wir müssen noch ein paar Leichen stapeln.«

Wir brauchten weniger als zehn Minuten, um die leblosen Körper wegzuschaffen und das Tor hinter uns zu schließen. Zane hatte einen Reinigungstrupp organisiert, der die Leichen entsorgen würde. Die toten Männer hatten weder einen Ausweis bei sich noch wiesen sie irgendwelche Merkmale auf, die uns hätten helfen können, sie zu identifizieren. Wir würden warten müssen, bis unser Geheimdienstspezialist in Maryland die Fingerabdrücke überprüft hatte, die Declan eingescannt und ihm per E-Mail geschickt hatte.

In dem Moment, in dem wir das Haus betraten, wusste ich, dass sie weg war. Auf dem Tisch lagen Declans Handy und das HK416. Interessanterweise hatte sie die Sig P226 mitgenommen. Ich musste unwillkürlich lächeln. Das hinterhältige Miststück war mit einer unserer Handfeuerwaffen verschwunden. Somit hatte ich einen Grund, sie ausfindig zu machen. Ich konnte nicht zulassen, dass sie Firmeneigentum stahl.

»Sie hat dir eine Nachricht hinterlassen.« Dec reichte mir einen Zettel.

Brooks,

danke für heute.

Ich bin Ihnen etwas schuldig.

T.

»Mit wem hat sie gesprochen?«

»Ich weiß es nicht. Wenn ich raten müsste, würde ich sagen, mit ihrem Kontaktmann. Er kannte sowohl die Farbe des Tages als auch den Missionscode, also habe ich ihr gestattet, mit ihm zu telefonieren.«

Wer zum Teufel war Tatiana und wohin war sie gegangen?

KAPITEL SECHS

Es war zwei Tage her, seit ich Tatiana zuletzt gesehen hatte, und der Knoten in meinem Magen zog sich immer fester. Wir hatten uns das angesehen, was von dem abgebrannten UN-Anbau noch übrig war, doch wir hatten nichts finden können. Zudem hatten wir ihre Wohnung inspiziert, von der aus ich ihr am Morgen unserer unglückseligen Bootstour gefolgt war, aber diese war leer gewesen.

»Brooks! Komm her«, rief Declan aus dem Esszimmer.

Max, Thad und Kyle saßen bereits am Tisch und warteten auf mich.

»Was ist los?«

»Rocco, Ace und Gumby sind verschwunden.«

Als wir uns gestern auf dem Marinestützpunkt mit der Militärpolizei über den Brand im Annex unterhielten, waren wir überrascht, Gumby und Ace vor den provisorischen Unterkünften anzutreffen. Die drei Männer gehörten zu einer sechsköpfigen SEAL-Einheit, die in San Diego stationiert war. Wir hatten vor nicht allzu langer

Zeit mit ihnen an einer Bergungsmission teilgenommen. Eine internationale Gruppe der Machtelite, die unter dem Namen »Omni« bekannt war, hatte den Fehler gemacht, Marine One abzuschießen und den Präsidenten zu entführen. Letztendlich hatten die Angreifer Tom Anderson vor allem verärgert und ihm vor Augen geführt, wo die Schwachstellen seiner Sicherheitsmaßnahmen lagen. Diese Löcher waren inzwischen nicht nur geflickt, sondern verstärkt worden. Omni stand schon seit Jahren auf den Beobachtungslisten sämtlicher bedeutender US-Behörden. Die Mitgliederliste war immer ein streng gehütetes Geheimnis gewesen. Nicht einmal der Meister der Informationsbeschaffung John »Tex« Keegan hatte ihren Code knacken können. Bis vor Kurzem. Heute wussten wir, dass einige der Omni-Mitglieder Machtpositionen in unserer Regierung innehatten. Was das jedoch genau bedeutete, war reine Spekulation.

»Wie bitte?«

»Tex hat angerufen. Sie haben sich nicht zum vereinbarten Zeitpunkt gemeldet. Seit über vierundzwanzig Stunden hat niemand von ihnen gehört«, erklärte Dec.

»Wie lauten ihre letzten bekannten Koordinaten?«, fragte ich.

»Diese Information ist für uns nicht zugänglich.«

»Ich sage es nur ungern«, warf Thad ein, »aber wir brauchen diese Informationen.«

Thad war der MacGyver in unserem Team. Es gab nichts, was der Mann nicht kurzschließen, reparieren oder umbauen konnte. Leider würde uns keine seiner beeindruckenden Fähigkeiten dabei helfen, die drei Männer aufzuspüren.

»Tex arbeitet daran. Bis jetzt hat er noch nichts in

Erfahrung bringen können. Packt eure Ausrüstung zusammen. In fünf Minuten rücken wir aus.«

»Verstanden«, antwortete Max und eilte, dicht gefolgt von Kyle, aus dem Raum.

»Hast du eine Idee, wo wir mit der Suche beginnen sollen?«

Ace und Gumby hatten uns erzählt, dass sie wegen eines Spezialauftrags in Bahrain seien, aber mehr hatten sie nicht gesagt. Wir wussten nur, dass sie auf dem Marinestützpunkt wohnten und dass Rocco ein Auge auf eine Frau geworfen hatte, aber sie hatten uns noch nicht einmal ihren Namen verraten.

»Am besten in Manama.«

Manama war eine Brutstätte für kriminelle Aktivitäten. Ein Slum, in dem man sich nach Einbruch der Dunkelheit besser nicht aufhielt. Aber es war der perfekte Ort für einen Navy SEAL, um auf die Jagd zu gehen.

Max und Kyle kamen mit ihrer Ausrüstung zurück und erinnerten mich daran, dass ich meine Tasche holen musste. Ich machte mich auf den Weg in mein Zimmer und sah mich in dem kleinen Raum um. Es war nicht die schlechteste Unterkunft, nicht einmal einer der hundert beschissensten Orte, an denen ich in den letzten zehn Jahren mein Lager hatte aufschlagen müssen.

Manchmal war es einfacher, draußen in der Wüste unter dem Sternenhimmel zu schlafen, wo fernes Gewehrfeuer und Bombenexplosionen mich in den Schlaf wiegten. Hotelzimmer, Militärquartiere und Notunterkünfte waren dagegen eine Qual. Sie boten gerade genügend Komfort, um in mir die Sehnsucht nach der Heimat zu wecken. Wo auch immer das sein mochte. Ich hatte keine Heimat mehr. Acht Jahre lang hatte Onkel Sam für mich gesorgt, und seit zwei Jahren arbeitete ich für Zane Lewis. Ich besaß nichts und war frei wie ein Vogel. Ich hatte ein Bankkonto, das ich nur selten anrührte, und einen vollgestempelten Pass, der allerdings auf einen Decknamen lautete. Während der letzten Jahre waren wir nur dreimal in die Staaten zurückgekehrt.

Bald würden wir für sechzig Tage in den Staaten sein, um uns zu erholen. Ich hatte geplant, mich von der Außenwelt abzuschotten und einen Ort zu finden, an dem ich allein sein konnte. Aber jetzt stellte ich mir vor, wie es wäre, ein paar Tage mit der geheimnisvollen Tatiana zu verbringen. Plötzlich klang die Einsamkeit gar nicht mehr so verlockend. Nicht, solange ich an das Lächeln dieser schönen Frau denken musste. Ganz zu schweigen davon, wie sie mit ihrer Waffe umging. Der Anblick erinnerte mich an eine sehr sinnliche Version von Sarah Connor. Noch Tage später konnte ich sie nicht aus meinen Gedanken verbannen. Es machte mich wahnsinnig, nicht zu wissen, wo sie war und für wen genau sie arbeitete.

»Zwei Minuten.« Declans Stimme riss mich aus meinen Gedanken.

* * *

»Hast du die Frau in der schwarz-rosa Abaya im Blick?«, fragte ich leise. »Auf zwei Uhr. Sie ist gerade aus einem Taxi gestiegen.«

»Ja, ich sehe sie«, meldete Declan sich über Funk.

Es war nach dreiundzwanzig Uhr und wir befanden uns mitten in einer roten Zone. Sowohl die amerikanische Botschaft als auch der gesunde Menschenverstand rieten davon ab, eine Gegend wie diese zu betreten. Sie lag außerhalb des touristischen Teils der Stadt. Die Straßen waren schmutzig, die Gebäude und Geschäfte heruntergekommen und der Gestank der Armut lag in der Luft. Es war nur wenige Kilometer von den reichen Vierteln entfernt, aber es hätte genauso gut in einem anderen Land sein können. Das Crowne Plaza Bahrain war es nicht.

Eine Frau, die allein unterwegs war, fiel auf wie ein bunter Hund. Mit ihrer langen, scheinbar nagelneuen Abaya bewegte sie sich nur mühsam vorwärts. Genauso gut hätte sie über dem Kopf eine Leuchtreklame mit der Aufschrift *Vergewaltige mich* tragen können. Ohne männliche Begleitung sollten Frauen sich hier nicht zeigen. Es sei denn, sie arbeitete als Nutte an einer Straßenecke. Doch das traf in ihrem Fall eindeutig nicht zu.

»Ist sie verrückt? Sie wird sich hier draußen noch den Tod holen«, bemerkte Max.

»Was hältst du davon?«, fragte Declan.

Bahrain war unser erster offizieller Einsatz mit Declan am Steuer. Bisher hatte er sich als guter Anführer erwiesen. Während der Planung der Operation hatte er uns nach unserer Meinung bezüglich der Durchführung gefragt. Nachdem er sich alle unsere Vorschläge angehört hatte, hatte er Änderungen an dem ursprünglichen Plan vorgenommen. Ohne Zweifel wusste er die Vorschläge anderer zu schätzen.

»Die Abaya ist neu. Zu teuer für diese Gegend. Sie kann kaum darin laufen. Sie hat ihren Hijab schon mehrmals zurechtgerückt. Sie sieht sich ständig um. Auf keinen Fall ist sie in dieser Gegend heimisch. Ich bezweifle, dass sie jemals eine derartige Kopfbedeckung oder ein langes Gewand getragen hat.«

»Das sehe ich auch so«, pflichtete Dec mir bei.

»Was sagt dir dein Bauchgefühl, Brooks?«

»Wir folgen ihr.«

»Haltet Abstand. Nähert euch ihr nicht«, mahnte er.

Wir waren alle bis an die Zähne bewaffnet. Obwohl keiner von uns eine Pistole ziehen musste, um eine Bedrohung auszuschalten, hätten wir uns niemals unbewaffnet in dieses Viertel von Manama gewagt.

Unter meiner schutzsicheren Weste rann mir der Schweiß über den Rücken. Sogar nachts war es hier höllisch heiß. Was hätte ich nicht für ein kühles Bier und eine frische Brise gegeben.

»Was zum Teufel tut sie da?«, fragte Max.

Wir waren der Frau über einen Kilometer bis in eine Gasse hinter einem Lebensmittelladen gefolgt.

Ich konnte weder ihn noch meine anderen Teamkameraden in der Dunkelheit sehen. Wir alle waren Geister und verschmolzen mit den Schatten. Nachdem ich auf einer Böschung in Deckung gegangen war, zog ich mir meine Nachtsichtbrille vor die Augen. Alles erstrahlte in hellem Grün. Ich beobachtete, wie die Frau eine Kiste unter ein Fenster schob und sich durch die Öffnung hievte.

»Raubt sie etwa einen Lebensmittelladen aus?«, mutmaßte Max, als die Frau im Gebäude verschwand.

In dieser Gegend war der Begriff Lebensmittelladen ziemlich dehnbar. Derartige Geschäfte in Manama verkauften alles, angefangen bei fast verfaulten Lebensmitteln bis hin zu einer Vielzahl von Haushaltsartikeln.

»Das bezweifle ich«, antwortete ich.

Mein Bauchgefühl verriet mir, dass das eher unwahrscheinlich war. Ihre saubere Abaya war ein weiteres Indiz dafür, dass sie keine Straßenratte auf der Suche nach ihrer nächsten Mahlzeit war. Und um ein Profi zu sein, war sie zu ungeschickt.

»Wir warten fünf Minuten«, befahl Declan.

»Verstanden.«

Ich hielt die Stellung am Hintereingang und ließ die Tür nicht aus den Augen. Ich wusste, dass mein Team das Gebäude umstellt hatte und sich melden würde, falls jemand sich nähern sollte.

»Sie bewegt etwas und ist dabei nicht sonderlich leise«, informierte Max uns. Ein paar Minuten später fügte er hinzu: »Irgendetwas geht da drinnen vor sich. Vielleicht hat der Besitzer sie ertappt. Auf jeden Fall findet ein Handgemenge statt.«

»Haltet eure Positionen. Ein Einbruch geht uns nichts an«, ermahnte Declan uns.

Es war mir zuwider, nichts unternehmen zu können, während eine Frau vermutlich gerade verletzt wurde. Sowohl die Einsatzregeln als auch die Tatsache, dass wir uns in einer fremden Kultur befanden, hinderten uns daran einzugreifen. Wir hatten eine Mission. Diese beinhaltete nicht, eine Frau vor der Strafe zu bewahren, die sie für einen Diebstahl würde in Kauf nehmen müssen.

»Jemand steigt durch das hintere Fenster aus. Männlich«, meldete ich. Ich war zu weit weg, um Genaueres erkennen zu können, aber es handelte sich eindeutig um einen Mann. »Ein zweiter Mann ist draußen. Gefolgt von der Frau. Und von einem dritten Mann.«

»Halte die Stellung«, befahl Declan.

Ich zoomte heran, bis ich die Gesichter der Männer

klar erkennen konnte. »Es sind Rocco, Ace, Gumby und die unbekannte Frau.«

»Sind sie verletzt?«, fragte Dec.

»Sie wurden übel zugerichtet, aber ich sehe keine Schusswunden.«

Die vier machten sich auf den Weg in Richtung Straße. Max meldete ihren Standort. »Rocco und die Frau haben sich entfernt. Gumby und Ace bewegen sich in den Schatten vorwärts.«

»Max, Kyle und Thad, ihr folgt Rocco. Gebt euch nicht zu erkennen. Brooks, du kommst mit mir.«

Ich stand auf und joggte die Böschung hinunter. Dann lief ich mit Declan in die Richtung, in der er Gumby und Ace zuletzt gesehen hatte.

»Ganz ruhig.« Ich hob die Hände, als ich das kühle Metall einer Klinge an meiner Kehle spürte. »Ich bin es, Country«, nannte ich meinen Decknamen.

Ich war mir nicht sicher, wer hinter mir stand, aber ich wusste, dass es entweder Gumby oder Ace sein musste. Manchmal war es leichter, einfach zu warten, bis deine Zielperson zu dir kam. Vor allem wenn man es mit Männern zu tun hatte, die genauso gut ausgebildet waren wie wir.

»Was zum Teufel?«, fragte Ace und ließ das Messer sinken. »Wie habt ihr uns gefunden?«

»Tex hat angerufen und uns mitgeteilt, dass ihr drei in der Klemme steckt.«

Declan und Gumby traten beide aus dem Schatten und gesellten sich zu uns. Letzterer hatte vier Pakete auf dem Arm.

»Seid ihr bereit, von hier zu verschwinden, bevor wir

noch mehr Aufmerksamkeit auf uns ziehen?«, fragte Declan.

Wir hielten etwas Abstand zu Rocco. Er hatte einen Arm schützend um die Frau gelegt, während er mit schnellen Schritten voranging.

»Wer ist sie?«, wollte ich wissen.

»Caite McCallan«, antwortete Ace, als er Gumby zwei Pakete abnahm.

»Soll ich die nehmen?«, fragte ich, als ich bemerkte, dass Gumby hinkte.

»Es geht mir gut«, erwiderte er und rückte die schwere Last auf seinem Arm zurecht.

»Habt ihr bekommen, wonach ihr gesucht habt?«, erkundigte Declan sich, während er die Umgebung im Auge behielt.

»Nicht alles. Aber der Kommandant wird mit den neuen Informationen hoffentlich zufrieden sein.« Gumby war sichtlich bemüht, sich seine Schmerzen nicht anmerken zu lassen.

»Was zum Teufel ist passiert?«

Ace gab uns eine Zusammenfassung der Ereignisse der letzten vierundzwanzig Stunden. Eine Horde von Männern hatte sie überfallen und in einen Keller gesperrt, in dem sie einige antike Artefakte gefunden hatten. Schließlich kam ihnen eine verrückte, aber mutige Frau zu Hilfe. Als ich hörte, was Caite für Rocco, Ace und Gumby getan hatte, musste ich an Tatiana denken. Ich fragte mich, ob sie ebenfalls nach uns suchen würde, falls mein Team und ich verschwinden würden. Ich bezweifelte es. Sie hatte eine Mission zu erfüllen und hatte mir deutlich zu verstehen gegeben, dass sie mit keinem von uns etwas zu tun haben wollte, vor allem nicht mit mir.

»Warte. Sagtest du antike Artefakte?«, warf ich ein.

»Ja. Es handelt sich um irgendwelche Tafeln.«

»Hat Tatiana gesagt, worauf sie geboten hat?«, wandte ich mich an Declan.

»Mir hat sie es nicht erzählt.«

»Wer ist Tatiana?« Gumby verlangsamte seine Schritte und beobachtete, wie Rocco vor ein Taxi trat, um den Fahrer zum Anhalten zu zwingen.

Ein paar Sekunden später saßen Rocco und die Frau in dem Wagen und fuhren davon.

»Tatiana ist …« Ich war mir nicht sicher, wie ich sie beschreiben sollte.

»Sie ist die Frau, die Brooks' Eier in der Hand haben wird, wenn er sie nicht in Ruhe lässt«, erklärte Declan.

Ich hatte gerade sagen wollen, dass sie sexy, schön und klug war, aber ich war dankbar, dass Declan mich unterbrochen hatte.

»Halte das Taxi an.« Ace deutete auf einen Wagen, der auf uns zukam. »Nach vierundzwanzig Stunden in diesem Keller kann ich es kaum erwarten, von hier zu verschwinden.«

»Verstanden.«

KAPITEL SIEBEN

Die Bitoo-Brüder waren nicht im Laden und mein Kontaktmann hatte mir mitgeteilt, dass sie sich nicht bei Nazari gemeldet hatten. Falls sie die Tafeln gestohlen und sich aus dem Staub gemacht hatten, waren sie erledigt. Und falls sie die Artefakte außerhalb der Auktion verkauft hatten, würden sie sich einen schnellen Tod wünschen. Es gab eine Menge interessierter Käufer für die zehn irakischen Keilschrifttafeln. Bisher war ich immer noch die Höchstbietende. Sie würden einen hohen Preis erzielen und ich wäre in der Lage, das Geld bis zu der Terrororganisation zurückzuverfolgen, die die Artefakte aus Bahrain schmuggelte.

Ich würde gern behaupten, dass meine Motivation darin bestand, die kulturellen und spirituellen Relikte zu bewahren, aber mir ging es nur um das Geld. Es war meine Aufgabe, die Zahlungen zu verfolgen und abzufangen, bevor sie für den Kauf von Waffen und zur Finanzierung extremistischer Gruppen verwendet werden konnten.

Ich würde nur noch ein paar Tage brauchen, dann wäre ich im Besitz der Tafeln und auf dem Weg in den Irak. Drei Tontafeln aus dem Jahr 2200 v. Chr., die nach dem Sturz von Saddam Hussein erbeutet worden waren, standen zur Versteigerung. Die Preisforderung lag bei fünf Millionen, aber sie würden wahrscheinlich eher dreißig einbringen, da Sammler aus der ganzen Welt verzweifelt versuchten, die Stücke ihrer Privatgalerie hinzuzufügen.

Ein Klopfen an der Eingangstür der Villa ließ mich aufhorchen. Niemand wusste, dass ich hier war. Seit dem Brandanschlag auf den Anbau des UN-Gebäudes wechselte ich täglich meine Unterkunft und hatte mich nicht einmal bei meinem Kontaktmann gemeldet. Wahrscheinlich war es einer der anderen Mieter im Gebäude. Dieses befand sich auf einer der künstlichen Amwaj Inseln, die einen atemberaubenden Blick aufs Meer boten. Die gehobene Gegend war bei hier ansässigen Ausländern äußerst beliebt.

Als es erneut klopfte, überprüfte ich, ob meine Sig P226 geladen war, und musste unwillkürlich lächeln. Ich fragte mich, wie wütend Brooks wohl gewesen war, als er festgestellt hatte, dass ich den Unterschlupf ohne sein Wissen verlassen hatte. Es wäre nicht nötig gewesen, die Sig zu stehlen, aber ich hatte sie mitgenommen, weil … Nun, ich war mir nicht sicher, warum ich es getan hatte. Aber es gefiel mir, etwas zu haben, was ihm gehört hatte. Es war völlig absurd. Schließlich würde ich ihn nie wieder…

Ich wurde aus meinen Gedanken gerissen, als ich die Tür öffnete. »Hallo, Schätzchen.«

»Was haben Sie hier zu suchen?«

»Freut mich auch, Sie zu sehen.« Er drängte sich an mir vorbei, betrat das Haus und schloss die Tür.

»Nein, wirklich, Brooks, was tun Sie hier?«

Ich musste dafür sorgen, dass in den kommenden Tagen alles nach Plan lief. Ich hatte alles getan, um sicherzustellen, dass ich nicht verfolgt wurde. Aber wenn Brooks hier war, bedeutete das, dass sein Team ganz in der Nähe war. Offenbar war ich nicht so vorsichtig gewesen, wie ich geglaubt hatte.

»Ich dachte, Sie könnten ein paar Informationen über die Bitoo-Brüder gebrauchen.«

»Über wen?« Ich bemühte mich um eine teilnahmslose Miene, doch innerlich war ich aufgewühlt.

Woher zum Teufel kannte er diesen Namen?

»Hören Sie auf mit dem Scheiß, Tatiana. Das Ganze wird viel einfacher ablaufen, wenn Sie sich nicht dumm stellen.«

Ich mochte es nicht, als dumm bezeichnet zu werden, und hatte kein Problem damit, ihm das zu sagen.

»Ich bin alles andere als dumm, Arschloch.«

»Das weiß ich, Schätzchen. Aber Sie scheinen zu vergessen, dass ich auch nicht dumm bin. Also lassen Sie den Schwachsinn und legen Sie die Karten endlich auf den Tisch.«

»Welche Karten?«

Jetzt spielte ich die Dumme, um ihn zu verärgern. Ich wusste, was er meinte, aber ich war immer noch nicht bereit, ihm etwas zu verraten.

»Ich weiß, dass Sie es auf mehrere Steintafeln abgesehen haben. Zehn, um genau zu sein. Zu Ihrem Pech befinden sich sechs davon in den Händen der US-Regierung. Vier sind unauffindbar.«

»Woher wissen Sie das?«

»Ich bin nicht befugt, das zu sagen.«

»Blödsinn.«

»Sie können mir glauben. Ich habe sechs mit meinen eigenen Augen gesehen.«

»Verdammt noch mal. Bitte sagen Sie mir, dass Sie mich verarschen wollen.«

Falls er die Wahrheit sagte, waren Monate harter Arbeit für die Katz.

»Leider nicht. Die gute Nachricht ist, dass wir die Brüder aufgespürt haben. Betrachten Sie es als ein Friedensangebot.«

»Ein Friedensangebot?«

»Ja, Sie wissen schon, eine Geste des guten Willens.«

»Warum wollen Sie mir die Hand reichen?«

»Wir haben einander auf dem falschen Fuß erwischt. Das würde ich gern wiedergutmachen. Ich dachte, Sie würden uns vielleicht begleiten wollen.«

»Danke für das Angebot, aber ich arbeite allein.«

»Wie Sie wollen.«

Mir wurde flau im Magen, als Brooks sich auf den Weg zur Tür machte. Ich hatte erwartet, dass er mit mir diskutieren und mir die Gelegenheit geben würde, über einen Informationsaustausch zu verhandeln.

»Warten Sie. Das war's?«

»Ja, Schätzchen. Das war's. Ich werde Sie nicht zwingen, mit uns zu gehen, wenn Sie nicht interessiert sind. Ich dachte, Sie würden bei der Operation dabei sein wollen, aber ich habe mich wohl geirrt.«

»Ich will die Informationen«, rief ich ihm nach. »Wie wäre es, wenn ich Ihnen verrate, was ich über Militrix herausgefunden habe, und Sie nennen mir den Aufenthaltsort der Bitoo-Brüder?«

»Kommt nicht infrage.«

»Warum nicht? Es ist ein gutes Geschäft. Sie sind doch gar nicht an den Tafeln interessiert, aber Sie brauchen die Informationen, die ich über Militrix habe.«

Er blieb stehen und drehte sich zu mir um. »Es mag ein gutes Angebot sein, aber ich werde es nicht annehmen. Auf keinen Fall werde ich zulassen, dass Sie versuchen, fünf Männer im Alleingang auszuschalten.«

Ich wurde von Wut gepackt. Seine Worte erinnerten mich an den Mist, den mein Ex-Mann mir immer an den Kopf geworfen hatte. Ich hatte mir den Arsch aufgerissen, um mich in diesem Beruf zu beweisen. Und das war keine leichte Aufgabe gewesen. Auf keinen Fall würde ich dieses machohafte Gerede über mich ergehen lassen.

»Warum denn nicht, Brooks? Weil ich eine Frau bin?«

Aus mir unerfindlichen Gründen verhärtete seine Miene sich. Er durchbohrte mich mit einem eiskalten Blick, der mir einen Schauer über den Rücken jagte. »Das soll wohl ein Scherz sein. Es ist nicht zu fassen, dass Sie mir so einen Mist unterstellen. Ich hatte kein Problem damit, mir von Ihnen auf dem Hof des Unterschlupfs den Rücken freihalten zu lassen. Mit keinem Wort habe ich erwähnt, dass Sie eine Frau sind und im Haus bleiben sollten.« Er hatte recht. Weder er noch die anderen Männer in seinem Team hatten mich herabwürdigend behandelt. Thad hatte mir einfach ein Gewehr und eine Pistole gegeben und nicht gefragt, ob ich damit umgehen konnte. »Diese Brüder sind gefährlich und unberechenbar. Sie wissen, dass sie es vermasselt und sechs Tafeln verloren haben. Und sie wissen, dass sie so gut wie tot sind. Wenn sie nicht durch die Hand der Leute sterben, die sie betrogen haben, dann durch die Hand der drei SEALs, die erfolglos versucht haben, sie zu töten. Zum Glück für die Brüder sind die drei Männer, die sie in einen Keller gesperrt hatten, gesund und munter auf dem Weg zurück in die Staaten. Nichtsdestotrotz wird ihnen Vergeltung widerfahren. Wir dachten, Sie würden sie gern wegen der Tafeln befragen, bevor wir uns ihrer entledigen.«

»Scheiße.«

»Die Entscheidung liegt bei Ihnen, Schätzchen. Aber ich werde auf keinen Fall zulassen, dass Sie auf eigene Faust handeln. Und das hat nichts damit zu tun, dass Sie eine Frau sind, sondern damit, dass ich gern Ihr Überleben gewährleisten würde.«

Ich musste die anderen Tafeln finden, doch das wäre unmöglich, wenn Brooks und sein Team die Brüder töteten, bevor ich die Möglichkeit hatte, mit ihnen zu sprechen.

»Ich bin dabei.«

»Dann packen Sie Ihre Sachen. Wir brechen gleich auf.«

»Meine Sachen?«

»Ja, Tatiana. Ihre Sachen. Ihre Habseligkeiten.«

»Warum? Ich habe alles, was ich brauche.« Mit diesen Worten zog ich die Sig P226 aus dem Bund meiner Shorts und musste grinsen, als ein Lächeln seine Lippen umspielte.

»Sie werden bei uns im Unterschlupf wohnen, bis alles vorbei ist.«

»Warum?« Verdammt, langsam klang ich wie eine kaputte Schallplatte.

»Dort ist es sicherer. Und jetzt sollten Sie keine Zeit mehr verschwenden und sich beeilen. Wir müssen einen Einsatz planen.«

Ich wog meine Optionen ab und kam zu dem Schluss, dass es die Mühe nicht wert war, sich mit Brooks zu streiten. Außerdem war ich nicht verpflichtet, dort zu bleiben. Ich würde den Unterschlupf jederzeit verlassen können, wenn ich wollte. Wir mussten einen Weg finden, wenigstens einen der Männer lange genug am Leben zu halten, damit ich ihn befragen konnte.

»Ich brauche nur eine Minute.«

Ich eilte ins Schlafzimmer und zog mich schnell um. Solange ich mich in meinen eigenen vier Wänden aufhielt oder in den frühen Morgenstunden in ein Boot stieg, fiel ich mit einer kurzen Hose nicht auf. Aber ich befand mich in einem Land, in dem es als Frau verpönt war, viel Haut zu zeigen, also schlüpfte ich in eine lange Hose und ein langärmeliges Hend, wohl wissend, dass ich den Stoff innerhalb von Sekunden durchschwitzen würde. Ich hoffte, dass wir den Unterschlupf schnell erreichen würden, damit ich sofort die Kleidung wechseln konnte.

Als ich mit meinem Rucksack über der Schulter ins Wohnzimmer zurückkehrte, betrachtete Brooks mich beifällig von Kopf bis Fuß. Ich wollte gar nicht darüber nachdenken, warum es mir gefiel, wenn er mich musterte, oder warum mich ein heißer Schauer durchströmt hatte, als er mich vor ein paar Tagen gegen die Wand gedrückt hatte. Es hätte mich wütend machen sollen, dass er die Dreistigkeit besaß, mir so nahe zu kommen, doch das Gegenteil war der Fall gewesen. Ich schnappte mir meine Laptoptasche und vergewisserte mich, dass ich meine Akten darin verstaut hatte, bevor ich zur Tür ging.

»Kann ich Ihnen etwas abnehmen?«

Ich kniff die Augen zu dünnen Schlitzen zusammen.

»Meine Güte, regen Sie sich nicht gleich auf. Sie tun gerade so, als sei jedes Wort aus meinem Mund eine Beleidigung. Ich wollte Ihnen nur helfen.«

Er hatte recht, ich hatte überreagiert. »Nein danke, ich schaffe das schon.«

Wir verließen das Haus und gingen zu einem rostigen Toyota Geländewagen, von dem der Lack abblätterte. Kyle saß hinterm Steuer und Max auf dem Beifahrersitz. Sie grüßten mich, doch darüber hinaus sagten sie nicht viel, und die Fahrt zum Unterschlupf verlief vorwiegend schweigend.

Nachdem wir auf dem Hof geparkt hatten, stiegen Max und Kyle aus dem Geländewagen und ließen mich mit Brooks allein.

»Alles in Ordnung?«, fragte er.

»Ja, warum?«

»Sie wirken … irgendwie abwesend.«

Langsam wurde mir klar, dass Brooks rein gar nichts entging. Diese Erkenntnis war beunruhigend, denn es gefiel mir nicht, dass er in der Lage war, mich so leicht zu durchschauen.

»Ich denke nur darüber nach, welche Auswirkungen das alles auf meine Mission hat.«

»Lassen Sie uns zuerst ins Haus gehen und Sie aus diesen Klamotten befreien. Dann werden wir darüber reden.«

Die Worte trieben mir die Hitze in die Wangen. Ich wusste, dass die Bemerkung völlig unschuldig war, denn ich schwitzte aus allen Poren, aber ich stellte mir unwillkürlich vor, wie es wäre, wenn Brooks mir mein schweißgetränktes Oberteil ausziehen würde. Die Vorstellung war zwar nicht gerade sinnlich, aber dennoch unangemessen.

Brooks sah mir direkt in die Augen und sagte: »Ich würde zu gern wissen, was Ihnen gerade durch den Kopf ging, denn Ihr hübsches Gesicht ist rot angelaufen.«

Langsam führte er eine Hand an mein Gesicht und gab mir dabei die Möglichkeit, zurückzuweichen oder ihm Einhalt zu gebieten. Dummerweise tat ich weder das eine noch das andere. Ich blieb reglos sitzen, als er mit dem Daumen über meine Wange strich, während er seine Finger in meinen Nacken grub.

»Tatiana Jones, Sie haben etwas an sich, das mich ganz verrückt macht.«

Das Kompliment kann ich nur zurückgeben, Brooks Miller, dachte ich, wagte es aber nicht, die Worte laut auszusprechen. Schon die ganze Zeit über spukte der Mann mir im Kopf herum. Das war ganz und gar nicht gut. Ich musste mich auf meine Mission konzentrieren statt auf seine haselnussbraunen Iriden, die von blauen Sprenkeln durchzogen waren. Oder auf sein zu langes zerzaustes braunes Haar und seinen Dreitagebart, der sich wunderbar an den Innenseiten meiner Schenkel anfühlen würde. Schon gar nicht sollte ich mir vorstellen, wie er unter seinem engen T-Shirt und seiner Cargohose aussah.

»Gütiger Gott, Schätzchen. Wenn Sie so in Gedanken versunken sind und Ihre Augen diesen verträumten Ausdruck annehmen ...« Er schüttelte den Kopf, bevor er fortfuhr: »Dieser Blick kann einen Mann schwach machen. Er kann ihn dazu bringen, an alles Mögliche zu glauben und alles dafür zu tun, um ihn noch einmal sehen zu dürfen.«

Auf merkwürdige Weise war das vielleicht das beste Kompliment, das ich je bekommen hatte. Brooks mochte vieles sein, aber schwach war er sicher nicht.

»Wir können das nicht tun, Brooks.«

»Was können wir nicht tun, Tatiana?« Er lächelte.

»Was auch immer diese Sache zwischen uns ist.«

»Dann geben Sie also zu, dass da etwas ist.«

»Ich gebe zu, dass …« Ein Pfiff ertönte und ich warf einen Blick durch die Windschutzscheibe. Ich war dankbar für die Unterbrechung. »Wir sollten reingehen.«

»Diese Unterhaltung ist noch nicht beendet.«

»Doch, das ist sie. Wir haben beide eine Mission auszuführen und können keine Komplikationen gebrauchen.«

»Daran ist nichts kompliziert.«

Es wunderte mich nicht, dass er so dachte. Für ihn wäre es nur ein vergnügliches Abenteuer und eine Möglichkeit, Dampf abzulassen. Seit meiner Scheidung war ich mit keinem Mann mehr zusammen gewesen, was ich Brooks jedoch nicht verraten würde. Unzweifelhaft würde es die Dinge verkomplizieren.

»Kein Interesse, Brooks.«

Das war eine Lüge und ich wusste, dass er das wusste.

Er beugte sich vor und strich mir das Haar von der Schulter. »Lügnerin«, flüsterte er mir ins Ohr. Trotz der Hitze erschauderte ich. »Ich weiß, dass du es auch spürst, Schätzchen.«

Arschloch.

Obwohl ich mir geschworen hatte, diese Grenze nicht zu überschreiten, war ich im Begriff, genau das zu tun. Es war ein Leichtes, ein Keuschheitsgelübde abzulegen, solange Tatiana nicht in der Nähe war. Aber wenn sie mir gegenüberstand, war ich versucht, meine guten Vorsätze über Bord zu werfen. In einem Punkt hatte sie recht: Wenn wir dieser Anziehungskraft nachgeben würden, würde das alles verkomplizieren. Wir beide hatten eine Mission zu erfüllen. Unseren Auftrag hätten wir eigentlich längst abschließen und aus Bahrain verschwinden sollen. Aber nach dem Schlamassel, in den Rocco und die Jungs geraten waren, hatte Tex eine Verbindung zwischen den Steintafeln und Omni gefunden. Zum Glück für mich bedeutete das, dass Zane uns grünes Licht gegeben hatte, Tatiana aufzuspüren. Mittlerweile fragte ich mich, ob das wirklich so ein Glücksfall war, denn ich war noch nicht einmal eine Stunde in ihrer Nähe, und schon wurde ich wieder schwach.

»Was dagegen, wenn ich mich kurz umziehe?«, fragte sie, sobald wir im Haus waren.

Ich tat mein Bestes, sie mir nicht nackt vorzustellen, aber ich scheiterte kläglich.

»Nehmen Sie mein Zimmer. Es ist die erste Tür auf der rechten Seite. Verstauen Sie gleich Ihre Sachen dort. Es gibt nur fünf Schlafzimmer, aber ich überlasse Ihnen meines.« Als sie eine Augenbraue in die Höhe zog, fügte ich hinzu: »Ich werde auf der Couch schlafen.«

Im Esszimmer hatte Thad bereits mehrere Karten von Bahrain auf dem Tisch ausgebreitet. Darauf hatte er die Lage des Gebäudes eingezeichnet, in dem die Bitoo-Brüder sich versteckten. Es befand sich direkt am Meer, und Declan hatte die Punkte markiert, an denen wir in das Haus eindringen und es wieder verlassen würden. Der Plan schien solide.

Tatiana kam zurück in den Raum und ich bewunderte ihre langen, durchtrainierten Beine. Mein Gott. Es war, als seien sie wie geschaffen, um meine Taille zu umschlingen. Diese Frau verwandelte mich langsam, aber sicher in einen unzivilisierten Höhlenmenschen. Als Nächstes würde ich mir auf die Brust klopfen, sie in meine Höhle schleppen und sie anflehen, sie verwöhnen zu dürfen. Ich sollte mich einer Kopfuntersuchung unterziehen, und zwar schleunigst.

Sie stellte ihren Laptop und ihren Aktenordner auf den Tisch und betrachtete die Karten.

»Wem gehört dieses Grundstück?«, fragte sie.

»Es ist auf eine Firma namens Falcon Holdings registriert«, erklärte Declan.

»Dann haben Sie also die Verbindung zwischen Militrix und Falcon gefunden?« Tatiana öffnete eine Akte, die sie auf ihren Laptop gelegt hatte.

»Wie haben Sie die Verbindung entdeckt? Und sparen Sie sich die Lügen, Schätzchen.«

Sie seufzte, wischte sich mit den Händen übers Gesicht und fuhr sich dann mit den Fingern durch die Haare. Sie zog ein Gummiband von ihrem Handgelenk und band ihre Strähnen zu einem Pferdschwanz zusammen. Mit der Frisur sah sie sogar noch jünger aus als zweiunddreißig.

»Ich bin zufällig darauf gestoßen. Seit einiger Zeit verfolge ich eine Firma namens Lucre, die mit Antiquitäten handelt. Sie ist verantwortlich für den Schmuggel einiger gestohlener, sehr seltener Artefakte aus dem Nahen Osten. Ihre Lagerhäuser sind im Besitz von Falcon. Bei meinen Recherchen habe ich herausgefunden, dass Falcon Immobilien in ganz Afrika und im Nahen Osten verwaltet. Falcon hat zudem einen Haufen Aktien sowohl von Militrix als auch einiger anderer riesiger Unternehmen.« Tatiana fixierte mich mit einem Blick aus ihren dunklen Augen. »Jetzt sind Sie an der Reihe. Wie haben Sie mich gefunden?«

»Tex.«

»Dieser verdammte Keegan. Ich hätte es wissen müssen. Dann hat er also auch die Bitoo-Brüder aufgespürt.«

»Nein. Das war ich, Schätzchen. Nachdem sie herausgefunden hatten, dass unsere Jungs geflohen waren und die Tafeln mitgenommen hatten, die sie im Keller versteckt hatten, gingen die vier jüngeren Brüder auf Sauftour. Timothee, der älteste von ihnen, hatte Mühe, seine betrunkenen Brüder zum Schweigen zu bringen, die sich lautstark über die Amerikaner beschwerten. Ich bin ihnen in ihr Versteck gefolgt.«

»Einfach so?«, fragte Tatiana ungläubig.

Ich hatte gute altmodische Laufarbeit geleistet. Die Brüder waren Trunkenbolde. Ihr Vater hatte erfolglos versucht, ihnen Arbeit zu beschaffen, aber sie bevorzugten schnelles Geld, das sich durch illegale Machenschaften verdienen ließ. Leider würden sie auf die harte Tour lernen müssen, dass ihre Taten Konsequenzen nach sich zogen.

»Ja. Einfach so.«

»Also, wie lautet der Plan?«

Declan erläuterte die Einzelheiten und erklärte, welche Rolle Tatiana dabei spielen würde. Zu meiner Überraschung widersprach sie nicht. Max, Thad und Declan würden zuerst eindringen, während Kyle ihnen Deckung gab. Tatiana und ich würden ihnen folgen, sobald sie das Gebäude geräumt hatten.

»Ich brauche mindestens einen von ihnen lebend«, sagte sie zu Declan und fügte dann hinzu: »Und falls sie im Besitz der vier Tafeln sind, hätte ich die auch gern.«

»So ist es gedacht«, erwiderte Declan. »Aber wenn diese Artefakte so wertvoll sind, wie Tex sagt, dann nehme ich an, dass die Brüder sie nicht so leicht aus der Hand geben werden.«

»Sie sind tatsächlich so wertvoll«, bestätigte sie. »Selbst wenn nur noch vier übrig sind, werden sie einen guten Preis erzielen.«

»Wohin führt die Spur des Geldes?«, wollte Kyle wissen und überraschte mich mit seiner Frage.

Wir kannten die Antwort bereits, also stellte er

entweder ihre Aufrichtigkeit auf die Probe oder er wollte herausfinden, was sie wusste.

»Der Verkäufer ist die Lucre-Gruppe. Das habe ich Ihnen bereits gesagt.«

»Richtig«, murmelte Kyle.

Sie kniff die Augen zu dünnen Schlitzen zusammen und starrte ihn an. »Offensichtlich hat meine Antwort Ihnen nicht gefallen. Also, was genau wollen Sie wissen? Interessiert es Sie, ob ich weiß, was Lucre mit dem Geld macht? Ja, das weiß ich. Das Unternehmen finanziert verschiedene terroristische Organisationen, vermutlich um in einigen Stammesgebieten Afrikas für Unfrieden zu sorgen. Es ist leichter, zu plündern und Artefakte zu schmuggeln, solange es Konflikte zwischen den Stämmen gibt.«

»Sind Sie mit Omni vertraut?«, erkundigte ich mich.

»Ja, ich kenne den Namen. Seit Jahren schon existieren Verschwörungstheorien über diese Gruppe. Warum?«

»Das sind keine Theorien, Schätzchen. Der Mann hinter Lucre, Prinz Mohammad Al Issa, ist tatsächlich ein Mitglied von Omni«, sagte ich.

Ein Anflug von Wut huschte über Tatianas Gesicht, bevor sie wieder eine ausdruckslose Miene aufsetzte und dann die Lippen zu einem süffisanten Lächeln verzog. »Dann waren Sie also nicht hier, um den Vertrag über die transozeanische Verkabelung zu überprüfen?«

»Doch, aber im Zusammenhang mit Omni«, erklärte Declan. »Es hat den Anschein, dass Ihre Tafeln eine bessere Spur sind.«

»Und was soll das bedeuten?« Sie stemmte die Hand in die Hüfte. »Glauben Sie etwa, dass Sie einfach meine Operation an sich reißen können?«

»Nicht unbedingt. Wir bieten Ihnen eine ... Partnerschaft an. Wir wollen mit Ihnen zusammenarbeiten«, antwortete Dec.

»Kommt gar nicht infrage. Ich habe zu hart gearbeitet, um Ihnen jetzt einfach alles zu übergeben. Immerhin habe ich meine Befehle, und ich habe die Absicht, sie auszuführen. Ich habe Brooks bereits gesagt, dass ich allein arbeite.«

Sie war ein dickköpfiges kleines Luder. Es gab keinen Grund für sie, unser Angebot abzulehnen. »Wir interessieren uns nicht für die Steintafeln. Zumindest nicht so, wie Sie denken. Unser Ziel ist es, Al Issa zu stürzen.«

»Wodurch Sie mir einen Strich durch die Rechnung machen würden.«

»Warum das?«, fragte Kyle.

»Er muss im Geschäft bleiben, damit ich meine Mission erfüllen kann. Ich habe Ihnen bereits gesagt, dass Lucre eine der größten Schmuggelorganisationen ist. Sie verkaufen. Ich kaufe. Nur so kann ich die Terrororganisation, die sie finanzieren, aufspüren und die nötigen Informationen sammeln. Danach kann die Gruppe ausgeschaltet oder überwacht werden. Wenn Al Issa gestürzt wird, bricht Lucre zusammen. Und ich bin erledigt.«

»Die Zerschlagung von Omni hat Priorität«, entgegnete Declan.

»Sagt wer? Sie?«

Tatiana und Declan schienen eine Sackgasse erreicht zu haben, während Kyle stinkwütend aussah.

Nach einem Moment des Schweigens sagte Declan: »Das war deine Idee, Brooks. Kümmere du dich um sie.«

Mit einem Kopfschütteln verließ er das Esszimmer und Kyle folgte ihm.

»Sie sollen sich um mich kümmern?«, blaffte sie.

»Schätzchen, Sie sollten sich wirklich beruhigen. Ich weiß nicht, wem Sie Ihre abweisende Haltung zu verdanken haben, aber ich würde auf Monroe tippen. Wir sind allerdings nicht Ihre Feinde. Sie sollten wirklich …«

»Sie tun gerade so, als würden Sie mich kennen.«

»Ich sage nur, was ich sehe. Sie nehmen das alles viel zu persönlich. Niemand versucht, Sie aufs Kreuz zu legen. Aber Sie gehen sofort in die Defensive und ziehen voreilige Schlüsse.«

»Vielleicht ist diese Mission für Sie nicht persönlich, aber für mich schon.«

»Und genau da liegt Ihr erstes Problem. Indem Sie eine Mission zu nahe an sich heranlassen, schwächen Sie sich nur selbst.«

Tatiana durchbohrte mich mit einem Blick, während in ihren hübschen braunen Augen ein feuriger Ausdruck loderte. Sie schien nicht im Geringsten an dem interessiert zu sein, was ich zu sagen hatte. Aber wenn sie eine Minute innegehalten und ihre feindselige Haltung abgelegt hätte, hätte sie eingesehen, dass ich recht hatte.

»Wir haben Ihnen mitgeteilt, was wir wissen und warum wir in Bahrain sind. Warum sagen Sie mir nicht einfach, für wen Sie arbeiten? Vielleicht können wir einen Kompromiss finden, der für uns alle vorteilhaft ist.«

»Für wen ich arbeite, ist nicht von Bedeutung.«

»Ich versuche doch nur, Ihnen zu helfen, Tatiana. Was soll der Mist?«

»Ich brauche Ihre Hilfe nicht, Brooks.«

»Das sehe ich anders, Schätzchen. Sie hatten keine

Ahnung, dass sechs der Steintafeln konfisziert wurden. Zudem waren Sie nicht in der Lage, die Bitoo-Brüder ausfindig zu machen. Ohne uns sind Sie aufgeschmissen. Mission gescheitert.«

Sie knirschte mit den Zähnen und sagte: »Diese Operation darf nicht scheitern.«

»Nun, wenn Sie so weitermachen, wird sie das aber. Wenn Sie retten wollen, was zu retten ist, erklären Sie mir, warum es so wichtig ist, dass Lucre im Geschäft bleibt.«

»Verdammt.«

Sie wischte sich mit den Händen übers Gesicht und begann, auf und ab zu gehen. Declan hatte einen Auftrag zu erfüllen und wir waren auf dem besten Weg, unser Ziel zu erreichen. Wenn Tatiana nicht anfing zu reden, würden wir heute Abend, nachdem wir uns der Bitoo-Brüder angenommen hatten, von hier verschwinden und uns auf die Suche nach dem saudischen Prinzen machen. Dann wäre sie wirklich erledigt, denn sie würde aus ihm keine Informationen mehr herauspressen können.

Obwohl ich mich zu dieser wunderschönen Frau hingezogen fühlte, würde ich mein Ziel ihretwegen nicht aus den Augen verlieren. Nicht ohne einen triftigen Grund.

KAPITEL NEUN

Ich musste nachdenken. Doch es fiel mir schwer, einen klaren Gedanken zu fassen, während Brooks mich anstarrte. Ich wusste, dass ich ihm eine Erklärung schuldig war. Mir fiel nur auf die Schnelle keine ein, die nicht der Wahrheit entsprach. Ich musste mich zurückziehen und mir einen Plan zurechtlegen, ohne mich von Brooks derart durcheinanderbringen zu lassen.

»Ich brauche eine Minute«, sagte ich.

Ich blieb stehen und kämpfte gegen den Drang an, von einem Fuß auf den anderen zu treten. Er durchbohrte mich weiter mit diesem durchdringenden Blick, der mir noch den Verstand raubte. Ich hatte zu viel Angst davor, was er entdecken könnte, wenn er mich auf diese Weise musterte.

»Falls Sie daran denken, wieder Reißaus zu nehmen, lassen Sie es.«

Am liebsten hätte ich ihm gesagt, dass er nicht mein Chef war und mir gar nichts zu befehlen hatte, aber diese Bemerkung wäre kindisch gewesen. Also fragte ich stattdessen: »Warum interessiert es Sie überhaupt, was ich tue?«

»Diese Frage kann ich Ihnen nicht beantworten, Schätzchen. Es interessiert mich einfach.«

»Können oder wollen Sie sie nicht beantworten?«

»Ich kann nicht. Sie sind verdammt zickig, haben im Allgemeinen eine miese Einstellung und bisher haben Sie uns nur belogen. Und trotzdem sind Sie mir nicht egal. Ich glaube, Sie verheimlichen mehr als nur Ihren Arbeitgeber. Und ich denke, dass jemand Ihnen übel mitgespielt hat. Um sich also zu schützen, spielen Sie das unnahbare Miststück. Wahrscheinlich arbeiten Sie so gern allein, weil Sie Schwierigkeiten haben, anderen zu vertrauen, weshalb Sie immer die Kontrolle über alles haben müssen. Ich glaube auch, dass Sie irgendwo in Ihrem klugen Köpfchen wissen, wie sehr Sie uns brauchen. Sie sind jedoch zu starrköpfig, um sich von uns helfen zu lassen, und stehen sich deshalb selbst im Weg. Ihr Stolz wird Ihr Ruin sein. Merken Sie sich eines, Schätzchen, wenn Sie weglaufen, werde ich Sie finden.«

Volltreffer. Ich hatte recht, er hatte tatsächlich viel zu tief in mein Innerstes geblickt. Es war beunruhigend. Nicht einmal mein Ex-Mann hatte mich so leicht durchschauen können wie Brooks. Zu Beginn unserer Beziehung hatte James sich wirklich bemüht, mich kennenzulernen. Es hatte jedoch Jahre gedauert, bis er voll und ganz verstanden hatte, wie ich tickte. Am Ende hatte er es nur wissen wollen, um es gegen mich einzusetzen. Aber nicht so Brooks. Er hatte nur Stunden gebraucht, um zu erkennen, was in mir vorging.

Aber in einem Punkt irrte er sich: Meine Beweggründe hatte nichts mit Stolz zu tun, sondern mit Rachedurst. Diese Mission war eine persönliche Angelegenheit, die von meinem Bedürfnis nach Vergeltung getrieben war. Brooks hatte recht damit, dass ich mich selbst schwächte. Aber das hielt mich nicht davon ab, das zu beenden, was ich begonnen hatte.

»Ich werde nirgendwohin gehen. Ich muss nur nachdenken.« Mit diesen Worten schnappte ich mir meinen Laptop, ließ die Akte jedoch auf dem Tisch liegen. Sie enthielt die Informationen, die ich über Falcon und Militrix gesammelt hatte. »Die ist für Sie«, sagte ich und deutete auf die Dokumente, bevor ich das Esszimmer verließ.

Bevor ich wusste, wohin meine Füße mich trugen, stand ich in Brooks' Zimmer. Immerhin hatte er es mir für die Dauer meines Aufenthalts überlassen. Ich setzte mich auf die harte Matratze und begann, mir einen neuen Plan zurechtzulegen. Wäre es wirklich so schlimm, wenn das Team den Prinzen ausschalten würde? Seit ich vor zwei Jahren wieder begonnen hatte zu arbeiten, hatte ich genügend Informationen gesammelt, um zu wissen, wie sein Netzwerk funktionierte. Und war das nicht ohnehin mein Ziel? Wenn Al Issa von der Bildfläche verschwunden wäre, würde jemand anderes seinen Platz einnehmen, und ich würde weiterhin die Spur des Geldes verfolgen können, die von Lucre ausging. Warum war es mir so wichtig, wer Al Issa aus dem Weg räumte? Weil ich ihn umbringen wollte. Ich wollte das Vergnügen haben, ihm in die Augen zu blicken, wenn er seinen letzten Atemzug tat. Ich hatte es verdient, ihn zur Strecke zu bringen.

Obwohl die Klimaanlage auf Hochtouren lief, schwitzte ich immer noch. Eine kalte Dusche würde mir dabei helfen, wieder einen klaren Kopf zu bekommen, damit ich meinen nächsten Schritt planen konnte. Ich machte mich auf den Weg in das kleine angrenzende Badezimmer, zog mich aus und drehte das Wasser auf. Ich stellte mich unter den lauwarmen Strahl und ließ mich berieseln. Verdammt, bisher hatte ich in ganz Bahrain noch keine eiskalte Dusche finden können. Es dauerte eine Weile, doch schließlich wusste ich, was ich zu tun hatte. Ich würde Brooks und seinem Team etwas geben müssen.

Ich war überrascht, dass Tex es noch nicht herausgefunden hatte. Und falls er es wusste, war es verwunderlich, dass er die Information nicht an das Team weitergegeben hatte. Die Leute, für die ich arbeitete, waren vorsichtig, aber sie waren hauptsächlich deshalb in der Lage, im Verborgenen zu operieren, weil sie sich für nichts verantwortlich zeichneten. Man konnte ihnen nichts zur Last legen. Es existierte keine Gehaltsliste und nur eine einfache Befehlskette. Ich hatte keine Ahnung, wer außer mir sonst noch für *Die Firma* arbeitete. Wir hatten keine Partner, bildeten keine Teams und sammelten unsere eigenen Informationen. Im Grunde war es ganz einfach. Ich erhielt einen Auftrag und mir wurde gesagt, für welchen Job ich mich bewerben sollte. Wie durch Zauberhand bekam ich die Stelle jedes Mal. Diesmal arbeitete ich für die UN. Davor war ich für verschiedene Hilfsorganisationen wie UNICEF und sogar das Friedenskorps tätig gewesen. Die Jobs waren immer zeitlich begrenzt und erlaubten mir, mich für eine Weile in der Region aufzuhalten, in der ich gebraucht wurde.

Meinen Kontaktmann hatte ich noch nie persönlich getroffen und kannte ihn nur unter dem Namen Leon

Brown. Ich wusste, dass der Name nicht echt war, denn ich hatte ihn recherchiert. Mir wurde eine Stelle in der *Firma* angeboten, nachdem ich mich von James hatte scheiden lassen und beschlossen hatte, wieder zu arbeiten. Damals hätte ich auch zur CIA zurückkehren können, aber ich ergriff die Gelegenheit und war dankbar, allein arbeiten zu können. Nach allem, was ich mit meinem Ex-Mann hatte durchmachen müssen, genoss ich zur Abwechslung etwas Ruhe und Frieden. Ich hatte niemanden mehr, der mir ständig im Nacken saß und mir eintrichterte, dass ich nicht gut genug, nicht klug genug und nicht fit genug sei.

Scheiß auf James Monroe. Ich war ihm mehr als eine gute Ehefrau gewesen.

Ich stellte das Wasser ab und stieg aus der Dusche. Mir war immer noch genauso heiß wie zuvor. Ich trocknete mich ab, zog mir frische Shorts und einen BH an und füllte das Waschbecken mit Wasser auf. Ich hatte schon vor langer Zeit gelernt, meine Kleidung unterwegs mit der Hand zu waschen. Schweißgetränkte Baumwolle ist nicht gerade angenehm. Gerade hängte ich mein ausgewaschenes T-Shirt zum Trocknen über den Handtuchhalter, als ich jemanden nach Luft schnappen hörte. Ich musste mich nicht umdrehen, um zu wissen, wer hinter mir stand.

Verdammt.

»Klopfen Sie denn nicht an?«, blaffte ich.

»Doch, ich habe angeklopft. Als Sie nicht reagiert haben, dachte ich, Sie hätten sich aus dem Staub gemacht.«

»Würden Sie bitte gehen? Ich hätte gern etwas Privatsphäre.«

Es war zu spät. Er hatte sie gesehen. Mein Herz hämmerte in meiner Brust und mir stockte der Atem.

»Tatiana, Schätzchen.«

»Nicht«, presste ich hervor. »Ich will Ihr Mitleid nicht.«

»Das Letzte, was ich momentan empfinde, ist Mitleid«, erwiderte Brooks.

Ich hörte, wie er näher kam. Es machte keinen Unterschied. Ob er die unzähligen Narben nun aus der Ferne oder aus der Nähe betrachtete, sie waren nicht zu übersehen.

»Wer hat Ihnen das angetan?«

»Das spielt keine Rolle.«

»Und ob es eine Rolle spielt. Wer war es?«, knurrte er. »Ist Monroe dafür verantwortlich?«

»Verdammt, nein.« Ich drehte mich um und sah ihn an. Er hatte meinen Rücken gesehen, da konnte ich ihm auch gleich die Vorderseite zeigen. »Glauben Sie wirklich, dieser Scheißkerl wäre noch am Leben, wenn er mir das angetan hätte?«

Brooks ließ den Blick von meinem Bauch bis hinauf zu meinem Gesicht wandern. Ich wusste, was er sah. Die Narben der Austrittswunden waren über meinen gesamten Oberkörper verstreut. Als er meinem Blick begegnete, zuckte ich unwillkürlich zusammen. Ich hatte während meiner Karriere schon viele wütende Männer erlebt, aber der Ausdruck des Zorns in seinem Gesicht übertraf alles, was ich je gesehen hatte. Er erinnerte mich an eine wilde Bestie, und ich hatte sogar ein wenig Angst vor ihm.

»Wer. Hat. Ihnen. Das. Angetan?«

»Es ist schon lange her.«

»Ich habe Sie nicht gefragt, wie lange es her ist, Tatiana.«

In diesem Moment wünschte ich mir, er hätte mich wieder Schätzchen genannt, denn aus seinem Mund klang mein Name wie ein Fluch.

»Al Issa. Aber nicht er persönlich. Für etwas so Unschönes wie Folter ist er viel zu kultiviert. Stattdessen hat er die Drecksarbeit von seinen Männern erledigen lassen.«

»Dieser Scheißkerl!«, brüllte Brooks und verließ mit energischen Schritten das Badezimmer.

So viel zu meinem neuen Plan. Nun musste ich zuerst einmal Schadensbegrenzung betreiben.

KAPITEL ZEHN

Ich hatte gute Lust, einen Mord zu begehen.

Nein. Das war nicht ganz richtig. Mord wäre noch viel zu milde. Zu schnell. Ich wollte jeden einzelnen der Kerle aufknüpfen, die es gewagt hatten, Hand an diese Frau zu legen. Ich wollte sie genauso foltern, wie sie Tatiana gefoltert hatten. Auf den ersten Blick hatten die Narben ausgesehen, als rührten sie von Peitschenhieben oder einem Stock her, aber als sie sich umgedreht hatte, wurde mir klar, dass ihr wiederholt ein Messer in den Rücken gerammt worden war. Ihre Haut war so voller Narbengewebe, dass ich nicht erkennen konnte, wo eine Wunde endete und eine andere begann.

Diese unmenschlichen Scheißkerle. Ich selbst hatte im Auftrag meines Heimatlandes schon viel getan und gesehen, aber ich hatte noch nie jemanden derart brutal zugerichtet. Niemand aus meinem Team hatte je so eine Gräueltat begangen. Zwar hatte ich schon viele Menschenleben genommen, doch ich hatte nie mit meinen Opfern gespielt und ihnen immer einen schnellen

Tod bereitet. Wenn jemand zum Abschuss freigegeben war, dann entweder weil er versuchte, mich und mein Team zu töten, oder weil er derart grausame Verbrechen begangen hatte, die eine Kugel rechtfertigten.

Doch in dem Moment, in dem ich die Spuren auf Tatianas schönem Körper gesehen hatte, war in mir das Bedürfnis aufgewallt, jemanden zu verstümmeln. Gerade hatte sich ein weiteres Puzzleteil in das große Ganze gefügt. Ich verstand nun, warum diese Mission eine persönliche Bedeutung für sie hatte. Aber ich begriff nicht, warum sie wollte, dass Al Issa an der Macht blieb. Ich hätte angenommen, dass sie froh darüber wäre, wenn wir ihm den Garaus machten.

»Was zum Teufel ist mit dir los?«, fragte Kyle und folgte mir in den Hof hinaus.

»Nicht jetzt«, entgegnete ich in warnendem Tonfall.

»Was ist passiert? Hat sie sich aus dem Staub gemacht?«

»Ich sagte, nicht jetzt.«

»Ich habe mich nicht aus dem Staub gemacht«, hörte ich Tatianas sanfte Stimme hinter mir. Vor ein paar Stunden hatte sie Declan noch die Stirn geboten, doch nun klang sie unsicher, und das gefiel mir überhaupt nicht. »Kann ich kurz mit Brooks allein sprechen?«

»Sicher.« Ich hörte, wie mein Freund die Tür hinter sich zuschlug, und versuchte, meine Wut zu zügeln.

»Es geschah vor zwei Jahren. Bei meinem zweiten Einsatz für *Die Firma* war ich in Saudi-Arabien, direkt an der Grenze zum Irak tätig«, begann sie. »Ich hatte eine Spur zu einigen Artefakten verfolgt, die aus dem Irak geschmuggelt werden sollten, und wollte sie mir schnappen, bevor sie versteigert wurden. Es stellte sich heraus, dass Lucre sie noch dringender wollte als ich. Ich traf mich mit dem Verkäufer, doch Al Issas Männer tauchten ebenfalls auf. Sie entführten mich und hielten mich zwei Tage lang gefangen. Sie nahmen die Artefakte und ließen mich mit den Narben zurück.«

Obwohl ich Hunderte von Fragen hatte, brachte ich keine davon über die Lippen. Ich sah immer wieder die Male auf ihrem Rücken vor mir. Diese Männer hatten ihre dreckigen Hände an sie gelegt und ihr wehgetan. Zwei Tage lang hatte sie sie brutal gefoltert.

Tatiana seufzte und fuhr fort: »Ich dachte, ich würde es nicht überleben. Immer wieder verlor ich das Bewusstsein. Im Grunde kann ich mich an kaum etwas erinnern. Vielleicht war ich ohnmächtig geworden oder ich hatte dem Schmerz eine Weile entfliehen können, indem ich mich in meine Fantasie flüchtete, aber nachdem sie gegangen waren, wachte ich in einem Haus auf. Ein Mann und seine Frau versorgten so gut wie möglich meine Wunden. Ich rief einen Transport und saß innerhalb einer Stunde in einem Flugzeug nach Deutschland.«

Obwohl sie gefangen genommen und gefoltert worden war, wollte sie auch heute noch allein arbeiten. Das konnte ich einfach nicht verstehen. Und was war das für eine *Firma*, die in der Lage war, sie innerhalb einer Stunde nach Absetzen eines Hilferufs abzuholen?

»Ich hatte Glück und wurde medizinisch versorgt, bevor die Wunden sich infizieren konnten. Nach fünf Wochen war ich wieder im Einsatz.«

»Fünf Wochen?«, brüllte ich. Sie zuckte zusammen, was mich noch mehr in Rage brachte. »Sie haben keinen Grund, Angst vor mir zu haben.«

»Ich habe keine Angst vor Ihnen«, entgegnete sie und

hob trotzig das Kinn. Eines musste ich Tatiana Jones lassen. Sie war eine gute Schauspielerin. Sie war zwar nicht immer aufrichtig, aber die harte Fassade beherrschte sie meisterlich.

»Sicher.«

»Was haben Sie für ein Problem?«

Diese Frage konnte ich nicht beantworten. Ich hatte die Schrecken des Krieges mit eigenen Augen gesehen und selbst Narben davongetragen. Ich wusste, wozu die Menschen fähig waren, denn ich hatte es selbst erlebt. Aber es war etwas völlig anderes, die Spuren an ihr zu sehen. Es machte mich so wütend, dass ich kaum einen klaren Gedanken fassen konnte.

»Wer steckt hinter der *Firma*?«

»Wechseln Sie nicht das Thema.«

»Jemand hat Ihnen wehgetan«, sagte ich und trat einen Schritt vor.

»Dessen bin ich mir wohl bewusst.«

»Diese Kerle haben Sie mit dem Messer verletzt.« Ich machte einen weiteren Schritt auf sie zu.

»Auch das weiß ich.«

»Sie haben Hand an Sie gelegt und Sie gequält.«

Ich tat noch einen letzten Schritt und stand direkt vor ihr.

»Ich war dabei, Brooks. Aber so etwas ist schon Hunderten von Soldaten, Entwicklungshelfern und unschuldigen Zivilisten passiert, die zur falschen Zeit am falschen Ort waren. Ich bin mir sicher, dass sogar einige Männer, mit denen Sie zusammengearbeitet haben, eine ähnliche Geschichte erzählen können. Wir alle gehen in unserem Beruf ein Risiko ein und sind uns bewusst, dass wir einen hohen Preis zahlen müssen, falls etwas schiefgeht.«

»So etwas hätte Ihnen nicht passieren dürfen.«

»Warum nicht?«

Warum nicht? *Warum nicht?* Darauf hatte ich keine schlüssige Antwort. Sie hatte recht. Wir alle kannten die Risiken unseres Jobs. Ungeachtet dessen erfüllte mich der Gedanke, dass Tatiana so etwas angetan wurde, mit einer unbändigen Wut.

Am liebsten hätte ich sie in meine Arme gezogen und ihr erklärt, warum ich so reagierte. Doch mir fehlten die Worte. Das Bedürfnis, sie vor Unheil zu bewahren, kam tief aus meinem Inneren und war für mich unerklärlich. Noch nie hatte ich einen so starken Beschützerinstinkt empfunden.

»Es hätte einfach nicht passieren dürfen«, erwiderte ich aus Ermangelung einer besseren Erklärung. »Also, wer steckt hinter der *Firma*?«

Für einen Moment starrte sie mich nur an und schien sichtlich überrascht von meinen mangelnden kommunikativen Fähigkeiten.

»Könnten wir zurück ins Haus gehen? Dann muss ich das Ganze nur einmal erklären.«

»Sicher.«

»Ist alles in Ordnung?«

»Nicht einmal annähernd«, antwortete ich aufrichtig. »Lassen Sie uns reingehen.«

Sie erwiderte nichts, aber sie sah mich an, als seien mir zwei zusätzliche Köpfe gewachsen.

Ja, Schätzchen, ich weiß. Ich habe den Verstand verloren.

Die Jungs hatten sich bereits im Esszimmer versammelt. Neben den Karten lagen auch die Dokumente aus

Tatianas Akte ausgebreitet auf dem Tisch. Sie hatte gute Arbeit geleistet.

»Ich war früher bei der CIA«, platzte sie heraus. »Heute arbeite ich für eine inoffizielle Organisation namens *Die Firma*, die Geheimoperationen durchführt.«

»Ich habe noch nie davon gehört«, murmelte Declan und runzelte die Stirn.

»Nun, das wundert mich nicht. Wie ich schon sagte, die Organisation existiert offiziell nicht. Sämtliche Agenten, die für *Die Firma* arbeiten, sind legal bei anderen Unternehmen angestellt. Ich habe offiziell einen Job bei der UN.«

»Wem gehört die Organisation?«, wollte Kyle wissen.

»Ich habe keine Ahnung.«

»Wie kommt es, dass Sie den Besitzer nicht kennen? Wer hat Sie eingestellt?«, fragte ich.

»Ich habe von einem meiner ehemaligen Kollegen bei der CIA davon erfahren. Er fragte mich, ob ich an einem Karrierewechsel interessiert sei. Als ich zustimmte, gab er meine Kontaktdaten weiter, und eine Woche später wurde mir ein Job angeboten. Es fand nie ein Vorstellungsgespräch statt. Ein Mann namens Leon Brown rief mich an, machte mir ein Angebot, erklärte mir alles und gab mir meinen ersten Auftrag.«

»Dann könnte man Sie als abtrünnig bezeichnen«, bemerkte Declan.

»Ich bin sicher, die US-Regierung würde Ihnen zustimmen.«

»Wie lautet Ihr Auftrag?«

»Das habe ich Ihnen bereits gesagt. Ich soll die Steintafeln bei der Auktion ersteigern. Sobald wir das Geld überwiesen haben, kann *Die Firma* es verfolgen. Hauptsächlich werden damit kleine aufstrebende extremistische Gruppen finanziert. Sie werden gestoppt, bevor sie Fuß fassen können. Ein Teil des Geldes geht an Kriegsherren, denn Konflikte sind gut für das Schmuggelgeschäft. Diese bleiben in der Regel unangetastet, sie halten den Warenfluss aufrecht.«

»Aber es sind nur noch vier Steintafeln in Umlauf«, erinnerte ich sie.

»Darüber habe ich bereits nachgedacht.« Sie begann, im Raum auf und ab zu gehen. »So wie ich das sehe, haben die Bitoos Lucre hinters Licht geführt und versucht, die Tafeln außerhalb der Auktion zu verkaufen. Ich will gar keine Einzelheiten über die Mission wissen, aber wer hat die SEALs geschickt, um die Artefakte zu bergen?«

Die Tatsache, dass Tatiana früher für die CIA gearbeitet hatte, ging mir nicht mehr aus dem Kopf. Ich war mir nicht mehr sicher, ob ich ihr überhaupt irgendetwas anvertrauen konnte, zumal sie eine so gute Schauspielerin war. Wir hatten keine Möglichkeit, ihre Behauptungen über diese inoffizielle Organisation zu überprüfen. Ich fragte mich, ob Tex oder Zane darüber Bescheid wussten. Ersterer konnte so gut wie alles und jeden aufspüren. *Die Firma*, für die Tatiana angeblich arbeitete, tauchte nicht in ihrer Akte auf, genauso wenig wie ihre frühere Anstellung bei der CIA. Diese Unterlagen waren nicht einfach verschwunden. Selbst wenn jemand sie aus der Datenbank gelöscht hatte, hätte Tex sie finden können. Es sei denn, die Informationen wurden uns absichtlich vorenthalten. Aber warum?

»Es war ein Sonderauftrag. Mehr wissen wir nicht«, antwortete Declan auf ihre Frage.

»Was denken Sie?«, fragte Tatiana und wandte sich mir zu.

Was ich dachte? Die ganze Situation war ein einziges Durcheinander. Ich zog eine klar umrissene Mission vor, bei der es nur Schwarz und Weiß gab. Solange ich wusste, wie mein Auftrag lautete, und ich meine Befehle ausführen konnte, war ich zufrieden. Dieses doppelte Spiel gefiel mir nicht. Wir befanden uns in einer Grauzone, in der man sich erst durch Schichten von Falschinformationen kämpfen musste, um an die Wahrheit zu gelangen.

»In Anbetracht dessen, was wir bisher wissen, würde ich Ihnen zustimmen«, antwortete ich.

Tatiana starrte mich an und schien darauf zu warten, dass ich meiner Aussage noch etwas hinzufügte. Aber darauf würde sie lange warten können. Ich hatte nichts mehr zu sagen.

»Wir haben die Spur des Geldes aufgenommen. Bedeutet das, dass die Mission nach dem Einsatz heute Abend abgeschlossen ist?«, fragte ich Declan.

»Nicht ganz. Die Operation wurde erweitert.«

»Erweitert?«

»Wir warten auf die Bestätigung der Informationen. Sobald Tex die neuen Daten überprüft hat, werden wir uns Al Issa schnappen. Tot oder lebendig. Zane will, dass Lucre zerschlagen wird.« Declan hielt inne und wandte sich an Tatiana. »Ich weiß, das ist nicht das, was Sie hören wollten. Nachdem wir Al Issa beseitigt haben, wird ein anderer den Handel übernehmen. Innerhalb einer Woche werden Sie eine neue Spur haben, der Sie folgen können. Omni ist zu wichtig. Zu mächtig. Lucre ist nur ein Rädchen im Getriebe, das entfernt werden muss.«

Tatiana wirkte nicht erfreut. Tatsächlich schien sie außer sich vor Wut zu sein. Ich war mir nicht sicher, ob das daran lag, dass all ihre harte Arbeit umsonst gewesen war oder dass sie Al Issa und Lucre auf eigene Faust zur Strecke hatte bringen wollen, um sich zu rächen. Vielleicht ein bisschen von beidem. Ich konnte ihr den Rachedurst nicht verübeln. Am liebsten hätte ich den Mann mit bloßen Händen erwürgt.

»Ich muss das melden«, murmelte sie. »Wann brechen wir heute Abend auf?«

»Spät. Die Brüder gehen gern einen trinken. Wir werden warten, bis sie in der Kneipe sitzen«, antwortete Declan.

»In Ordnung.«

Ohne mich eines weiteren Blickes zu würdigen, verließ sie den Raum. Vier Augenpaare bedachten mich mit besorgten Blicken.

»Geht es dir gut, Bruder?«, fragte Dec.

»Nein.«

»Was zum Teufel ist vorhin passiert?«, hakte Kyle erneut nach.

Ich überlegte, wie viel ich meinem Team erzählen sollte. Es stand mir nicht zu, ihre Geheimnisse preiszugeben, aber die Jungs mussten Tatianas Beweggründe verstehen. Sie befand sich auf einem persönlichen Rachefeldzug, der sich nun auch auf unsere Operation auswirken würde, und das war gefährlich. Aber ich musste mir an die eigene Nase fassen. Innerhalb einer Stunde war dieser Einsatz auch für mich sehr persönlich geworden.

»Sie wurde gefangen genommen und gefoltert.«

Meine Teamkameraden rissen die Augen auf. »Und zwar auf eine furchtbare Art und Weise.«

»Al Issa?«, fragte Thad mit einem wütenden Unterton in der Stimme.

»Seine Männer.«

Ein Muskel in Max' Wange begann zu zucken und seine Miene war plötzlich wie versteinert. Die Reaktion meiner Kameraden überraschte mich nicht. Zweifellos waren sie genauso wütend wie ich. Aber jeder von ihnen hatte seine eigenen Gründe, warum er in Rage geriet.

Tatiana brachte mich völlig durcheinander. Ich glaubte kein Wort von dem, was ihr über die Lippen kam, aber ich zögerte nicht, mit ihr Seite an Seite gegen den Feind zu kämpfen. Sie als abweisend und zickig zu beschreiben wäre eine Untertreibung gewesen, aber auf seltsame Weise erregte mich das. Sie war wie eine Bombe, die nur darauf wartete zu explodieren, aber ich war bereit, das Minenfeld zu durchqueren. Sie hatte mehr emotionale und körperliche Narben als jede andere Frau, die mir je begegnet war, und trotzdem war sie atemberaubend schön. Ich wollte sie festhalten und ihre Dämonen besänftigen. Ich wollte jede einzelne ihrer Narben berühren, küssen und die Geschichte erfahren, die sie erzählte. Ich begehrte Tatiana so sehr, dass meine Finger zuckten und mein Magen sich verkrampfte.

Ich war erledigt.

Ich musste mich von ihr fernhalten. Aber ich wusste, dass ich das nicht tun würde.

KAPITEL ELF

Ich hatte Leon Brown angerufen und ihn über den Stand der Dinge informiert. Er stimmte mir zu und schien nicht überrascht, dass die Bitoo-Brüder versucht hatten, die Tafeln auf eigene Faust zu verkaufen. Meine Mission war gescheitert. Es wäre zwar großartig, falls wir die vier Tafeln heute Abend würden bergen können, aber Brown machte sich keine großen Hoffnungen. Er war überzeugt, dass sie bereits verkauft worden waren. Ich musste ihm nicht erst sagen, dass die anderen sechs Artefakte bereits im Besitz der US-Regierung waren. Er hatte es bereits gewusst. Das hätte mich nicht überraschen sollen. Zu meinem Verdruss wollte er, dass ich beim Gold Team blieb. Er sagte mir, er würde Zane Lewis anrufen, um alles zu regeln.

Leon war der Meinung, dass es das Beste sei, mich an ihre Fersen zu heften, wenn sie hinter Lucre her waren. Ich wusste warum. Als ich Lucre das letzte Mal zu nahe gekommen war, wäre ich fast gestorben. Ich wusste auch, dass Leon sich für meine Verletzungen verantwortlich fühlte. Soweit ich gehört hatte, hatte er mich häufiger im Krankenhaus besucht, doch das konnte ich nicht bestätigen. Damals wurde ich mit so vielen Schmerzmitteln vollgepumpt, dass ich nicht bei Sinnen war. Selbst wenn ich die Augen geöffnet hatte und ihn an meinem Bett hatte sitzen sehen, konnte ich mich nicht erinnern.

An vieles im Zusammenhang mit meinem Krankenhausaufenthalt und meiner Genesung wollte ich mich gar nicht erinnern, doch einige Dinge konnte ich nicht vergessen, egal wie sehr ich mich bemühte. Eines dieser Dinge war der Grund für meine Gefangennahme. Ich war übermütig und arrogant gewesen. Nachdem ich jahrelang von meinem Ex-Mann verbal erniedrigt worden war, hatte ich mir und allen anderen unbedingt beweisen wollen, dass ich besser war als die Frau, für die James mich gehalten hatte. Ich hatte es meiner eigenen Großspurigkeit zu verdanken, dass ich unvorsichtig war und in einen Hinterhalt geraten war. Mein Stolz hatte dabei fast genauso gelitten wie mein Körper. Damals hatte ich eine wertvolle Lektion gelernt, die ich nie vergessen werde.

Als ein lautes Klopfen an der Schlafzimmertür ertönte, blickte ich von meinem Laptop auf. »Herein.«

Die Tür wurde geöffnet und Brooks lehnte sich an den Rahmen. »Entschuldigen Sie. Ich wollte die Tür nicht gleich eintreten, aber ich wollte sichergehen, dass Sie mich diesmal hören.«

Welche Laus ihm vorhin auch über die Leber gelaufen war, sie schien verschwunden zu sein. Er schenkte mir ein breites Lächeln und entblößte dabei seine weißen, geraden Zähne. Bei dem Anblick kam mir nur ein einziges Wort in den Sinn: umwerfend.

»Kein Problem. Ich war gerade am Arbeiten. Was ist los?«

»Ich wollte Sie nur fragen, ob Sie etwas essen möchten. Glücklicherweise hat Max heute Küchendienst. Seine Steaks sind hervorragend. Kyle ist lediglich imstande, ein Käsesandwich zuzubereiten, und Declan tischt immer nur Spaghetti auf. Thad lassen wir schon eine ganze Weile nicht mehr in die Nähe des Herdes, denn er könnte nicht einmal kochen, wenn es um sein Leben ginge.«

»Was ist mit Ihnen? Was ist Ihre Spezialität?«

Brooks' Lächeln verwandelte sich in ein verschmitztes Grinsen und ein anzüglicher Ausdruck huschte über sein Gesicht. Wenn er mich öfter auf diese Weise anlächeln würde, würde ich in ernsthafte Schwierigkeiten geraten. Es fiel mir schwer, mich von ihm fernzuhalten. Vor allem nachdem er meinen Rücken gesehen und daraufhin einen Wutausbruch gehabt hatte. Niemand, der mir nahestand, wusste, was ich durchgemacht hatte. Weder meine Eltern noch meine Geschwister noch die wenigen Freunde, die ich hatte. Sie wussten zwar, dass ich mitunter gefährliche Orte bereiste, doch sie glaubten, ich würde die Welt retten, indem ich einen sicheren Schreibtischjob ausübte. Keiner von ihnen war während meiner Genesung bei mir gewesen. Die Tatsache, dass Brooks um meinetwillen erzürnt war, brachte mein Herz zum Flattern. Mir war klar, wie albern das war. Aber ich konnte nichts dagegen tun. Und ich konnte einfach nicht mehr leugnen, dass ich mich zu ihm hingezogen fühlte.

»Sie sind ja schon wieder in Gedanken versunken«, sagte er mit einem leisen Lachen.

In seiner Gegenwart erging ich mich häufiger in Tagträumen. Das sah mir gar nicht ähnlich. Ich fantasierte nicht über Männer. Zumal ich mich aufgrund meiner Narben schon lange nicht mehr attraktiv gefühlt hatte.

Ich schob die Gedanken beiseite und antwortete: »Ja, ich könnte durchaus etwas vertragen.«

Er beäugte mich wieder und versuchte wahrscheinlich zu ergründen, was in meinem Kopf vorging. Viel Glück. Falls er es herausfand und ich Glück hatte, würde er es mir vielleicht verraten. Ich musste mich zusammenreißen, Brooks aus meinen Gedanken verbannen und mich auf die Arbeit konzentrieren.

Ich klappte meinen Laptop zu und machte mich auf den Weg zur Tür. Brooks hatte sich nicht von der Stelle gerührt. Er hatte seine kräftigen Arme vor der Brust verschränkt, wodurch sein muskulöser Oberkörper und sein Bizeps noch besser zur Geltung kamen. Die in eine Cargohose gehüllten Beine hatte er an den Knöcheln gekreuzt. Er sah zum Anbeißen aus. Gemeißelte Gesichtszüge, starke Wangenknochen und ein kräftiges Kinn, eine gerade Nase, ein tolles Lächeln, sinnliche, ungewöhnliche Augen. Ja, er war verdammt heiß und brandgefährlich. Ein Herzensbrecher.

»Ich auch«, murmelte er mit sinnlichem Tonfall.

Ein erregender Schauer durchlief mich. »Sie sollten ein Warnschild mit sich herumtragen.«

»Wirklich? Und was sollte darauf stehen?«

Brooks streckte eine Hand aus und legte sie an meine Wange, woraufhin ich mich in seine Berührung schmiegte. Als er begann, mit dem Daumen über meine Haut zu streicheln, vergaß ich völlig, was ich hatte sagen wollen.

»Gefahr. Lassen Sie Vorsicht walten«, presste ich schließlich hervor.

»Ich mag gefährlich sein, aber ich kann Ihnen versichern, dass Sie bei mir sicher sind«, murmelte er mit erstickter Stimme.

»Ich glaube, da liegen Sie falsch, Brooks. Ich denke, in Ihrem Fall ist die Realität viel besser als die Fantasie. Das macht Sie zu einer Bedrohung.«

In seinen Augen loderte ein Feuer auf und seine Mundwinkel zuckten. Ich war mir nicht sicher, ob er versuchte, ein Lächeln oder ein Lachen zu unterdrücken. Was auch immer es war, der Anblick ließ mich dahinschmelzen. Offenbar war Ehrlichkeit nicht immer die beste Strategie.

»Ich denke, die Vorsicht können wir über Bord werfen.«

»Wie kommen Sie darauf?«

»Gerade haben Sie mir gestanden, dass Sie sich Fantasien über mich hingegeben haben. Das sagt mir, dass ich mich nicht mehr in Zurückhaltung üben muss.«

»Das hatte ich damit nicht gemeint.«

»Doch, das haben Sie. Und Sie haben recht. Die Realität wird viel besser sein als alles, was Sie in Ihrer Fantasie heraufbeschwören können.«

»Ihre Arroganz kommt wieder zum Vorschein, Brooks.«

»Nein, nur mein Selbstbewusstsein«, erwiderte er. »Schätzchen, ich verspreche Ihnen, dass Sie nicht enttäuscht sein werden.«

In Brooks' Augen loderte ein Inferno, als er seine Hand von meiner Wange in mein Haar gleiten ließ. Er zog leicht daran, um meinen Kopf nach hinten zu neigen, und presste seine Lippen auf meine, um mich leidenschaftlich zu küssen. Er bat nicht um Erlaubnis, sondern nahm sich einfach, was er wollte, und verschlang mich. Es war unglaublich, denn er beherrschte die Kunst des Küssens meisterlich. Mein Magen machte einen Satz, mein Herz hämmerte in meiner Brust und mein Höschen wurde feucht. Noch nie hatte ein Kuss mich so sehr erregt. Ich war mir jedoch nicht sicher, ob das gut oder schlecht war. Wenn er mich mit einer einfachen Liebkosung so leicht aus der Fassung bringen konnte, was würde geschehen, wenn er mich tatsächlich berührte?

Wahrscheinlich würde ich explodieren.

Er zog den Kopf zurück, doch er war mir immer noch so nahe, dass ich seine Erektion spüren konnte.

»Mein Gott«, murmelte er. »Du kannst wirklich küssen, Schätzchen.«

Ich konnte keinen klaren Gedanken mehr fassen. Mittlerweile wurde ich von einem Hunger gepackt, den ich mit einer Mahlzeit nicht würde stillen können. Das Bett stand nur wenige Meter entfernt und ich war drauf und dran, alle Vorsicht in den Wind zu schlagen.

Doch im nächsten Moment ergriff er wieder das Wort. »Du schmeckst so verdammt gut. Am liebsten würde ich dich auf dieses Bett hier werfen und dich vernaschen, aber die Jungs warten mit dem Essen auf uns.«

Gott sei Dank.

Gott sei Dank, denn ich konnte nicht mehr klar denken.

Ich wollte mich von ihm lösen, doch Brooks festigte seinen Griff an meiner Hüfte. »Du sollst wissen, dass ich diesen Raum nur unter Protest mit dir verlasse.« Ich begegnete seinem Blick, in dem noch immer ein Feuer loderte. »Wir werden zu Ende bringen, was wir begonnen haben.« Ich schluckte einen Kloß im Hals hinunter und nickte nur. Was hätte ich sonst tun sollen? Ich wollte es ebenfalls zu Ende bringen. »Es kommt nicht infrage, dass ich eine Kostprobe bekomme und dich dann nicht noch einmal schmecken darf. Und Schätzchen, beim nächsten Mal werde ich dich zwischen deinen Schenkeln schmecken.«

Hatte ich ihn richtig verstanden? Ja, er hatte gerade gesagt, dass er mich lecken wollte. War es möglich, allein durch verbale Stimulation zum Höhepunkt zu kommen? Ich spannte die Muskeln in meinem Unterleib an und mein Höschen war völlig durchnässt.

»Wie ich sehe, gefällt dir die Vorstellung. So gern ich sie gleich in die Tat umsetzen würde, sollten wir etwas essen und uns auf den Einsatz heute Abend vorbereiten.«

Oh Scheiße. Richtig. Die Arbeit. Wir hatten noch etwas zu erledigen.

»Verdammt, du bist so hübsch.«

Soweit ich mich erinnern konnte, hatte mich niemand mehr als hübsch bezeichnet, seit ich ein kleines Mädchen war. Es war ein gutes Gefühl. Diese Seite von Brooks war weitaus gefährlicher als der sexy Schwerenöter mit dem umwerfenden Lächeln.

Ich war erledigt.

KAPITEL ZWÖLF

Ich konnte den Blick nicht von Tatiana abwenden.

Sie war zweifellos die schönste Frau, die ich je gesehen hatte. Nach dem Abendessen kam sie in einer schwarzen Cargohose, schwarzen Stiefeln und einem eng anliegenden T-Shirt aus meinem Zimmer, und ich hätte mich fast an meiner Zunge verschluckt. Als sie sich ein Oberschenkelholster umschnallte und ihre Sig hineinsteckte, zuckte mein Schwanz in meiner Hose. Und als sie sich schließlich eine kugelsichere Weste überzog, tropfte etwas Sperma aus meinem Schwanz. Ich war mir sicher, dass ein feuchter Fleck auf meiner Hose zu sehen war. Tatiana hatte ihr Haar zu einem Pferdeschwanz zusammengebunden und erlaubte mir einen ungehinderten Blick auf ihren sinnlichen Nacken. Ich konnte es kaum erwarten, die geschmeidige Haut an ihrem Hals zu liebkosen. Dec reichte ihr einen Ohrstöpsel. Sie überprüften die Funkverbindung, dann konnte es losgehen.

Wir waren weniger als vierhundert Meter von dem Lagerhaus entfernt, in dem sich die Bitoo-Brüder verschanzt hatten. Declan, Thad, Kyle und Max hatten sich abgesetzt, um ihre Positionen einzunehmen, sodass Tatiana und ich das letzte Stück allein zurücklegten.

Die Gegend war weder heruntergekommen, noch war sie sonderlich gehoben. Obwohl das Gebäude direkt am Meer lag, gab es dort keinen Bootsanleger. Wir näherten uns dem Industriegebiet und ich war dankbar, dass weit und breit niemand zu sehen war.

»Ich bin bereit«, meldete Kyle über Funk.

»Wir sind noch etwa zwanzig Meter entfernt«, antwortete Declan. »Team zwei, seid ihr in Position?«

»Positiv. Wir warten auf grünes Licht«, antwortete ich.

»Bist du bereit?«, wollte ich von Tatiana wissen.

»Ja.«

Sie hatte ihre Waffe gezogen und ließ den Blick über die Umgebung schweifen. Eigentlich hätte der Anblick mich nicht derart erregen sollen. Ihre weiblichen Kurven waren unter der kugelsicheren Weste verborgen, ihr schönes Gesicht war von einer Sturmhaube verhüllt und ihr langes glänzendes Haar war unter dem Helm nicht zu sehen. Ungeachtet dessen brachte sie mich auf Touren, wie keine andere Frau es je vermocht hatte.

»Wir gehen rein«, ertönte Declans Stimme über Funk.

Ich erwartete, Schüsse zu hören, doch alles blieb ruhig. Während meine Kameraden sich einen Weg durchs Gebäude bahnten, unterbrachen sie die Stille nur, wenn einer von ihnen rief: »Sauber.« Irgendetwas stimmte nicht.

»Scharfschütze, hast du jemanden im Visier?«, wollte ich von Kyle wissen.

»Negativ.«

»Ich sehe Blut«, verkündete Max.

»Team zwei, setzt euch in Bewegung.«

Tatiana nickte mir zu und ich übernahm die Führung. Im Laufschritt legten wir die kurze Strecke zum Gebäude zurück, wobei Tatiana sich meinem Tempo anpasste. Wir traten durch die Tür, durch die meine Kameraden eingedrungen waren, und gelangten in einen kleinen Raum. Auf der rechten Seite befanden sich drei Türen, die alle offen standen. Max und Declan standen in einer der Türen, während Thad sich am Hintereingang positioniert hatte. Überall war Blut.

Wir kamen zu spät.

»Scheiße«, murmelte Tatiana. »Das ist ein Desaster.«

»Sieht so aus, als sei einer da drüben erschossen worden.« Declan deutete auf eine Blutlache auf dem Zementboden. Die Spritzer an der Wand bestätigten seine Vermutung. »Und einer hier im ersten Raum.«

»Und die anderen?«

Bisher konnten wir nur vermuten, dass zwei der fünf Brüder erschossen worden waren. Aber ohne Leichen konnten wir es nicht mit Sicherheit wissen.

»Scheiße, Mann, sieh dir das an. Hier hat ein Blutbad stattgefunden.« Er deutete in einen der Räume.

Ich ging zu ihm und warf einen Blick hinein. Er hatte nicht übertrieben. Es sah aus, als hätte jemand ein Massaker verübt. Der kupferartige Geruch von Blut lag in der Luft.

»Es gibt nur vier Schleifspuren«, stellte Tatiana fest.

Wir drehten uns um und warfen einen Blick auf den Boden. Sie hatte recht. Vier Spuren führten alle zur Hintertür.

»Scharfschütze, wie sieht es auf der Rückseite aus?«, fragte Declan.

»Die Luft ist rein.«

Thad öffnete die Hintertür und versuchte vergeblich, nicht in das Blut zu treten. Max, Declan und Tatiana folgten ihm und ich bildete das Schlusslicht. Die Blutspur führte zum Wasser. An dieser Stelle bestand das Ufer aus einer nicht einmal einen Meter hohen Böschung.

»Ich sehe einen von ihnen«, meldete Dec.

Timothee Bitoo trieb mit dem Gesicht nach oben im Wasser.

Es dauerte weniger als zehn Minuten, bis wir die anderen vier Brüder gefunden hatten, die alle das gleiche Schicksal erlitten hatten. Eigentlich hätten wir dankbar sein sollen, dass jemand anderes die Drecksarbeit für uns erledigt hatte, doch Tatiana hatte nun keine Möglichkeit mehr, die Bitoos zu verhören. Und die Steintafeln befanden sich nicht im Gebäude. Abgesehen davon gab es auch sonst keine hilfreichen Hinweise. Alles in allem war der Einsatz also ein Reinfall und wir standen mit leeren Händen da.

Die Fahrt zurück zum Unterschlupf verlief schweigend. Tatiana saß neben mir und ich konnte förmlich spüren, wie verärgert sie war.

Als wir durch das Tor fuhren, ergriff sie endlich das Wort. »Hat jemand mit Zane darüber gesprochen, dass ich euch nach Saudi-Arabien begleiten werde?«

»Er hat es erwähnt. Aber bisher hat er die Details noch nicht geklärt«, antwortete Dec.

Er hatte mit dem Team die Möglichkeit diskutiert, dass Tatiana eine Zeit lang bei uns blieb. Zane würde die Idee nur dann in Betracht ziehen, wenn wir alle zustimmten und der Meinung waren, dass sie uns bei der Mission von Nutzen sein könnte. Wir alle hatten uns einverstanden erklärt und die Entscheidung unserem Chef mitgeteilt.

»Welche Details?«

Tatiana würde stinksauer sein. Vielleicht machte mich das zu einem Weichei, aber ich war froh, dass ich nicht derjenige war, der diese Frage beantworten musste.

»Darüber sollten wir drinnen weiterreden«, sagte Declan nur.

Wir stiegen aus dem Wagen und zogen unsere Stiefel vor der Tür aus. Wir waren zwar ein Team von Söldnern, aber wir hatten keine Lust, Gehirnmasse und Blut ins Haus zu tragen. Tatiana machte sich sofort auf den Weg ins Schlafzimmer. Sie war bereits gereizt, aber ihre Laune würde sich in Kürze noch verschlechtern. Trotzdem folgte ich ihr. Meine Sachen befanden sich noch in dem Zimmer und ich brauchte eine Dusche und frische Kleidung.

Als ich eintrat, hatte sie bereits ihre Weste ausgezogen und auf das Bett geworfen. Sie schnallte gerade ihr Oberschenkelholster ab und zog fragend eine Augenbraue in die Höhe.

»Tut mir leid, Schätzchen. Hier unten ist das die einzige Dusche.«

Ich ging ins Badezimmer und begann, mich auszuziehen. Der Raum war so klein, dass ich meine Ausrüstung im Waschbecken abladen musste. Mein Gott, was hätte ich nicht für ein normal großes amerikanisches Badezimmer gegeben. Ich hatte mich bis auf meine Boxershorts entkleidet, als Tatiana die Tür öffnete.

»Weißt du, von welchen Details Declan gesprochen hat?«, fragte sie.

Offenbar war sie nicht verärgert, weil ich einfach das Zimmer betreten hatte.

»Zane hat nichts Genaues verlauten lassen, aber ich kann mir denken, worum es geht.«

»Und wie lautet deine Vermutung?«

»Können wir darüber sprechen, nachdem ich geduscht habe?«

»Warum? Bist du nicht in der Lage, gleichzeitig zu duschen und zu reden?«

Oh, ich war durchaus in der Lage, mehrere Dinge auf einmal zu tun. Ich sah sie an und bemerkte das herausfordernde Funkeln in ihren Augen. Das Spiel konnte beginnen. Ich zog meine Boxershorts aus, wandte ihr den Rücken zu und drehte das Wasser auf. Dann drehte ich mich wieder um, um mich mit ihr zu unterhalten.

»Ich vermute, dass Zane mehr Hintergrundinformationen über dich einholen möchte.«

»Warum?«

Eines musste ich ihr lassen. Ihr Blick war nicht tiefer als auf meine Brust geglitten. Doch sie hatte sichtlich Mühe, gegen die Versuchung anzukämpfen. Ich hatte kein Problem damit, mich nackt vor ihr zu zeigen. Wenn sie gewollt hätte, hätte sie sich an mir sattsehen können.

»Warum?«, erwiderte ich und trat in die Dusche, wobei ich mir nicht die Mühe machte, den durchsichtigen Plastikvorhang zu schließen.

»Ja. Warum? Ich habe euch alles gesagt, was ihr wissen müsst.«

»Du hast nicht einmal an der Oberfläche gekratzt, Schätzchen. Das Team hat dafür gestimmt, dich mitzunehmen. Zane wird es in Betracht ziehen, aber erst, nachdem er sich ein umfassendes Bild von dir und der

Firma gemacht hat. Er wird dich auf keinen Fall gehen lassen, ohne zu wissen, für wen du arbeitest.«

Ich schäumte die Seife in meinen Händen auf und machte mich daran, den Schweiß und den Gestank von meinem Körper zu waschen. Sie trat näher. Ich war nicht überrascht, als ich ihren wütenden Gesichtsausdruck sah.

»Leon Brown wird ihm niemals die Informationen geben, auf die er aus ist«, teilte sie mir mit. »Ich werde jetzt gehen und mir überlegen, was ich als Nächstes tun soll.«

Mit einer seifigen Hand packte ich ihren Bizeps. Ihr Blick fiel auf die Stelle, an der ich sie festhielt. Ich erwartete schon, dass sie von mir verlangte, sie loszulassen, doch stattdessen begegnete sie meinem Blick und betrachtete mich mit einem sinnlichen Funkeln in den Augen.

»Du wärst überrascht, was Zane Lewis alles herausfinden kann«, murmelte ich.

Wahrscheinlich hatte sie meine Worte kaum wahrgenommen, denn sie schien ganz in Gedanken versunken. Bei der Vorstellung, dass sie sich wieder ihren Fantasien hingab, schwoll mein Schwanz an. Ich zog sie am Arm und zu meiner Überraschung trat sie in voller Montur zu mir unter die Dusche.

Ich verschwendete keine Zeit und presste begierig meine Lippen auf ihre. Sie öffnete sich mir sofort. Der Kuss war nicht weniger leidenschaftlich als der erste, aber er barg einen Hauch von Vertrautheit. Als sie mit ihrer Zunge die meine berührte, hatte ich das Gefühl, sie würde mich zu Hause willkommen heißen. Diesmal hielt ich mich nicht zurück und ließ begierig meine Hände über ihren Körper wandern. Ich riss ihr das Hemd über den

Kopf und warf es beiseite. Kurz darauf ließ ich auch ihren BH folgen. Ich beugte mich vor und saugte an einer ihrer rosafarbenen Brustwarzen. Mit einer Hand an ihrem Hintern umfasste ich mit der anderen ihren Pferdeschwanz und zog ihren Kopf zurück, bis sie sich mir entgegenwölbte.

»Du hast wunderschöne Brüste, Schätzchen«, murmelte ich, bevor ich mich ihrem anderen Nippel widmete.

Sie versuchte verzweifelt, sich die Hose auszuziehen, und fummelte hastig an den Knöpfen herum. Als sie sich schließlich des Kleidungsstücks entledigt hatte, umfasste sie mit beiden Händen meinen Hintern und drückte zu. Ich stöhnte auf, dann hob ich den Kopf und küsste sie erneut.

Ich wollte jeden Zentimeter ihres Körpers schmecken und berühren und konnte nicht genug bekommen. Noch nie hatte ich ein so großes Verlangen verspürt, eine Frau zu ficken, doch zugleich wollte ich mir Zeit lassen und jeden Moment auskosten. Schnell. Langsam. Sofort. Später. Ich konnte mich nicht entscheiden. Ich wollte alles.

Sie schob eine Hand zwischen unsere Körper und packte unsanft meinen Schwanz. Es war jedoch nicht schmerzhaft, sondern nur unglaublich erregend. Ich schob ihr Höschen zur Seite und drang mit einem Finger in das feuchte, warme Paradies zwischen ihren Schenkeln ein. Dann zog ich ihn heraus und fügte einen zweiten Finger hinzu, während sie weiter meinen Schaft streichelte, bis wir beide laut aufstöhnten.

Ich zog meine Finger heraus, hob eines ihrer Beine an und wartete, bis sie meinen Schwanz an ihr Geschlecht führte. Dann drang ich mit einem kraftvollen Stoß in sie ein.

»Mein Gott«, stöhnte ich.

»Brooks«, keuchte sie fordernd.

Wir gaben uns geräuschvoll unserer Lust hin. Hart. Schnell. Himmlisch. Das lauwarme Wasser prasselte auf uns nieder und vermochte nicht, meinen erhitzten Körper zu kühlen. Ich stand in Flammen, mein ganzes Wesen schien sich in Tatiana zu verlieren.

»Bitte hör nicht auf«, flehte sie.

»Ich kann deine Lust spüren, Tatiana. Du bist gleich am Ziel. Komm schon, Baby. Komm mit mir zusammen.«

Obwohl ich mich in dem beengten Raum kaum bewegen konnte, stieß ich immer wieder kraftvoll in sie hinein. Später würde ich mir Zeit nehmen und es genießen, sie zu verwöhnen, bis sie sich schreiend unter mir winden würde, doch im Moment trieben wir nur auf den Gipfel der Ekstase zu. Sie spannte die Muskeln in ihrem Unterleib an und drohte mich zu entmannen.

»Brooks! Oh Scheiße! Oh Gott! Ich komme.«

»Küss mich«, knurrte ich und sie tat wie geheißen.

Ich schluckte ihr Stöhnen, als sie explodierte. Nach drei weiteren kraftvollen Stößen folgte ich ihr über den Abgrund der Lust.

Ich küsste sie ausgiebig, während wir beide langsam wieder zur Erde hinabschwebten. Als sie schließlich den Kopf zurückzog, hatte ihre Miene sich entspannt und ein weicher Ausdruck war in ihre Augen getreten. Ich hatte recht gehabt. Ein Mann würde viel geben, um diesen Blick noch einmal sehen zu dürfen. Ich war erledigt.

KAPITEL DREIZEHN

Ich bemühte mich vergeblich um eine ausdruckslose Miene, um mir nicht anmerken zu lassen, welche Wirkung Brooks' durchdringender Blick auf mich hatte. Es gelang mir einfach nicht, die Maske der Gleichgültigkeit aufzusetzen, die ich über so viele Jahre perfektioniert hatte. Und als er die Lippen zu einem Lächeln verzog, wusste ich, dass ich in Schwierigkeiten steckte. Ein Bein hatte ich immer noch um seine Taille geschlungen, während er mit einer starken Hand meinen Oberschenkel festhielt. Die andere Hand hatte er seitlich an meinen Hals gelegt und streichelte mit dem Daumen über meine Kehle.

Meine Güte, ich war eine Schlampe. Ich konnte ihm nicht einmal vorwerfen, mich verführt zu haben. Ein Ruck an meinem Arm hatte ausgereicht, und ich war zu ihm unter die Dusche gestiegen und hatte mich ihm praktisch an den Hals geworfen. Was war nur los mit mir? Jetzt starrte ich ihn an wie ein liebeskranker Teenager. Verdammt! Was nun? Sollte ich mich bei ihm bedanken? Danke für den tollen Fick, bis die Tage?

»Was geht in deinem Kopf vor, Schätzchen?«, wollte er wissen.

»Wie stellst du das nur an?«

Ein sexy Grinsen umspielte seine Lippen. Arroganter Arsch. »Was meinst du?«

»Woher weißt du, dass ich in Gedanken versunken bin?«

»Oh, das.« Wieder lächelte er. »Ich erkenne es an dem distanzierten Ausdruck in deinen Augen. Du siehst dann immer aus, als seist du meilenweit weg.«

»Oh. Das wusste ich nicht.«

Er senkte mein Bein ab und ich bemühte mich, nicht laut zu wimmern, als er seinen Schwanz aus mir herauszog. Mit einem leisen Lachen beugte er sich vor und liebkoste meinen Hals an der Stelle, an der gerade noch seine Hand gelegen hatte. Er ließ seine Zunge über meine Haut gleiten, dann knabberte er an meinem Ohr, bevor er seine Lippen an meine Wange und schließlich auf meine Lippen presste. So wunderbar. Der Kuss war nicht so leidenschaftlich wie die anderen, aber sanft und innig und nicht weniger wirkungsvoll. Ich steckte wirklich in Schwierigkeiten.

»Gib mir die Seife, dann werde ich dich waschen.«

Seine Worte rissen mich aus meinen träumerischen Gedanken. Auf keinen Fall würde ich mich von ihm einseifen lassen. Es war eine Sache, mich von ihm gegen die Wand ficken zu lassen. Immerhin konnte er meine Narben nicht berühren, solange mein Rücken an die Fliesen hinter mir gepresst war. Und wenn er sich so dicht an mich schmiegte, konnte er auch die Narben an meinem Bauch nicht sehen.

Was zum Teufel hatte ich nur getan? Wenn er nur

einen Schritt zurücktrat, hätte er das ganze Ausmaß meiner vernarbten Haut sehen können. Wie sollte ich nur ungesehen aus der Dusche steigen?

»Hey, Tatiana. Was ist los?«

»Nichts.«

»Blödsinn.«

»Wirklich, es ist nichts.«

Falsche Antwort. Die Lippen, die mich vor wenigen Augenblicken noch sanft geküsst hatten, waren nun zu einer dünnen Linie zusammengepresst. Brooks spannte die Kiefermuskeln an und runzelte die Stirn.

»Hör auf damit. Vor nicht einmal fünf Minuten hatte ich meinen Schwanz in dir vergraben und du hast deine Lust in meinen Mund gestöhnt. Dann hast du mich mit dem verträumtesten Ausdruck in den Augen angeblickt, den ich je gesehen habe. Ich werde nicht zulassen, dass du mir wieder die kalte Schulter zeigst.«

»Du bist unglaublich. Nur weil du *deinen Schwanz in mir vergraben hast*, kannst du mich nicht einfach herumkommandieren. Verlangst du etwa, dass ich dir jeden meiner Gedanken offenbare?«

»Das ist gar nicht nötig, Schätzchen, denn gerade eben haben deine Augen mir alles verraten, was du nicht laut aussprechen willst. Also frage ich dich noch einmal. Was ist los? Habe ich dir wehgetan?«

Die letzte Frage musste ich ihm beantworten. »Du hast mir nicht wehgetan.«

»Dann verrate mir, was dich plötzlich so in Alarmbereitschaft versetzt hat.«

»Dafür gibt es keinen Grund, Brooks. Verdammt! Es ist alles in Ordnung. Du musst mich nicht waschen. Ich will mich nur fertig machen.«

Schon wieder hatte ich das Falsche gesagt. Plötzlich trat ein wissender Ausdruck in seine Augen und ich versteifte mich sofort. Er wusste genau, was mir durch den Kopf gegangen war.

»Deine Narben sind mir egal.«

Ich fühlte mich, als hätte er mir einen Schlag in die Magengrube versetzt.

»Aber mir nicht«, blaffte ich.

»Baby, du bist wunderschön.«

»Spar dir den Scheiß, Brooks. Du hast mich doch schon gevögelt und musst mir nicht schmeicheln, um mich ins Bett zu kriegen.«

»Ich schwöre bei Gott, du treibst mich noch in den Wahnsinn. Ich wusste ja, dass du ziemlich abweisend sein kannst, aber im Moment verhältst du dich wie eine eiskalte Zicke. Glaubst du wirklich, ich hätte es nötig, einer Frau zu schmeicheln, um sie ins Bett zu kriegen?«

Mistkerl. Dieses arrogante Arschloch.

»Richtig, du Hengst. Ein Mann wie du hat natürlich keine Probleme, ein Betthäschen zu finden. Wahrscheinlich werfen die Frauen sich dir scharenweise zu Füßen.«

Er verengte die Augen zu dünnen Schlitzen. »Da hast du durchaus recht. Einen Mangel an willigen Frauen kenne ich nicht. Aber ich habe keine Lust, mit einer Frau ins Bett zu gehen, nur damit sie danach überall herumerzählen kann, dass sie von einem SEAL flachgelegt wurde. Und ich habe es nicht nötig, meinen Charme spielen zu lassen. Ich sage es dir jetzt noch einmal. Du bist verdammt sexy. Wenn du dich nicht gerade verhältst wie ein zickiges Miststück, bist du wunderschön. Und gleich nachdem du gekommen bist, wenn du diesen verträumten Ausdruck im Gesicht hast, bist du mit

Abstand die atemberaubendste Frau, die ich je gesehen habe. Von mir aus kannst du dein Gift verspritzen und das, was wir gerade hatten, durch den Dreck ziehen, aber es wird nichts an der Tatsache ändern, dass die Narben an deinem Rücken dich nicht entstellen. So wie ich das sehe, verraten sie mir mehr über dich. Und mir gefällt, was sie mir erzählen.«

Mit diesen Worten stieg er aus der Dusche, schnappte sich ein Handtuch und verließ das Badezimmer. Verdammt. Es dauerte keine zwei Sekunden, und ich hatte ein schlechtes Gewissen. Ich hatte mich wie ein zickiges Miststück verhalten. Im nächsten Moment vermisste ich seine Nähe. Ich hatte noch nicht einmal die Gelegenheit gehabt, den Anblick seiner stählernen Muskeln zu genießen. Innerhalb kürzester Zeit hatte er mir das Gefühl gegeben, begehrenswert zu sein. Das hatte noch kein Mann vor ihm geschafft.

Ich schuldete ihm eine Erklärung.

Hastig drehte ich das Wasser ab, trocknete mich ab und ging ins Schlafzimmer. Brooks war nicht mehr da. Das wunderte mich nicht, denn ich hatte mich wirklich wie eine Zicke verhalten. Ich schlüpfte in die Kleider, die ich getragen hatte, bevor wir zu unserem erfolglosen Einsatz aufgebrochen waren, und machte mich auf die Suche nach den Jungs. Nun, eigentlich wollte ich mit Brooks reden, aber wenn er bereits mit seinem Team zusammensaß, würde ich mich nicht mehr bei ihm entschuldigen können. Ich fand sie alle im Wohnzimmer, in dem sie es sich auf den beiden abgenutzten großen Sofas bequem gemacht hatten. Alle Augen richteten sich auf mich, als ich durch die Tür trat. Plötzlich kam mir der Gedanke, dass sie uns vielleicht unter der Dusche gehört hatten. Declan telefonierte gerade und wandte den Blick ab, während die anderen mich weiter anstarrten.

Oh Scheiße.

»Komm her, Schätzchen«, durchbrach Brooks die Stille.

Ich schüttelte den Kopf, denn ich wollte ihm nicht zu nahe kommen. »Was ist los?«

»Wir haben gehört, dass Al Issa sich möglicherweise die Tafeln von den Bitoos zurückgeholt hat. Die Auktion wurde abgesagt.«

»Scheiße. Und jetzt?«

»Wir brechen die Mission ab und legen uns einen neuen Plan zurecht.«

»Und welche Rolle spiele ich darin?« Es gefiel mir ganz und gar nicht, dass ich so unsicher klang. Wenn Zane nicht wollte, dass ich dem Team beitrat, würde ich mich sofort an die Arbeit machen müssen. Es wäre nicht schwer, jemanden zu finden, der mich nach Saudi-Arabien bringen würde, aber es wäre sicher nicht billig. Ich würde ein oder zwei Tage brauchen, um das Geld aufzutreiben. Außerdem würde ich in Windeseile ein Netzwerk aufbauen müssen, das mir im Notfall als Unterstützung diente. Ich hatte immer noch Kontakte, die ich früher genutzt hatte, doch die musste ich erst einmal mobilisieren. Und das brauchte Zeit.

Bevor Brooks antworten konnte, stand Declan auf und reichte mir sein Handy. »Hier.«

Ich nahm das Gerät entgegen und führte es an mein Ohr. »Hallo?«

»Tatiana Jones. Wie geht es dir?«

»Wenn das nicht die Nervensäge Zane Lewis ist«, konterte ich.

Sein leises Lachen verriet mir, dass das Gefühl auf Gegenseitigkeit beruhte. Das letzte Mal hatte ich bei einer Operation in Russland mit ihm zu tun. Damals arbeitete ich noch für die CIA. Der Einsatz war schiefgelaufen. Er und eine seiner Agentinnen wurden gefangen genommen und fast zu Tode gefoltert. Ich mochte die Frau. Ursprünglich hieß sie Laura Bennett, hatte jedoch inzwischen den Namen Jasmin Parker angenommen. Ich hatte eigenhändig ihre Akte geschwärzt und ihr die neue Identität gegeben. Zudem hatte ich einmal mit ihrem Mann Lincoln Parker an einem Fall gearbeitet, bei dem es um Menschenhandel ging. Auch er war ein guter Agent.

»Ich habe gehört, dass du in den Ruhestand gegangen bist, nachdem du diesen Idioten Monroe geheiratet hast.«

Meine Güte, ich hasste es, daran erinnert zu werden. Meine Ehe war einer der größten Fehler meines Lebens. »Du hast richtig gehört.«

»Ich bin froh, dass du ihn losgeworden bist.«

Das war vielleicht das Netteste, was Zane je zu mir gesagt hatte. Für gewöhnlich hielt der Mann mit seinen Emotionen hinter den Berg.

»Ja, ich auch. Also, wie sieht es aus? Hast du Bedenken, weil ich mich deinem Team bei dieser Operation anschließe?«

»Ich hatte Bedenken. Doch dann habe ich mit Leon Brown gesprochen und wir haben einige Dinge geklärt. Er hat deine Unterstützung bei dieser Mission angeboten und uns mit Informationen versorgt, die Tex bestätigen konnte. Bevor ich dir jedoch grünes Licht gebe, habe ich noch ein paar Fragen.«

»Einen Moment mal. Leon hat dir Informationen gegeben? Was hat er gesagt?«

»Es steht mir nicht frei, das mit dir zu besprechen.«

Was sollte der Mist? »Wie bitte?«

»Komm mir nicht so. Du hast den Job angenommen. Wenn du mehr wissen willst, warum fragst du ihn dann nicht selbst?«

Glaubte er, das hätte ich nicht versucht?

»Also, was willst du wissen?«, fragte ich.

»Wirst du in der Lage sein, die Ruhe zu bewahren, wenn du dich Al Issa näherst?«

»Wenn du wissen willst, ob ich mich davon abhalten kann, ihm eine Kugel zwischen die Augen zu jagen, dann lautet die Antwort nein. Aber wenn du wissen willst, ob ich Professionalität walten lassen und dem Team den Rücken freihalten kann, dann kann ich das mit ja beantworten.«

»Ich habe gehört, was du durchgemacht hast. Es ist …«

»Ich war dabei«, knurrte ich.

»Es ist gut zu wissen, dass du immer noch so ein Miststück bist wie früher.«

In Zanes Welt galt die Bezeichnung »Miststück« als Kompliment.

»Was willst du sonst noch wissen?«

»Muss ich mir Sorgen um dich und Brooks machen?«

Ich warf einen Blick auf Brooks und dann auf Declan. Ja, sie hatten uns unter der Dusche gehört. Und Declan hatte Zane erzählt, was für eine Schlampe ich war.

»Absolut nicht«, presste ich hervor.

Zane brüllte förmlich vor Lachen. »Ja, sicher.«

»Ich habe auch so einiges gehört, Z«, entgegnete ich. »Zum Beispiel, dass du rührselig geworden bist und eine Frau fürs Leben gefunden hast.«

Sein Lachen erstarb, bevor er antwortete: »Ich habe

sogar die perfekte Frau gefunden. Und ich bin ganz sicher nicht rührselig geworden. Eher würde ich mir die Eier abschneiden lassen.«

»Und was sollte die letzte Frage?«

»Ich wollte mich nur vergewissern, dass du bei der Sache bist.«

»Ich bin bei der Sache.«

»Gut. Aber falls sich daran etwas ändert, gibst du mir Bescheid.«

»Verstanden, *Chef*.«

»Langsam hast du den Dreh raus. Falls bei dieser Mission alles gut läuft, können wir vielleicht etwas aushandeln.«

»Ich habe einen Job«, erinnerte ich ihn.

»Das weiß ich. Aber sagen wir einfach, bei mir bist du besser aufgehoben.«

»Was genau weißt du?«, versuchte ich es noch einmal.

»Mehr als du. Aber trotzdem nicht genug.«

»Das ist keine verdammte Antwort.«

»Mehr werde ich nicht sagen.«

»Gut zu wissen, dass du immer noch genauso ein Arsch bist wie früher.«

Zane konnte wirklich ein richtiges Arschloch sein, aber er war sicher kein Lügner. Er war ehrlich und beschönigte nichts. Manche würden ihn sogar als unhöf-lich bezeichnen, denn er nahm kein Blatt vor den Mund. Wenn er mir sagte, dass er der bessere Arbeitgeber war, dann hatte er etwas über *Die Firma* in Erfahrung gebracht, was ihm nicht behagte. Das machte mir Sorgen.

»Wir bleiben in Kontakt. In der Zwischenzeit bist du eine von uns und hältst deinem Team den Rücken frei. Declan ist der Einsatzleiter. Sein Wort ist Gesetz.«

»Meine Güte, Z. Du tust gerade so, als sei ich noch nicht ganz trocken hinter den Ohren. Ich bin fast genauso lange in diesem Geschäft wie du.«

»Nein. Du bist in der Spionagebranche tätig. So etwas wie Loyalität gibt es dort nicht. Ihr verleugnet eure Mitmenschen schneller, als ich blinzeln kann. Du bist eine verdammt gute Agentin, aber deine Teamfähigkeit musst du erst noch unter Beweis stellen. Jeder Mann in diesem Raum würde eine Kugel für dich abfangen. Denk darüber nach. Wenn du den Gefallen nicht erwidern kannst, dann pack deinen Scheiß zusammen und verschwinde.«

»Verstanden.«

»Gut. Lass nicht zu, dass meine Männer getötet werden.«

Dann war die Leitung tot. Wie von Zane nicht anders zu erwarten, musste er das letzte Wort haben.

Ich reichte Declan sein Handy zurück und kämpfte gegen den Drang an, dem Kerl einen Schlag in die Magengrube zu versetzen, weil er Zane von Brooks und mir erzählt hatte.

»Verdammt, es ist, als würde sie schon seit Jahren zum Team gehören«, lachte Max.

»Wenn ich jedes Mal einen Dollar bekäme, wenn ich höre, wie jemand Z als Arschloch beschimpft, dann wäre ich längst im Ruhestand und würde die Seele baumeln lassen. Ich denke, wir sind uns alle einig, dass wir von nun an auf die Förmlichkeiten verzichten können. Also, wie lange kennst du Zane schon?«, fragte Kyle.

»Schon lange. Ich habe von ihm gehört, lange bevor ich ihn persönlich getroffen habe. Bei dem Einsatz in Russland hatte ich das letzte Mal mit ihm zusammengearbeitet. Danach weigerte er sich, weitere Aufträge für die CIA auszuführen. Ich kann es ihm nicht verübeln. Diese Mission war ein einziges Chaos. Den Agenten wurden Informationen vorenthalten und es wurden einige schlechte Entscheidungen getroffen. Jasmin und Zane bekamen das am eigenen Leib zu spüren. Danach habe ich fast zwei Jahre lang mit Linc an einem Fall gearbeitet, bei dem es um Menschenhandel ging. Leo und Eric habe ich ebenfalls bei Einsätzen der CIA kennengelernt.«

»Warum hast du die CIA verlassen?«, wollte Thad wissen.

Mir stockte der Atem. Am liebsten hätte ich ihm gesagt, dass er sich um seinen eigenen Mist kümmern sollte. Doch dann musste ich an Zanes Worte denken. Diese Männer würden eine Kugel für mich abfangen. Nicht weil sie mich kannten, sondern einfach, weil ich für die Dauer dieser Operation ein Mitglied ihres Teams war.

»Monroe wollte es so.«

»Wie bitte?«, murrte Brooks.

»Er sagte, er wolle eine Familie mit mir gründen, doch meine Arbeit sei zu gefährlich. Damals waren wir noch glücklich. Ich wollte Kinder, also habe ich zugestimmt. Nachdem ich gekündigt hatte, stellte er fest, wie belastend es war, dass seine Frau die ganze Zeit über zu Hause war. Wir hatten Probleme. Sagen wir einfach, er ist ein Mann, der sein Privatleben und sein persönliches Leben gern trennt.« Brooks starrte mich verständnislos an, also fuhr ich fort: »Es ist ziemlich schwierig, deine Affären zu verbergen, während deine Frau, die zudem eine ehemalige CIA-Agentin ist, zu Hause auf dich wartet.«

»Er hat dich betrogen«, interpretierte Declan meine Worte.

»Häufiger, als ich zählen kann.«

»Häufiger, als du zählen kannst«, wiederholte Brooks.

»In San Diego wartet an jeder Ecke ein Groupie, das nur darauf wartet, einem Navy SEAL den Schwanz zu lutschen. Er hat sich nicht einmal bemüht, es zu verbergen. Wenn er nach Hause kam und nach einem Frauenparfüm gerochen hat, erzählte er mir nur, dass er länger hatte arbeiten müssen. Damals war er schon eine Weile nicht mehr im Ausland im Einsatz und hütete die Kaulquappen bei der X-Division. Er hasste den Job. Je länger er ihn ausübte, desto mehr verwandelte er sich in ein Arschloch.«

»Der Kerl ist eine verdammte Schande«, sagte Max. »Warum hast du es nicht seinem Vorgesetzten gemeldet? Man hätte ihn vors Militärgericht gestellt und ihn aus dem Dienst entlassen.«

»Ich bin nicht die Art von Frau, die die Karriere eines Mannes zerstört. Er hat mich betrogen, aber ich bin ein großes Mädchen. Ich hatte es nicht nötig, ihn bei seinem Kommandanten anzuschwärzen.«

»Den anderen Teams hättest du damit einen Gefallen getan. Keiner von uns will mit einem Betrüger zusammenarbeiten. Wenn ein Mann die Frau aufs Kreuz legt, die er zu lieben gelobt hat, dann hat er auch kein Problem damit, einem Kameraden in den Rücken zu fallen«, bemerkte Thad.

In einem Punkt hatte er recht, was James betraf. Mein Ex-Mann hatte tatsächlich sein Ehegelübde gebrochen, ohne mit der Wimper zu zucken. Aber seinen Kameraden hatte er immer den Rücken freigehalten. Er war ganz und gar in seiner Arbeit aufgegangen und hatte für seine Missionen gelebt. Seiner Meinung nach war er der beste

Mann im Team, und solange er bei einem Einsatz nicht dabei war, würden die anderen nicht überleben. Er war ein narzisstisches Arschloch. Besser als alle anderen.

Ich hatte genug davon, über meinen Ex-Mann zu reden, also fragte ich: »Ist einer von euch verheiratet?«

Vier Männer antworteten mit einem klaren Nein, während Declan etwas Unverständliches murmelte. Ich wollte ihn gerade bitten, die Worte zu wiederholen, doch dann begegnete ich seinem Blick und hielt mich zurück. Ein schmerzerfüllter Ausdruck lag in seinen Augen. Ich hatte keine Ahnung, ob er hatte heiraten wollen, es aber aus irgendwelchen Gründen nicht getan hatte, oder ob er geschieden war. Woher auch immer sein Schmerz rührte, ich würde ihn nicht darauf ansprechen.

Da ich nun ein Mitglied des Teams war, hatte ich das Gefühl, dass ich diesen Männern noch etwas beichten musste. »Ich habe Informationen über euch alle eingeholt. Nichts Persönliches. Aber ich bin eure Dienstakten durchgegangen. Ich weiß nicht, wie viel Tex euch über mich verraten hat, aber falls ihr Fragen habt, werde ich sie beantworten.«

»Erinnerst du dich noch an den Tag, an dem wir dich zum ersten Mal getroffen haben? Du und Brooks habt euch sofort bekriegt.« Thad lachte leise. »Damals sagtest du, deine Errungenschaften seien nicht von Bedeutung. Würdest du uns jetzt etwas darüber erzählen?«

»Ich habe eine ähnliche Ausbildung genossen wir ihr. Allerdings verfüge ich nicht über dieselben Qualifikationen im Tauchen und Fallschirmspringen. Ich bin Expertin im Schießen mit Kurzwaffen und Gewehren. Zudem habe ich ein modifiziertes Scharfschützentraining absolviert. Ich bin ausgebildet im Nahkampf. Im Grunde habe ich dasselbe Training durchlaufen wie ihr als SEALs.« Den letzten Teil fügte ich hinzu, um sie zu ärgern.

Sie bissen an und warfen mir vor, ich wollte ihnen einen Bären aufbinden.

»Ich weiß nicht, Jungs«, erwiderte ich. »Die Ausbildung der SEALs ist kein Geheimnis. Mittlerweile kann man alles darüber in verschiedenen Dokus im Fernsehen verfolgen. Sie ist verdammt hart, aber niemand von euch weiß, wie das Training der CIA aufgebaut ist. Ihr könnt also nicht wissen, ob *Die Farm* vielleicht noch härter ist.«

Ich konnte mir ein Lachen nicht verkneifen, als die vier ehemaligen SEALs den Mund öffneten und wieder schlossen, weil sie nicht wussten, was sie erwidern sollten.

»Das ist das Dümmste, was ich je gehört habe«, ergriff Kyle als Erster das Wort. »Eine Dokumentation sagt rein gar nichts aus.«

»Ich würde gern miterleben, wie du versuchst, die Höllenwoche zu überstehen«, fügte Thad hinzu.

»Nur die Soldaten, die in der Lage sind, extreme Bedingungen zu ertragen, kommen durch«, erklärte Brooks, und ich brach erneut in schallendes Gelächter aus.

Ich wartete darauf, dass Declan etwas dazu sagte. Er war nicht bei der Navy gewesen, sondern war ein ehemaliges Mitglied einer Spezialeinheit zur Fernaufklärung, die dem US Marine Corps angehörte. Die CIA hatte ihn rekrutiert und auf der *Farm* ausgebildet. Er schwieg jedoch. Das wunderte mich und ich fragte mich, ob sein Team wusste, dass er für die CIA gearbeitet hatte. Die Männer schienen alle eng befreundet zu sein, und ich hatte nicht den Eindruck, dass Declan seinen Kameraden etwas verheimlichte. Aber falls er es doch tat, dann hatte er zweifellos seine Gründe. Also würde ich den Mund halten.

»Schon gut, schon gut. Meine Güte. Das Training der SEALs ist härter als die Ausbildung auf der *Farm*«, lenkte ich schließlich ein.

»Und du weißt wirklich nicht, für wen du arbeitest?«, erkundigte Thad sich, wobei sein Tonfall eher neugierig als vorwurfsvoll klang.

»Nein. Und nach allem, was Zane mir gerade mitgeteilt hat, beginne ich, meine Entscheidung infrage zu stellen. Ich habe den Job angenommen, weil ich allein arbeiten wollte. Nach meiner Scheidung von James brauchte ich Zeit, um mein Leben zu ordnen.«

»Was ist passiert, als du gefangen genommen wurdest?«, wollte Declan wissen.

Unwillkürlich entfuhr mir ein leises Wimmern. Ich warf Brooks einen anklagenden Blick zu und war bereit, ihm die Leviten zu lesen, weil er kein Recht hatte, diese Informationen über mich auszuplaudern. Aber er sah mich nicht einmal an, sondern starrte nur Declan an. Und er war wütend.

»Wie viel weißt du?«, fragte ich.

»Nur das, was Zane mir erzählt hat. Du bist einer Spur von Artefakten gefolgt, die aus dem Irak nach Saudi-Arabien geschmuggelt wurden, als du in einen Hinterhalt geraten bist. Ein paar Männer, die auf Lucres Gehaltsliste standen, hatten dich zwei Tage lang in ihrer Gewalt.«

»Dann weißt du ja schon alles«, erwiderte ich.

»Sicher.«

»Was willst du denn hören, Declan? Willst du die

Narben sehen, die sie hinterlassen haben? Der Anblick ist nicht schön. Achtundvierzig Stunden haben sie mit mir gespielt, mich ausgepeitscht, mich mit ihren Messern gequält und über mich gelacht. Und als sie fertig waren, haben sie vier Artefakte mitgenommen, von denen jedes gerade einmal sieben Zentimeter lang war. Sie hatten es nur auf die Stücke abgesehen, die alle in deine Hand gepasst hätten, und haben mich nur zum Spaß gefoltert. Also, wie ich schon sagte, du weißt bereits alles. Mehr gibt es dazu nicht zu sagen. Sie haben mich gefunden, entführt, entstellt und hätten mich fast umgebracht.«

Vier Männer stießen ein wütendes Knurren aus. Ich hatte genug davon. Die Fragestunde war hiermit beendet.

»Tatiana …«

»Lass es, Declan. Ich verstehe, dass du nur dein Team beschützen willst. Aber ich will nichts anderes, als diese Mission zu Ende zu bringen. Ich hatte den Auftrag, die Steintafeln zu ersteigern. Nun haben meine Befehle sich geändert und ich arbeite eine Zeit lang mit euch.«

»Ich wollte nur wissen, ob du damit zurechtkommen wirst, wenn wir es schaffen, Al Issa zu schnappen.«

»Und ich sage dir dasselbe, was ich auch Zane gesagt habe. Wenn ich Al Issa gegenüberstehe, werde ich ihm eine Kugel in den Kopf jagen. Er wird für das bezahlen, was seine Männer mir angetan haben. Seinetwegen lebe ich mit einem entstellten Körper. Dafür werde ich Rache üben.«

»Haben sie dich geschändet?«, fragte Brooks mit einem Knurren und ich wippte auf meinen Fersen zurück.

»Mich geschändet?«

»Haben sie dich vergewaltigt?«, erläuterte er.

»Nein. Es hat ihnen zu viel Spaß gemacht, meine Haut

zu zerschneiden. Jedes Mal wenn ich die Narben sehe, die sie mir zugefügt haben, bin ich von mir selbst angewidert. Ich bin abstoßend.«

»An dir ist rein gar nichts abstoßend, Schätzchen.«

»Natürlich. Meine Haut sieht aus, als sei sie mit einer Käsereibe bearbeitet worden. Ein großartiger Anblick.«

»Diese Narben sind eine Erinnerung an deine Widerstandsfähigkeit. Du hast Furchtbares durchgemacht, doch die Erfahrung hat dich nur noch stärker gemacht.«

»Mir wäre es lieber, ich würde nicht ständig daran erinnert werden.«

»Mir wäre es auch lieber, wenn du das alles nicht hättest durchmachen müssen. Aber du trägst nun einmal die Narben, und sie sind wunderschön.«

Er kam mir viel zu nahe. Ich wollte, dass er einen Schritt zurücktrat, bevor ich mich dazu verleiten ließ, meine Arme um seine Taille zu schlingen und mein Gesicht an seiner Brust zu vergraben. »Jede Linie auf deinem Rücken ist ein Beweis für deine Stärke. Jede Narbe erinnert dich daran, dass du noch am Leben bist. Wenn du die Gelegenheit bekommst, Al Issa zu erschießen, dann ergreife sie. Aber deine Narben werden dadurch nicht verschwinden, Baby. Du kannst ihnen nur ihre Macht nehmen, wenn du sie als ein Teil von dir betrachtest. Du bist alles andere als abstoßend.«

Am liebsten hätte ich ihn daran erinnert, dass er mich nackt gesehen hatte und genau wusste, wie mein Rücken aussah. Aber ich hatte nicht die Kraft. Ich war hundemüde und emotional viel zu ausgelaugt, um weiter darüber zu reden. Warum hatten sie mir nicht einfache Fragen über meine Familie, meine Heimatstadt oder meine Geschwister stellen können? Diese hätten mich nicht an den Rand eines Nervenzusammenbruchs getrieben.

Ich wollte mich nur noch im Bett verkriechen und schlafen. Das Schlimme daran war, dass ich mir wünschte, Brooks würde sich zu mir legen und mich in den Arm nehmen. Vielleicht war es doch keine so gute Idee, das Team zu begleiten. Vielleicht wäre es besser, mich zu verabschieden und einen klaren Schnitt zu machen.

KAPITEL VIERZEHN

Tatiana wünschte uns eine gute Nacht und zog sich in ihr Zimmer zurück. Keiner von uns sagte ein Wort, bis die Tür hinter ihr ins Schloss fiel.

»Was zum Teufel sollte das?«, fragte ich und wandte mich Dec zu.

»Jeder in diesem Raum hatte ein Recht zu erfahren, in welcher mentalen Verfassung sie ist.«

»Das sehe ich auch so. Aber meinst du nicht, dass es besser gewesen wäre, vorher unter vier Augen mit ihr zu reden?«

Declans Miene verfinsterte sich. Ich wusste, dass er gleich etwas sagen würde, was mich in Rage bringen würde. »Eines würde ich gern von dir wissen. Hättest du dich genauso darüber aufgeregt, wenn ich einen Mann auf diese Weise ins Verhör genommen hätte? Oder anders ausgedrückt: Wärst du genauso wütend, wenn du sie nicht ficken würdest? Ich habe sie zu einer Operation befragt, die sie fast das Leben gekostet hätte. Und der Verantwortliche ist jetzt Ziel unserer Mission, auf die sie uns begleiten wird.«

»Scheiße! Es ist nicht …«

»Doch, Brooks, genau so ist es. Ich will nicht behaupten, dass ich es verstehe«, sagte Declan und warf die Hände in die Höhe. »Ich weiß nichts über die Liebe und Gefühle. Aber da ich mit eigenen Augen gesehen habe, wie der große, böse Zane schwach geworden ist, nehme ich an, dass auch ein Trottel wie du sich verlieben kann. Aber du darfst nicht zulassen, dass deine Emotionen diese Mission behindern. Ich wollte sie weder verletzen noch wollte ich sie in Verlegenheit bringen. Aber ich musste mich vergewissern, dass sie sich nicht auf ein Selbstmordkommando begibt, um Al Issa zur Strecke zu bringen, wenn wir uns Lucre nähern. Denn sollte sie auf eigene Faust handeln, sind wir alle geliefert. Sie darf nicht außer Kontrolle geraten und muss ihrem Team den Rücken freihalten. Wenn wir auf sie aufpassen müssen, ist sie uns nicht von Nutzen.«

Nachdem er das Wort »Liebe« erwähnt hatte, hatte ich abgeschaltet. Wer zum Teufel hatte etwas von Liebe gesagt? Tatiana war verdammt sexy, eine großartige Küsserin und fantastisch im Bett. Oder vielmehr unter der Dusche. Aber ich dachte mit meinem Schwanz, nicht mit meinem Herzen. Und ich war mir ziemlich sicher, dass sie erwähnt hatte, dass sie keine Lust auf Komplikationen hatte. Sobald jedoch Emotionen ins Spiel kamen, wurde alles kompliziert. Nein, Gefühle hatten zwischen uns nichts verloren. Wir waren lediglich zwei Erwachsene, die ein wenig Spaß miteinander hatten. Und ich hatte vor, mich noch häufiger mit ihr zu vergnügen.

»Du hast gesagt, dass es schlimm ist, aber du hast nicht

gesagt, wie schlimm«, bemerkte Thad mit gedämpfter Stimme.

»Ungefähr so schlimm, wie sie es beschrieben hat. An ihrem Rücken gibt es so gut wie keine Stelle, die nicht vernarbt ist. Sie haben sie buchstäblich durchstochen. Ehrlich gesagt weiß ich nicht, wie sie das überlebt hat. Die Hälfte dieser Verletzungen hätte sie umbringen müssen.«

»Scheiße«, knurrte er.

»Verdammt«, murmelte Kyle.

»Die Sache liegt zwei Jahre zurück, und ich kann euch versichern, dass sie nicht nur körperliche Narben davongetragen hat. Die Erfahrung hat sie gezeichnet. Genauso wie Monroe. Sie gibt sich abweisend und zickig, um sich zu schützen, und wehrt sich gegen jeden, der ihr zu nahe kommt.«

»Wirst du ihr dabei helfen?«, fragte Max.

»Womit?«

»Mit ihrer abweisenden Haltung.« Als ich nichts erwiderte, seufzte er. »Wegen dieses Arschlochs Monroe hat sie das Bedürfnis, sich selbst zu schützen. Das Letzte, was sie braucht, ist ein Typ, der sie nur für ein schnelles Abenteuer ausnutzt.«

»Glaubst du wirklich, dass ich so etwas tun würde?«

»Du warst nicht gerade leise in der Dusche. Und du hast keinen Hehl daraus gemacht, dass da etwas zwischen euch beiden ist. Was auch immer das sein mag. Also ja, Bruder, ich glaube, du würdest sie ausnutzen. Unbeabsichtigt.«

»Ich regle das schon.«

»Das will ich hoffen. Diese Frau hat schon genug durchgemacht.«

Langsam wurde ich wütend. Ich hatte noch nie

jemandem in meinem Team Grund zu der Annahme gegeben, dass ich einer Frau derart übel mitspielen würde. Die Zeiten, in denen ich die Frauen für einen Quickie in meinem Pick-up abgeschleppt hatte, waren lange vorbei. Mit einem Knurren sagte ich: »Du gehst mir auf den Sack.« Er durfte ruhig wissen, dass ich stinksauer war.

»Das kann ich sehen«, erwiderte Max, der sich nicht beeindrucken ließ.

»Ich sage es dir noch einmal. Ich regle das, und zwar behutsam.«

Er nickte mir nur zu und verkündete dann: »Ich gehe jetzt ins Bett. Ich bin hundemüde.«

Wir wünschten ihm eine gute Nacht, woraufhin der Rest des Teams, mit Ausnahme von Declan und mir, sich auf den Weg in seine Zimmer machte.

»Ist alles okay?«, fragte er, als wir allein waren.

»Ja. Und bei dir?« Er legte den Kopf schief und sah mich fragend an. »Dies ist dein erster Einsatz als Teamleiter, und er läuft nicht gerade wie geplant«, erinnerte ich ihn.

»Nichts läuft jemals wie geplant.«

Damit hatte er recht. Selbst wenn eine Operation minuziös durchgeplant war, ging zumindest eine Kleinigkeit schief. Dies war einer der Gründe, warum wir immer einen Plan B und einen Plan C parat hatten.

»Und Tatiana? Ist es für dich kein Problem, dass sie uns begleitet?«

»Ich kannte sie, als sie noch für die CIA gearbeitet hat. Nun, nicht persönlich, aber ich hatte von ihr gehört. Während mein Einsatzgebiet Mittel- und Südamerika war, war sie im Nahen Osten unterwegs. Ihr Ruf eilte ihr voraus. Sie war klug und verfügte über ausgezeichnete Reaktionen. Außerdem verstand sie es, mit Menschen umzugehen und Informationen zu sammeln. Sie lernte Monroe während einer Mission kennen.«

»Wirklich?«

»Gerüchten zufolge hatte sie ihm ins Gesicht gelacht und ihn abgewiesen. Aber er gab nicht auf. Nachdem sie in die USA zurückgekehrt waren, dauerte es Monate, bis er sie überreden konnte, mit ihm etwas trinken zu gehen. Und danach dauerte es weitere Monate, bis er sie dazu gebracht hatte, sich auf eine feste Beziehung mit ihm einzulassen. Er zog wirklich alle Register. Er mag ein verlogener Mistkerl sein, aber er wusste, wie er sie bezirzen und für sich gewinnen konnte. Bei der CIA war sie als die Eiskönigin bekannt. Niemand kam an sie heran. Es ist also ziemlich ungewöhnlich, dass sie sich schon nach so kurzer Zeit mit dir eingelassen und dich rangelassen hat.« Er verzog die Lippen zu einem Grinsen, bevor er fortfuhr: »Wenn du also sagst, dass du behutsam vorgehen wirst, hoffe ich, dass du sie mit Samthandschuhen anfasst.«

Ich dachte über seine Worte nach. Er hatte unrecht, aber ich würde ihn nicht korrigieren. Tatiana brauchte niemanden, der sie mit Samthandschuhen anfasste. Sie würde das Spiel sofort durchschauen und in Rage geraten. Sie brauchte jemanden, der ihr gegenüber ehrlich war.

»Ich habe es unter Kontrolle.«

Dec seufzte und schüttelte den Kopf. »Das hoffe ich. Diese Frau ist jähzornig und hat das Potenzial, dich zu vernichten.«

»Mich?«

»Du bist nicht gerade ein Meister darin, deine

Emotionen zu verbergen, Bruder. Nachdem Zane mir erzählt hatte, was ihr widerfahren war, wurde mir klar, warum du vorhin die Nerven verloren hast. Du hast ihre Narben gesehen.«

Ich wollte ihm widersprechen, aber das konnte ich nicht. Ich hatte nicht nur die Nerven verloren, sondern hätte am liebsten einen Mord begangen.

»Bei jedem anderen hätte ich genauso reagiert.«

»Blödsinn. Du hast meine Narben gesehen und nicht den Eindruck gemacht, als wolltest du ein Loch in die Wand schlagen. Und du hast sowohl Zanes Narben als auch die Rückstände der Schusswunden in Max' Brust gesehen. Aber bei keinem von uns hat der Anblick dich derart aus der Ruhe gebracht.«

Verdammt. Er hatte recht. Es war an der Zeit, diese Unterhaltung zu beenden.

»Ich habe alles im Griff und werde jetzt ins Bett gehen.«

»Schlaf gut«, murmelte er und lachte leise.

Auf dem Weg zur Tür zeigte ich ihm über die Schulter den Mittelfinger. Ohne ihn eines weiteren Blickes zu würdigen, ging ich ins Schlafzimmer. Ich hatte Tatiana zwar gesagt, dass ich auf der Couch schlafen würde, doch die Dinge hatten sich geändert.

Ich schloss die Tür so leise wie möglich, um Tatiana nicht zu wecken. Meine Bemühungen waren jedoch vergebens, denn einen Moment später setzte sie sich im Bett auf. Obwohl es im Zimmer stockdunkel war, spürte ich, dass sie mich anstarrte.

»Was tust du da?«

»Ich lege mich schlafen. Ich bin völlig erledigt.«

»Hier drin? Ich dachte, du übernachtest auf dem Sofa.«

Da sie mich nicht sehen konnte, zog ich lächelnd die Hose aus und trat sie beiseite. Dann entledigte ich mich meines T-Shirts und warf es ebenfalls auf den Boden. Ich wusste, dass sie wütend sein würde, wenn ich ihr Gesellschaft leistete, aber ich freute mich schon darauf, all die Gründe zu hören, warum ich wieder verschwinden sollte.

Ich legte mich zu ihr und gab ihr nicht einmal die Gelegenheit, von mir wegzurutschen.

»Brooks«, zischte sie.

»In diesem Bett ist genügend Platz für zwei.«

»Darum geht es nicht.«

»Worum dann?«

Ich schob mir ein Kissen unter den Kopf, drehte mich auf die Seite, packte sie an der Taille und zog sie mit dem Rücken an meine Brust. Als sie versuchte, sich mir zu entziehen, festigte ich den Griff und schmiegte meinen Körper an ihren.

»Du kannst hier nicht schlafen.«

»Warum nicht?«

»Es ist völlig unangemessen.«

»Aber es war nicht unangemessen, als ich dich in der Dusche gefickt habe?«

»Brooks«, zischte sie wieder, woraufhin mein Lächeln noch breiter wurde.

Ich drückte ihr einen Kuss auf den Kopf und sagte: »Du scheinst keine Frau zu sein, die sich darum schert, was andere von ihr denken. Mir ist es auf jeden Fall egal. Warum sollten wir also jetzt damit anfangen?«

»Ich bin keine Schlampe.«

Obwohl ich mich bemühte, mir meine Reaktion nicht anmerken zu lassen, versteifte ich mich am ganzen Körper. Ich hasste dieses Wort und es machte mich wütend, dass sie mir unterstellte, ich würde sie als eine solche bezeichnen.

»Ich weiß, dass du keine Schlampe bist.«

»Sicher. Ich habe zu leicht nachgegeben. Und die Jungs haben alles gehört. Wenn das kein Beweis dafür ist, dass ich eine Schlampe bin, dann weiß ich auch nicht.«

Ich löste mich von ihr und drehte sie auf den Rücken. Obwohl ich wusste, dass sie mich nicht sehen konnte, beugte ich mich vor, bis mein Gesicht nur noch wenige Zentimeter von ihrem entfernt war.

»Wirklich niemand in diesem Haus hält dich für eine Schlampe.«

Ich spürte ihren Atem an meinem Mund und hätte am liebsten meine Lippen auf ihre gepresst, um sie zu schme-cken, aber zuerst musste ich wissen, dass sie mich verstanden hatte.

KAPITEL FÜNFZEHN

Er war mir viel zu nahe. Seine Lippen schwebten knapp über meinen und ich wünschte mir, er würde mich küssen. Doch das wäre keine gute Idee, denn es würde nicht bei einem Kuss bleiben und die Jungs würden uns wahrscheinlich wieder hören. Dann wäre ich gleich eine doppelte Schlampe.

Warum wollte ich dann, dass er sich vorbeugte und mich verschlang? Was stimmte nicht mit mir? Offenbar war ich tatsächlich eine Schlampe.

Statt jedoch der Versuchung nachzugeben, murmelte ich nur: »Sicher.«

»Ich werde unsere Gesellschaft nie verstehen. Wenn ein Mann seinen Begierden nachgibt, ist es allen egal. Aber wenn eine Frau sich einfach nimmt, was sie will, dann beschimpfen vor allem andere Frauen sie als Schlampe. Und zwar so lange, bis sie es selbst glaubt. Dann denkt sie, sie sei ein schlechter Mensch, obwohl sie nichts Falsches getan hat. Und wenn sie Glück hat, hat es ihr Spaß gemacht. Ich sage es dir also noch einmal.

Niemand in diesem Haus hält dich für eine Schlampe. Ich am allerwenigsten. Es ist mir egal, ob du einen Blick auf mich geworfen und dir gedacht hast, dass du mich gern vernaschen würdest. In meinen Augen macht dich das zu einer Frau, die weiß, was sie will, und die sich einen Dreck darum schert, was andere von ihr denken. Ganz sicher macht es dich nicht zu einer Schlampe.«

Nun wusste ich immerhin, wie er über die weibliche Sexualität dachte und was er von Frauen hielt, die andere diffamierten. Das änderte jedoch nichts an der Tatsache, dass ich tatsächlich einen Blick auf ihn geworfen und meinen Fantasien sofort freien Lauf gelassen hatte.

»Also schön, Brooks. Dann werde ich mich anders ausdrücken. Ich bin leicht zu haben.«

»Wieder falsch. An dir ist nichts leicht.«

»Mal sehen. Als ich mich das erste Mal von dir küssen ließ, warst du in mein Zimmer gekommen, um mich zum Abendessen zu rufen. Beim nächsten Mal habe ich mich in voller Montur unter die Dusche gestellt und mich von dir gegen die Wand ficken lassen. Dabei habe ich mich nicht einmal darum geschert, ob wir verhüten oder nicht. Das alles beweist nicht nur, dass ich leicht zu haben bin, sondern auch, dass ich eine Schl…«

»Tatiana«, warnte er mich.

Ich ignorierte ihn und fuhr fort: »James musste Monate warten, bis ich mich von ihm küssen ließ. Und danach hat es einen weiteren Monat gedauert, bis er mich berühren durfte.«

»Das sagt mehr über ihn aus als über dich.«

»Wie kommst du denn darauf?«

»Schätzchen.« In meinen Ohren klang das Wort geradezu herablassend.

»Das ist keine Antwort.«

»Offenbar hattest du geahnt, dass du die Sache mit Monroe langsam angehen musstest, um dich vor ihm zu schützen. Du hast Vorsicht walten lassen. Der Kerl ist ein Idiot, und zwar in mehr als einer Hinsicht. Ein guter Mann zögert nicht, eine Frau wie dich zu der Seinen zu machen. Es sollte nicht Monate dauern, bis er dich erobert hat. Und wenn er dich endlich an sich bindet, dann verhält er sich nicht wie ein Arschloch und lässt dich im Stich. Er erkennt, was er an dir hat, und kämpft mit aller Kraft, um dich zu behalten.«

»Zweifellos hast du damit recht, dass Monroe ein Idiot ist. Aber es lag nicht nur an ihm. Ich war schon immer zurückhaltend und vorsichtig.«

»Dann hast du nur noch nie den richtigen Mann getroffen.«

»Hm, lass mich raten. Du bist der richtige Mann?«

»Was hast du gedacht, als du mich zum ersten Mal gesehen hast?«

Oh nein. Das würde ich ihm sicher nicht sagen. Es gab ein paar Dinge, die behielt ein Mädchen für sich. »Ich habe gar nichts gedacht, denn ich habe mich auf meine Arbeit konzentriert.«

»Blödsinn. Ich habe auch gearbeitet, aber als ich dich in deiner Bluse und den sexy hochhackigen Schuhen gesehen habe, habe ich mich sofort gefragt, sie deine langen Beine sich wohl um meine Taille anfühlen würden.«

»Dann hast du also auf den ersten Blick gedacht, ich sei leicht zu haben?«

»Nein, Schätzchen. Ich dachte, dass du eine wunderschöne, sexy Frau bist. In dem Moment wusste ich, dass ich alles tun würde, um dich zu bekommen. Und als du mir die kalte Schulter gezeigt hast, war ich überzeugt, dass ich Erfolg haben würde.«

»Das bedeutet doch, dass ich leicht zu haben bin.«

»Ich sage es dir noch einmal, an dir ist überhaupt nichts leicht, Schätzchen. Du bist das genaue Gegenteil. Und nur damit du es weißt, wir werden unser Abenteuer in der Dusche wiederholen. Aber beim nächsten Mal werde ich dich in einem Bett vernaschen und mir viel Zeit nehmen.«

Oh nein. Wir würden gar nichts wiederholen. Ich hatte mich schon zur Genüge blamiert. Die Jungs hatten alles gehört und Declan hatte sogar Zane davon erzählt. Ich benahm mich wie ein Flittchen und brachte mich nur selbst in Verlegenheit. Aber ich hatte einen Job zu erledigen, musste mich damit auseinandersetzen, dass ich meinen Arbeitgeber nun infrage stellte, und wollte Rache üben. In meinem Leben war keine Zeit für atemberaubenden Sex. Das Abenteuer unter der Dusche war unglaublich gewesen, und ich fragte mich, wie toll der Sex mit Brooks erst in einem Bett sein würde, wo er es langsam angehen lassen konnte. Ganz sicher würde es noch viel besser sein. Aber das musste ich mir aus dem Kopf schlagen.

»Dazu wird es nicht kommen. Ich habe dir bereits gesagt, dass ich mein Leben nicht verkomplizieren will. Unter der Dusche bin ich schwach geworden, doch das wird nicht noch einmal passieren.«

»Wir werden sehen.«

»Ja, das werden wir. Es wird nicht wieder vorkommen.«

»Hast du nicht gehört, wie ich gesagt habe, dass ein guter Mann sich nimmt, was er begehrt?«

»Doch.«

»Ich habe dir auch gesagt, dass du das Gegenteil von leicht bist. Genau das gefällt mir. Ich will niemanden, der es mir zu leicht macht. Das hatte ich schon zur Genüge und bin es leid. Ich mag die Herausforderung. Wenn du mir also sagst, dass du nie wieder mit mir schlafen wirst, dann ist das, als würdest du vor einem Stier mit einem roten Tuch wedeln.«

Vielleicht war ich diese Unterhaltung falsch angegangen. Da ich nun wusste, dass er es nicht mochte, wenn man es ihm zu leicht machte, würde ich meine Taktik ändern müssen.

»Ich kann sehen, wie die Rädchen in deinem Kopf sich drehen. Nur damit das klar ist, wenn du mich jetzt verführst, wird mich das auch nicht abschrecken.«

Verdammt. Ich hatte ihm nichts mehr entgegenzusetzen, also murmelte ich nur: »Du nervst.« Er stieß ein leises, tiefes Lachen aus, das mir vielleicht ein wenig zu sehr gefiel. Also fügte ich schnell hinzu: »Und du bist ein selbstgefälliges Arschloch.« Sein Lachen schwoll an und ich vergaß, worüber wir gesprochen hatten. Es war so angenehm, dass ich mich davon einhüllen ließ. Es fehlte nicht mehr viel, und ich wäre wieder schwach geworden. Verdammter Mist.

»Wir sollten jetzt schlafen, Schätzchen. Ich bin total erledigt.«

»Gute Idee. Ich werde einfach ins Wohnzimmer …«

Ich verstummte, als er sich mit mir auf die Seite rollte und mich mit dem Rücken wieder an seine Brust zog. Er schmiegte sich an mich und verschränkte seine Beine mit meinen.

»Gute Nacht, Schätzchen.«

»Ich glaube …«

»Schlaf jetzt.«

»Nein wirklich, ich glaube …«

»Schlaf, Tatiana.«

»Also schön. Aber du sollst wissen, dass mir diese Bettenverteilung nicht behagt.«

Ich spürte, wie er am ganzen Körper vibrierte, und wusste, dass er erneut über mich lachte. Arschloch.

»Verstanden.«

Riesenarschloch.

Brooks hatte eine Hand unter meinen Kopf geschoben und die andere eng um meine Taille geschlungen, während ich nicht wusste, wohin ich meine Hände legen sollte, ohne ihn zu berühren.

»Entspann dich, Schätzchen. Wir haben morgen einen langen Tag vor uns.«

»Wie kann ich mich entspannen, wenn du mir so nahe bist?«

Im Gegensatz zu mir wusste er genau, was er tun sollte. Er löste seine Hand von meiner Taille, ergriff eine meiner Hände, verschränkte seine Finger mit meinen und drückte sie an meine Brust. Mist. Mein Ex-Mann hatte nie mit mir gekuschelt, nicht einmal nach dem Sex. Wenn er fertig war, rollte er sich auf seine Seite des Bettes und schlief sofort ein. Wir hatten nicht umsonst ein großes Bett, denn er mochte seinen Freiraum. Zwischen uns hatte immer eine unsichtbare Linie existiert, die er nicht einmal im Schlaf überschritten hatte. Kein einziges Mal hatte er sich an mich geschmiegt, meine Hand gehalten oder sie an meine Brust gedrückt, während er mit dem Daumen meine Haut streichelte. Nicht einmal zu der Zeit, als er noch versucht hatte, mich zu erobern. Bisher hatte ich nicht einmal gewusst, dass ich gern kuschelte, doch nun stellte ich fest, dass es mir gefiel. Ich steckte wirklich in Schwierigkeiten.

»Entspann dich, Tatiana«, flüsterte er mir ins Ohr. Ich spürte seine Worte mehr als dass ich sie hörte. In diesem Moment durchzuckte mich ein erregender Schauer. Ja, ich war erledigt.

KAPITEL SECHZEHN

Das war neu.

Für gewöhnlich wachte ich nicht mit dem geschmeidigen Körper einer Frau im Arm auf. Ich vergrub meine Nase in ihren widerspenstigen Locken und atmete ihren Duft ein. Obwohl es eigentlich nicht möglich sein sollte, roch sie nach Blumen. Daran könnte ich mich gewöhnen. Bei dem Gedanken konnte ich mir ein Lächeln nicht verkneifen. Sie war so wütend gewesen, als ich mich zu ihr gelegt hatte, und sie würde stinksauer sein, wenn sie die Augen aufschlug und immer noch in meinen Armen lag.

Schon vor einer Stunde hatte ich gehört, dass die Jungs wach waren. Aber wenn das Gebäude nicht gerade von einer Panzerfaust beschossen wurde, würden keine zehn Pferde mich dazu bringen, mich von Tatiana zu lösen. Wir hatten letzte Nacht etwas begonnen, was wir noch zu Ende bringen mussten. Aber dafür musste sie zuerst einmal wach sein.

Es dauerte eine Weile, aber schließlich rührte sie sich.

»Guten Morgen, Schätzchen«, sagte ich und ließ meine Hände über ihren Körper wandern.

Sie versteifte sich augenblicklich. »Brooks«, warnte sie.

Ich ignorierte sie jedoch und zog sie noch näher an mich, bevor ich flüsterte: »Wie hast du geschlafen?«

»Nicht gut«, murmelte sie.

»Lügnerin.«

»Wir sollten aufstehen.«

Nein, sollten wir nicht. Zuerst musste ich sie an einige Dinge erinnern. »Noch nicht.« Ich ließ meine Hand von ihrem Bauch an ihre Hüfte gleiten und hielt sie fest, als ihr Hintern meine Erektion berührte. »Wir haben noch etwas Zeit.«

Sie ließ mich nicht lange warten und rieb ihren Hintern an mir. Ich schob eine Hand unter den Bund ihrer Shorts und streichelte ihre nackte, seidige Haut. Mein Schwanz zuckte. Eigentlich hatte ich es langsam angehen lassen wollen, doch ich konnte kaum noch an mich halten. Ich begann, ihr die Shorts auszuziehen, und war dankbar, als sie den Hintern anhob und mir half.

»Sieh mich an, Schätzchen. Ich will dich küssen.«

Ohne zu zögern, drehte sie den Kopf und presste ihre Lippen auf meine. So verdammt süß. Sie ließ ihre Zunge in meinen Mund gleiten und stöhnte. Ich schluckte ihr sinnliches Wimmern, zog ihr Bein über meine Hüfte und strich mit den Fingerspitzen an der Innenseite ihres Schenkels entlang, bis ich den Saum ihres Höschens erreichte.

»Brooks«, keuchte sie.

»Ich bin hier, Schätzchen.«

»Bitte berühre mich.«

Ich ließ einen Finger über den Baumwollstoff an ihrer Spalte gleiten und stöhnte auf. »Du bist ganz nass.« Mein Verlangen steigerte sich ins Unermessliche, als ich ihre Erregung durch den feuchten Stoff spürte.

Sie erwiderte nichts, sondern rieb ihren Hintern an meinem pochenden Schwanz. Ich schob ihr Höschen beiseite und dachte daran, ihr den Stoff einfach vom Leib zu reißen. Sobald ich jedoch mit den Fingerspitzen die geschmeidige Haut ihrer Weiblichkeit berührte, waren jegliche Gedanken verflogen. Genauso wie der Wunsch, es langsam angehen zu lassen.

»Spreiz deine Beine noch weiter, Schätzchen.« Sie tat wie geheißen und schob ihren Schenkel noch höher über meine Hüfte. Als ich mit zwei Fingern in sie eindrang, bäumte sie sich auf. »Du bist so verdammt heiß und feucht.«

Ich löste mein Versprechen vom Vorabend ein und nahm mir, was ich begehrte. Während ich sie mit den Fingern verwöhnte, ließ ich die andere Hand unter ihr Oberteil gleiten, zog ihren BH herunter und umfasste eine ihrer Brüste. Ich war wie von Sinnen, während ich ihre Brustwarze reizte und gleichzeitig darauf achtete, dass ich mit dem Handballen über ihre Klitoris rieb, während ich mit den Fingern immer wieder in ihren engen, feuchten Unterleib stieß.

»Brooks«, keuchte sie.

Eigentlich hatte ich sie nur mit den Fingern befriedigen wollen, doch als ich den begierigen Unterton in ihrer Stimme hörte, konnte ich nicht mehr an mich halten.

Ich zog meine Finger aus ihr heraus, drehte sie auf den Rücken und schob ihr Hemd weiter nach oben und ihren

BH nach unten. Dann zerrte ich ihr das Höschen von den Beinen und warf es über meine Schulter auf den Boden. Sie schlang die Schenkel um meine Hüfte und spannte sie an, während ich meinen harten Schwanz umfasste und ihn an ihr Geschlecht führte. Mit einem kraftvollen Stoß vergrub ich mich tief in ihr.

Scheiße.

Es war noch besser, als ich es in Erinnerung hatte.

Einfach fantastisch.

Tatiana spannte die Schenkel um meine Taille an und warf den Kopf in den Nacken.

»Ja.«

Ich beugte mich vor und stützte mich auf einem Ellbogen ab, während ich immer wieder mit Wucht in sie stieß. Meine andere Hand ließ ich zwischen unsere Körper gleiten und fand, wonach ich suchte, woraufhin sie mit der Hüfte zuckte und laut aufstöhnte. Ich ließ meiner Lust freien Lauf und beschleunigte mein Tempo. Sie krallte sich in meinen Rücken und spannte die Muskeln in ihren Schenkeln an, um mir bei jedem Stoß entgegenzukommen.

»Küss mich, Baby. Ich will dich schmecken, wenn du um meinen Schwanz kommst.«

Sie wandte mir ihr Gesicht zu, doch statt meine Lippen auf ihre zu pressen, starrte ich sie an. Ich konnte den Blick nicht von ihr abwenden. So heiß und begierig. Genau so hatte sie beim ersten Mal ausgesehen. Der Anblick war so verdammt schön, dass ich auch den letzten Rest meiner Selbstbeherrschung über Bord warf.

»Komm für mich, Tatiana«, flehte ich.

Ich spürte ein Kribbeln in meinem Unterleib, das langsam in meinen ganzen Körper ausstrahlte. Meine

Hoden zogen sich zusammen und drohten zu explodieren. Als Tatiana ihre Muskeln um meinen Schwanz anspannte, war ich verloren. Ich wurde von meiner Lust überwältigt, während sie mich anstarrte und mir mit einem Blick alles sagte.

»Baby«, keuchte ich warnend. »Ich kann mich nicht mehr zurückhalten. Komm mit mir.«

Ich versank mit Haut und Haaren in Tatiana Jones.

»Brooks«, wimmerte sie, woraufhin ich meinen Mund auf ihren presste. Ich stieß noch einmal in sie hinein und wurde von der Woge der Ekstase mitgerissen. Ihr Aroma umhüllte mich, ihre Muskeln um meinen Schwanz begannen zu zucken und ihre Schenkel um meine Taille bebten, während sie ihren Griff um meinen Nacken festigte. Ja, ich war verloren. Und ich war mehr als glücklich darüber.

Langsam und bedächtig küsste ich sie, denn ich wollte mich noch nicht von ihr lösen. Ich wusste, dass sie sich in dem Moment wieder vor mir verschließen würde, in dem ich den Kopf zurückzog. Aber ich wollte weder hören, wie sie sich selbst herabsetzte, noch wollte ich mit ansehen, wie das Leuchten in ihren hübschen Augen getrübt wurde. Nicht nach allem, was wir gerade erlebt hatten. Der Sex war unglaublich, doch der unverfälschte Ausdruck in ihren Augen, mit dem sie mich gerade noch angestarrt hatte, war sogar noch besser. Sie hatte sich weder verstellt noch hatte sie versucht, sich vor mir zu verstecken, sondern hatte mir einen Blick auf ihr Innerstes gewährt. In diesem Moment hatte sich etwas zwischen uns verändert.

Obwohl Monroe sie derart verletzt hatte, war sie mir mit absoluter Aufrichtigkeit begegnet. Vielleicht war sie sich dessen nicht bewusst, aber ich hatte es sehen können und es bedeutete mir viel. Ich war nicht dumm, und ich würde dieses Geschenk nicht auf die leichte Schulter nehmen.

»Guten Morgen«, sagte ich noch einmal und begann, ihren geschmeidigen Hals zu liebkosen.

»Guten Morgen«, erwiderte sie und neigte den Kopf nach hinten, um mich gewähren zu lassen.

»Du schmeckst so verdammt gut.« Ich ließ meine Zunge über ihren Kiefer bis zu ihrem Ohr gleiten. »So verdammt süß«, flüsterte ich.

Glücklicherweise hatte ich meinen erschlafften Schwanz noch immer in ihr vergraben, andernfalls wäre mir entgangen, wie sie die Muskeln in ihrem Unterleib anspannte. Nicht nur in ihren Augen konnte ich lesen, was in ihr vorging, auch ihre körperlichen Reaktionen verrieten mir, was ihr gefiel und was sie erregte. Vielleicht log sie, wenn sie den Mund aufmachte, aber ihr Körper sagte die Wahrheit. Das verhieß nur Gutes, denn ich hatte vor, sehr viel Zeit in ihr zu verbringen.

»Du auch«, entgegnete sie.

Erschrocken hob ich den Kopf und starrte auf sie hinab. Sie wirkte immer noch ganz entspannt.

»Was ist?«, fragte sie.

»Nichts. Manchmal überraschst du mich einfach.« Sofort runzelte sie die Stirn, doch ich strich mit dem Daumen darüber, um die Falten zu glätten. »Bist du bereit fürs Frühstück?«

Der zufriedene, verträumte Ausdruck in ihren Augen verflog schlagartig. »Ja.«

»Hör auf, Tatiana. Verschließe dich nicht wieder.«

»Ich habe mich nicht …«

»Doch, das hast du. Du bist kurz davor, eine Mauer zu errichten und mich aus dem Bett zu werfen. Aber das lasse ich nicht zu. Gestern habe ich es vermasselt, indem ich einfach das Badezimmer verlassen habe, obwohl ich hätte bleiben und dir den Kopf zurechtrücken sollen.«

»Mir den Kopf zurechtrücken?« Sofort legte sie wieder die Stirn in Falten, doch diesmal vermochte ich nicht, sie zu glätten.

»Das habe ich doch gesagt.«

»Ich habe dich gehört, Brooks. Es überrascht mich nur, dass du glaubst, du könntest mir den Kopf zurechtrücken.«

»Schätzchen.«

»Nenn mich nicht Schätzchen. Und du hast recht. Ich werfe dich jetzt aus dem Bett. Runter von mir.«

Sie löste ihre Schenkel von meiner Taille, stemmte die Beine auf die Matratze und hob die Hüfte an.

Statt mich von sich zu stoßen, bewirkte sie damit jedoch nur das Gegenteil. Ich konnte sehen, wie sie sich ihres Fehlers bewusst wurde, als sie sich auf die Unterlippe biss. Da ich meinen Schwanz immer noch in ihr vergraben hatte, hatte sie mich mit der Bewegung nur noch tiefer in sich gestoßen.

»Tatiana«, warnte ich sie. »Beruhige dich.«

Sie begegnete meinem Blick und bedachte mich mit einem feurigen Ausdruck in den Augen. In ihrem Blick spiegelte sich eine Mischung aus Wut und Leidenschaft wider.

»Steh auf«, forderte sie und hob noch einmal die Hüfte an.

»Baby, wenn du dich weiter so bewegst, wird er ebenfalls aufstehen. Dann gehen wir in die zweite Runde.«

»Auf keinen Fall, Brooks.«

»Das höre ich nicht zum ersten Mal, Schätzchen. Wenn man bedenkt, dass mein Schwanz immer noch in dir steckt und von Sekunde zu Sekunde härter wird, wird es wohl unausweichlich sein.«

»Du treibst mich noch in den Wahnsinn«, stöhnte sie.

»Nicht doch. Du weißt, dass ich recht habe.«

Auch diesmal verriet mir ihr Körper, was wirklich in ihr vorging. Genauso wie ihre Augen. Ich spürte, wie sie mit ihren Fingernägeln über meinen Rücken fuhr, und ich fragte mich, ob sie mich bluten ließ. Sie ließ ihre Hände in mein Haar gleiten und zog meinen Kopf zu sich, um mich leidenschaftlich zu küssen, während sie begierig die Hüfte aufbäumte. Obwohl ich vor wenigen Minuten gekommen war, war ich schon wieder bereit.

»Dreh dich auf den Rücken«, murmelte sie an meinen Lippen.

Mit einem Kopfschütteln verweigerte ich ihr die Bitte und stieß mit Wucht in sie hinein. Immer wieder und immer schneller drang ich mit kraftvollen Stößen in sie ein.

»Dreh dich auf den Rücken«, wiederholte sie mit einem Stöhnen und bäumte noch einmal die Hüfte auf. Schließlich gab ich nach und tat wie geheißen, wobei ich sie mit mir zog, bis sie rittlings auf mir saß.

Warum zum Teufel hatte ich beim ersten Mal abgelehnt? Der Anblick ihrer prallen Brüste, ihres flachen Bauches und ihrer straffen Schenkel war einfach atemberaubend. Ich bewunderte das Spiel ihrer Muskeln, während sie sich immer wieder hob und senkte und dabei meinen Schaft in sich vergrub. Mein Gott, sie war das Sinnlichste, was ich je gesehen hatte.

»Baby, beug dich vor.« Sie ignorierte mich und ließ die Hüfte kreisen, um sich an mir zu reiben, bevor sie sich wieder aufrichtete. »Tatiana, beug dich vor.«

Sie schien mich gar nicht zu hören. Weder verlangsamte sie ihre Bewegungen, noch beachtete sie mich. Sie war in ihre eigene Welt versunken, während sie mich hemmungslos ritt. Es fühlte sich so verdammt gut an, aber mir fehlte der Blickkontakt. Ich setzte mich auf, griff in ihr Haar und zog sie zu mir, bis ihr Gesicht nur noch wenige Zentimeter von meinem entfernt war.

»Wenn du mich fickst, siehst du mich an. Du ziehst dich nicht in deine Gedanken zurück«, knurrte ich. Sie blinzelte und begegnete schließlich meinem Blick. »Da bist du ja. Wenn ich in dir bin, will ich alles von dir. Sieh mich an und verschließe dich nicht vor mir.«

Sie nickte, woraufhin ich den Kopf zurück auf das Kissen legte und sie mit mir zog.

»Reite mich, Baby. Aber wage es nicht, deine hübschen Augen zu schließen. Ich will dich sehen, wenn du kommst.« Sie nickte nur und ließ wieder die Hüfte kreisen. »Mein Gott, du fühlst dich so gut an. So verdammt schön.« Unsere Blicke trafen sich und eine Regung huschte über ihr Gesicht, die ich nicht ganz deuten konnte.

Tatiana war rau, wild und eine wahre Tigerin im Bett. Schon nach wenigen Minuten hatte sie mich an den Rand der Ekstase gebracht.

»Ich komme gleich, Baby. Ich will, dass du mit mir kommst.«

Ich ließ meine Hände von ihrem Hintern zu ihren Brüsten gleiten, saugte einen ihrer steifen Nippel in meinen Mund und umspielte ihn mit meiner Zunge. Sie beschleunigte ihre Bewegungen und rieb sich immer heftiger an mir. Wenn sie sich nicht beeilte, würde ich ohne sie kommen. Schließlich bebte sie am ganzen Leib und explodierte. Ich vergaß meine eigene Lust und beobachtete sie wie gebannt. Dann spürte ich einen Druck in meinem Unterleib und war mir vage bewusst, dass mein Schwanz zu zucken begann, als ich zum Höhepunkt kam. Aber meine eigene Lust war zweitrangig. Viel schöner war es, Tatiana dabei zu beobachten, wie sie im Rausch der Ekstase am ganzen Leib zitterte.

Diese Sache zwischen uns ging weit über körperliche Anziehung hinaus. Gerade hatten sich die Dinge verkompliziert.

KAPITEL SIEBZEHN

Brooks trieb mich langsam in den Wahnsinn. Er musste nur meine Hüfte drücken, und schon reckte ich ihm wie eine läufige Hündin den Hintern entgegen. Und nicht nur das. Kaum waren wir fertig, holte ich mir gleich einen Nachschlag. Was zum Teufel war nur los mit mir?

Er war herrisch und gebieterisch, doch statt ihn zum Teufel zu jagen, war ich wie elektrisiert und mein Körper hatte ihm sofort gehorcht. Ich hatte ihn angestarrt und er hatte mich aus meinen dunklen Gedanken gerissen. Dann hatte ich von ihm verlangt, sich auf den Rücken zu drehen, damit ich ihn reiten konnte. Doch im nächsten Moment hatte die Panik die Oberhand gewonnen. In dieser Position hatte er einen ungehinderten Blick auf meine Narben. Um den angewiderten Ausdruck in seinem Gesicht nicht sehen zu müssen, hatte ich das Gesicht abgewandt.

»Tatiana«, blaffte Brooks.

»Hm?«

Ich riss mich aus meiner Benommenheit und stellte

fest, dass ich immer noch auf ihm saß. Brooks sah wütend aus. Diesen Ausdruck würde man eigentlich nicht von einem Mann erwarten, der gerade zweimal zum Höhepunkt gekommen war. Zum Glück hatte ich mich nach vorn gebeugt und meine Brüste an seinen stahlharten Oberkörper gepresst. Diesmal war mir der Anblick seiner definierten Muskeln nicht entgangen. Ich steckte in einem Dilemma. Wie zum Teufel sollte ich aufstehen, ohne Brooks die Möglichkeit zu geben, meinen Körper zu betrachten?

»Baby.« Er strich mir die Haare aus dem Gesicht. »Du ziehst dich immer wieder in deine Gedanken zurück.«

»Ich bin nur müde.«

»Blödsinn.«

»Hör auf damit. Du kannst nicht wissen, was ich denke.«

»Doch, Schätzchen, das kann ich. Und ich sage dir, es ist Blödsinn.« Ich wurde wütend. Narben hin oder her, ich verlor langsam die Geduld und versuchte, mich von ihm herunterzurollen, doch Brooks hielt mich fest. »Lass das.«

»Was soll ich lassen?«

»Verschließe dich nicht vor mir. Stoße mich nicht von dir. Und würdige dich nicht herab. Du belügst dich nur selbst.«

»Ich habe mich nur selbst belogen, als ich mir eingeredet habe, dass diese Sache zwischen uns eine gute Idee ist«, entgegnete ich.

Ich konnte mich nicht bewegen. Brooks hatte einen Arm um meinen Rücken geschlungen und mit der anderen Hand mein Haar gepackt. Ich hätte zwar versuchen können, mich dagegen zu wehren, doch dann hätte er meine Narben gesehen.

»Falsch, Baby. Diese Sache zwischen uns ist auf jeden Fall eine gute Idee.«

»Du bringst mich wirklich auf die Palme«, warnte ich.

»Du warst schon vor einer Weile stinksauer. Aber damit komme ich zurecht. Es stört mich jedoch, wenn du dir einen Haufen Mist einredest. Du bist wunderschön.«

Am liebsten hätte ich mir die Ohren zugehalten, denn ich wollte das alles nicht hören. An mir war rein gar nichts schön. Er musste seinen Charme nicht spielen lassen, um mich ins Bett zu kriegen. Ich hatte ihm bereits dreimal bewiesen, dass ich leicht zu haben war.

»Lass mich los.«

»Erst, wenn du mir zuhörst.«

»Bitte hör auf.«

»Nein, ich werde nicht zulassen, dass du dich vor dem verschließt, was gerade zwischen uns passiert ist. Es ist unglaublich zu sehen, wie du dich deiner Lust hingibst und dich selbst vergisst. Dann bist du wild und frei.«

»Ich bin nicht wild«, protestierte ich.

»Doch, Baby, das bist du. Du hast dich mir hingegeben, und ich werde nicht zulassen, dass du das verleugnest.«

»Ich habe mich dir nicht hingegeben.«

Inzwischen gab ich ihm nur Widerworte, um ihm nicht recht geben zu müssen. Er war viel zu besitzergreifend und ich lief Gefahr, mich in ihm zu verlieren. Die Art und Weise, wie er mich ansah, mich berührte und mich die ganze Nacht lang an sich schmiegte, war einfach zu viel für mich. Wir beide hatten einen Job zu erledigen, und sobald wir die Mission beendet hatten, würden wir getrennte Wege gehen. Und ich wollte vermeiden, dass ich mit einem gebrochenen Herzen endete.

»Ich glaube, du hast mir gerade das Gegenteil bewiesen.«

»Wir sollten jetzt wirklich aufstehen.«

»Das werden wir, in einer Minute.«

»Worauf wartest du noch?«

»Auf einen Kuss.«

»Kommt gar nicht infrage. Keine Küsse mehr. Und auch keine Berührungen. Wir werden nicht mehr im selben Bett schlafen. Ab heute übernachte ich auf der Couch.«

Ein verträumtes Lächeln umspielte seine Lippen und ich fürchtete mich fast vor dem, was er sagen würde. Ich wusste, dass er nicht mit mir einer Meinung war.

»Hör auf mit dem Mist und küss mich.«

»Nein, Brooks. Wir müssen aufstehen. Ich habe zu arbeiten. Bevor wir Bahrain verlassen, muss ich auf dem Marinestützpunkt noch einige Dokumente abgeben.«

»Dann solltest du dich beeilen, Schätzchen.«

Warum befreite ich mich nicht einfach aus seinem Griff? Statt auch nur den Versuch zu unternehmen, blieb ich splitterfasernackt auf seinem Schoß sitzen, während er immer noch seinen Schwanz in mir vergraben hatte. Warum musste er nur so verdammt sexy sein? Nein, die bessere Frage wäre: Warum war ich so verdammt schwach?

Er musste nur etwas Druck auf meinen Hinterkopf ausüben, und schon beugte ich mich vor. Statt die Lippen zu einem triumphierenden Lächeln zu verziehen, starrte er mir direkt in die Augen und seine Miene erweichte sich. Er wirkte sogar ein wenig stolz. Vielleicht bildete ich es mir auch nur ein, und er freute sich einfach, dass er mal wieder seinen Willen bekam.

Ich kam nicht dazu, ihn zu küssen, denn sobald mein Mund den seinen berührte, hielt er mich fest und strich mit seinen Lippen ganz sanft über meine. Dann drückte er mir einen Kuss auf den Mundwinkel.

»Du bist so schön.«

Es folgte ein weiterer Kuss.

»Absolut perfekt.«

Dann liebkoste er auch die andere Seite und ließ noch einmal seine Lippen über meine gleiten.

»Ich kann nicht genug von dir bekommen.«

Mein Herz hämmerte wild, meine Beine bebten und meine Hände auf seiner Brust zitterten. Ich wollte das alles nicht hören. Um zu verhindern, dass er noch etwas sagte, leckte ich über seine Lippen.

»Verdammt. Noch nie habe ich eine Frau erlebt, die so gut küssen konnte wie du, Schätzchen. Ich könnte den ganzen Tag mit dir in diesem Bett verbringen und nichts anderes tun, als deinen sexy Mund zu erforschen.«

Seine Küsse, seine Berührungen und der Sex waren weniger wirkungsvoll als seine Worte. Ich wollte ihnen Glauben schenken. Ich wollte schön sein. Aber das war ich nicht. Ich war alles andere als perfekt. Mein Körper war verunstaltet und entstellt. Brooks war eine Nummer zu groß für mich. In der realen Welt mangelte es ihm sicher nicht an umwerfenden Frauen. Ich war nur ein schnelles Abenteuer, mit dem er sich während einer Mission Erleichterung verschaffte.

»Eines Tages wirst du mir glauben, dass alles, was du dir einredest, nicht der Wahrheit entspricht.« Es war mir zuwider, dass er mich so leicht durchschauen konnte. »Hoch mit dir.«

»Äh … Vielleicht …«

»Ich werde nicht zulassen, dass du dich vor mir versteckst. Ab heute werde ich dir diese Selbstzweifel Stück für Stück nehmen. Es gibt absolut nichts, was an dir nicht schön ist.«

»Brooks«, zischte ich, »hör auf damit. Wir wissen beide, dass das nicht wahr ist.«

Bevor ich wusste, wie mir geschah, hatte Brooks mich auf den Rücken gedreht und beugte sich über mich. »Nennst du mich etwa einen Lügner, Tatiana?«

»Nein. Du bist kein Lügner. Aber ich glaube, du willst nur höflich sein.«

»Schätzchen, das haben wir doch schon durchgekaut. Ich habe es nicht nötig, dir Honig ums Maul zu schmieren. Ich bin nicht höflich, sondern ehrlich.«

Er setzte sich auf und hob meine Beine an, um sie um seine Taille zu schlingen. Dann starrte er auf mich herab. Mit einer Hand hielt er weiterhin meine Hüfte fest, während er mit der anderen über die Narben an meinem Bauch strich.

»Bitte nicht.«

Er ignorierte mich und berührte zärtlich jede Erhöhung an meiner Haut. Ich konnte es nicht mit ansehen, wie er mit seinen rauen Fingerspitzen über meinen entstellten Körper fuhr.

»Hör auf, Brooks.«

Er ließ sich nicht beirren und streichelte mich weiter. Dann begegnete er meinem Blick. Meine Augen brannten und ich war nicht in der Lage, die Tränen zurückzuhalten. Ich ließ sie ungehindert über meine Wange kullern.

»Verdammt noch mal«, zischte ich. »Hör auf.«

»Jedes einzelne dieser Male ist ein Beweis deiner Stärke. Sowohl deiner körperlichen als auch deiner mentalen. Jede Narbe zeigt, dass du dich nicht einfach so unterkriegen lässt. Du bist widerstandsfähig, entschlossen, willensstark und fähig. Jeder Makel erzählt eine Geschichte von Überleben und Mut. Du bist wunderschön. Nicht nur wegen deines hübschen Gesichts, deines seidigen Haars und deiner atemberaubenden Beine, sondern wegen dieser Male.« Er spreizte seine große Hand an meinem Bauch und bedeckte damit fast alle Narben. »Deine Stärke macht dich zur schönsten Frau, die ich je gesehen habe. Eines Tages wirst du sehen, was ich sehe. Und in der Zwischenzeit werde ich dich so oft wie möglich daran erinnern. Eine Frau wie du sollte sich auf keinen Fall verstecken müssen. Du wirst deine Mauern fallen lassen. Und wenn es so weit ist, werde ich dir beweisen, dass du an einem sicheren Ort landen wirst.«

Als Brooks schließlich verstummte, wurde mir klar, dass ich mein Herz nicht mehr würde schützen können. Wenn er ging, würde er ein Loch in der Größe von Brooks Miller in meiner Brust hinterlassen. Und wahrscheinlich würde es noch schmerzhafter sein als alle Schläge, die der Feind mir je zugefügt hatte.

KAPITEL ACHTZEHN

Als ich Tatiana schließlich gestattete aufzustehen, waren die Jungs bereits mit dem Frühstück fertig. Sie hatten sich um den Esstisch versammelt und durchforsteten die neuesten Informationen, die Tex und Garrett, unser hauseigener Computerspezialist, geschickt hatten. Niemand verlor ein Wort darüber, dass ich das Frühstück verpasst hatte, und niemand gab einen Ton von sich, als Tatiana ein paar Minuten später zu uns stieß. Das war auch gut so, denn ich war immer noch aufgebracht, weil sie sich in ihre Gedanken zurückgezogen hatte und glaubte, sie sei unvollkommen und abstoßend. Es machte mich wütend, dass sie so schlecht von sich dachte. Aber am Ende dieser Mission würde sie sich selbst durch meine Augen sehen.

»Wann brechen wir auf?«, fragte Tatiana und schenkte sich eine Tasse Kaffee ein.

»Um zwanzig Uhr. Die Fahrt in die Östliche Provinz dauert sechs Stunden«, antwortete Declan.

»Ich muss noch einige Dokumente auf dem Marinestützpunkt abgeben und ein paar E-Mails verschicken, bevor wir aufbrechen. Leon hat mich angewiesen, bei der UN meine Kündigung mit sofortiger Wirkung einzureichen«, erklärte sie.

Sie hatte mir gegenüber zwar erwähnt, dass sie dem Stützpunkt noch einen Besuch abstatten musste, aber von einer Kündigung hatte sie nichts gesagt.

»Warum will er, dass du kündigst?«, fragte ich.

»Zum einen erstreckt sich mein Aufgabengebiet bei der UN ausschließlich auf Bahrain. Zum anderen wird Z Corps von nun an mein Gehalt bezahlen.«

»Was hat Z dir über *Die Firma* erzählt?«, wollte Kyle wissen.

»Nicht viel. Er sagte, er wisse mehr darüber als ich, aber nicht so viel, wie ihm lieb wäre. Er hat außerdem angedeutet, dass ihm etwas in dieser Hinsicht Unbehagen bereitet, ist aber nicht näher darauf eingegangen. Ich kenne Zane nicht so gut wie ihr, aber ich weiß, dass er kein Lügner ist. Wenn er Bedenken hat, dann sollte ich mir überlegen, welche Auswirkungen das auf mich hat.«

Es erschien mir interessant, dass sie sich Gedanken darüber machte, was Z ihr erzählt hatte. In einem Punkt hatte sie recht: Z war kein Lügner. Er war immer ehrlich und direkt. Wenn er glaubte, sie müsse sich vorsehen, dann sollte sie wachsam bleiben.

»Was weißt du über diesen Leon Brown?«, fragte ich.

»Nur das, was ich dir erzählt habe. Der Name ist offensichtlich ein Deckname. Er gibt mir Befehle und ich befolge sie. Ich übermittle ihm sowohl meine Einsatzberichte als auch meine Lageberichte mündlich. Außer ihm habe ich mit niemandem in der *Firma* Kontakt.«

»Vertraust du ihm?«, wollte ich wissen.

»So sehr wie jedem anderen auch.«

Das war die typische Antwort eines CIA-Agenten. Unter Spionen gab es so etwas wie Vertrauen im Grunde nicht. Sie alle wussten, dass ihr Arbeitgeber sich, wenn nötig, gegen sie wenden konnte und würde. Selbst ein Kollege würde einem anderen die Kehle durchschneiden, wenn er den entsprechenden Befehl erhielt.

»Lass mich die Frage anders formulieren: Würdest du ihm dein Leben anvertrauen?«

»Das habe ich während der vergangenen Jahre getan.«

»Falsche Antwort.«

»Was meinst du mit ›falsche Antwort‹? Wenn man bedenkt, dass er der Einzige ist, der die Einzelheiten meiner Missionen kennt, würde ich sagen, dass ich mein Leben in seine Hände gelegt habe.«

»Wenn du mich fragen würdest, ob ich einem dieser Männer hier vertraue«, sagte er und zeigte mit einer ausladenden Geste auf seine Kameraden, »dann könnte ich das mit einem klaren und eindeutigen Ja beantworten. Ohne zu zögern. Ich würde ihnen sogar dein Leben anvertrauen. Aber du hast gezögert. Offensichtlich hast du Zweifel, und das gefällt mir nicht. Denn es bedeutet, dass auch mein Leben auf dem Spiel steht, wenn du Leon Brown nicht hundertprozentig vertrauen kannst.«

»Ich würde ihm dein Leben nicht anvertrauen«, gestand sie.

»Während ihr beide ihre Dokumente zum Stützpunkt bringt, werde ich Z anrufen. Ich will wissen, wie er darüber denkt, Leon nur begrenzte Informationen zu geben«, sagte Declan. »Und, Tatiana. Wenn du nicht glaubst, dass der Kerl dir den Rücken freihalten würde, solltest du ihm auch nicht dein Leben anvertrauen. Ich werde Z fragen, ob er schon etwas mehr über *Die Firma* in

Erfahrung bringen konnte. Er hasst es, im Dunkeln zu tappen. Ich wette, er macht Garrett bereits Feuer unterm Hintern.«

»Ich weiß es zu schätzen, dass du Zane wegen der Informationen anrufen willst, aber zum Stützpunkt kann ich auch allein gehen. Es gibt keinen Grund, warum du noch eine Person bemühen solltest.«

»Kommt gar nicht infrage, Schätzchen. Ich komme mit«, warf ich ein.

»Warum? Das ist doch albern. Ich bin schon seit einer ganzen Weile allein in Bahrain unterwegs, Brooks. Ich brauche keine Eskorte.«

Ich bemühte mich, mir meine Belustigung nicht anmerken zu lassen. Sie war temperamentvoll, wenn sie wütend war. Es war nicht nur verdammt niedlich, sondern erregte mich zudem ungemein.

»Das habe ich auch nicht erwartet.«

Sie nippte an ihrem Kaffee und starrte mich an. Wahrscheinlich wartete sie darauf, dass ich klein beigab, doch da konnte sie lange warten. Es war mir egal, wie oft sie allein durch das Land gereist war, mittlerweile hatte sich einiges geändert. Zum einen hatte jemand versucht, sie zu töten. Ich würde ihr wie ein Schatten folgen, und es war mir scheißegal, ob ich sie damit verärgerte.

»Aber du wirst mich trotzdem begleiten, nicht wahr?« Sie stellte ihre Tasse auf der Anrichte ab.

»Ja.«

»Warum bist du nur so stur? Du hast doch selbst noch einiges zu erledigen. Die kleine Frau braucht keinen großen, starken Mann, der sie beschützt.«

»Vorsicht, Baby, dein Temperament geht wieder mit dir durch.«

»Wie auch immer, Arschloch. Ich will nicht, dass du mitkommst. Außerdem verfügst du nicht über die nötige Sicherheitsfreigabe. Zu den meisten Räumen hast du keinen Zutritt.«

»Ich habe nicht gefragt, ob du willst, dass ich mitkomme. Im Gegensatz zu dir geht keiner von uns allein irgendwohin. Zu unserer Sicherheit haben wir immer einen Kameraden dabei, der uns den Rücken frei-hält. Je mehr, desto besser.«

»Aha. Als du losgezogen bist, um den Aufenthaltsort der Bitoo-Brüder auszukundschaften, war also auch einer der Jungs bei dir?«, fragte sie mit einem Grinsen.

»Es gibt immer Ausnahmen.«

»Großartig. Dann kannst du jetzt ja eine machen.«

»Wollt ihr beide den ganzen Tag lang hier herum-stehen und euch an die Gurgel gehen? So amüsant es auch ist, Brooks dabei zuzusehen, wie er sich an dir die Zähne ausbeißt, wir haben alle noch zu tun.« Thad lachte leise. »Aber ich würde gern nochmals betonen, wie viel Spaß es macht, euch beide zu beobachten.«

Tatiana erbleichte, als ihr bewusst wurde, dass wir ein Publikum hatten. Als sie ihre hübschen Augen zu dünnen Schlitzen zusammenkniff, konnte ich nicht mehr an mich halten und brach in schallendes Gelächter aus.

Sie verdrehte die Augen und ich hätte schwören können, dass ich ihre Zähne knirschen hörte.

»Hast du Hunger, Schätzchen? Ich kann uns etwas zu essen machen, bevor wir aufbrechen.«

Ich war drauf und dran, sie darauf hinzuweisen, dass sie heute Morgen eine Menge Kalorien verbrannt hatte, doch ich hielt mich zurück. Ihre temperamentvolle Seite gefiel mir, aber ich wollte sie nicht in Verlegenheit bringen oder beschämen. Ihren geröteten Wangen nach zu urteilen musste ich sie jedoch nicht erst daran erinnern.

»Ich habe keinen Hunger.«

»Dann können wir aufbrechen, wenn du willst.«

»Ich hole meine Sachen.« Klugerweise lenkte sie ein.

Ich wartete, bis sie gegangen war, bevor ich mir die Papiere auf dem Tisch ansah. »Gibt es etwas Neues, das ich wissen sollte?«

»Falcon Holdings hat sich als Goldmine erwiesen. Tex hat eine Menge Zusammenhänge herstellen können. Unsere oberste Priorität ist es, Al Issa auszuschalten. Falls wir zudem eines der Artefakte bergen können, wäre das wünschenswert, aber nicht zwingend notwendig«, erklärte Dec.

»Was hat Tex sonst noch gefunden?«

»Falcon Holdings besitzt ausstehende Aktien einiger anderer Unternehmen. Als Tex die Firmen unter die Lupe nahm, stellte er fest, dass die meisten von ihnen nicht wirklich existieren. Sie haben weder etwas produziert noch irgendwelche Waren verkauft oder gekauft. Eines dieser Unternehmen betreibt offenbar Hunde- und Hahnenkämpfe. Offenbar ist das ein großes Problem in Südamerika«, fügte Max hinzu.

»Warum hat Tex sich überhaupt dafür interessiert?«

»Weil dieses Geschäft Millionen von Dollar einbringt. Warum sonst investieren die Leute so viel Geld in ein gefälschtes Unternehmen, dessen einzige Einnahmequelle der Blutsport mit Tieren ist?«, frage Max und zog eine Augenbraue in die Höhe.

Die Frage war rhetorisch und bedurfte keiner Antwort. Dennoch murmelte ich: »Ernsthaft?«

»Allerdings.«

»Verdammt. Und ich dachte, Hundekämpfe seien nur etwas für Straßenbanden und Schläger. Ich hatte keine Ahnung, dass das Geschäft derart lukrativ ist.«

»Bruder, da sind große Fische im Spiel. Tex ist zuversichtlich, dass er es bis zu Omni zurückverfolgen kann.«

»Was zurückverfolgen?«, fragte Tatiana, als sie mit ihrem Rucksack über der Schulter zurück ins Esszimmer kam.

»Gockel«, antwortete ich und grinste.

»Wovon zur Hölle redest du da?«

»Von Hahnenkämpfen in Südamerika.«

»Um genau zu sein, haben wir über die Gewinne gesprochen, die bei Hundekämpfen erzielt werden«, warf Max ein.

»Das stimmt. Damit lässt sich eine Menge Geld verdienen. Ich kenne eine Frau in San Diego namens Faith, die in einem Tierheim arbeitet und Pitbulls rettet. Es ist gefährlich, die Hunde zu befreien. Bei diesen Kämpfen wird mit einer Menge Geld um sich geworfen, und diese Organisatoren sind nur die kleinen Fische«, erklärte sie. »Gibt es etwas Neues von Al Issa?«

»Die letzten Recherchen von Tex haben ergeben, dass Al Issa sich in seinem Palast aufhält. Das ganze Personal und die zusätzlichen Wachen deuten darauf hin, dass er noch eine Weile dort bleiben wird.«

»Nehmen wir das Gelände ein oder warten wir darauf, dass er den Palast verlässt und etwas ungeschützter ist?«, fragte Tatiana.

»Im Moment lautet der Plan, das Gelände einzunehmen. Dort werden wir die fehlenden Steintafeln am ehesten finden«, erklärte Declan. Tatiana studierte die

Satellitenbilder, die Tex geschickt hatte. »Was denkst du?«

»Ich denke, das sind eine Menge bewaffnete Wachen. Ich zähle zehn entlang der Außenmauer. Drei im Innenhof. Fünf auf dem Dach. Ganz zu schweigen davon, dass er von einem Trupp von Leibwächtern umgeben sein wird. Das sind allein achtzehn Waffen, die wir sehen können. Höchstwahrscheinlich verbergen sich noch weitere im Inneren. Wir sind nur zu sechst.« Sie erzählte uns nichts Neues.

»Das wird ein Spaziergang«, erwiderte ich.

»Dieses SEAL-Gehabe geht mir wirklich auf die Nerven. Nur weil ihr eine große Klappe habt, seid ihr nicht unbesiegbar. Wir werden mindestens drei zu eins in der Unterzahl sein. Sein Personal wird ebenfalls bewaffnet sein. Ganz zu schweigen davon, dass die Sympathisanten in der Gegend ihm zu Hilfe eilen werden. Al Issa ist nicht dumm. Genau aus diesem Grund hält er die Einheimischen mit Geld bei der Stange.«

Max, Thad, Kyle und Declan stießen ein leises Lachen aus, was sie nur noch mehr in Rage brachte. Sie sah aus, als würde sie jeden Moment an die Decke gehen.

»Wir werden in der Umgebung Sprengladungen anbringen, um sie abzulenken. Sobald diese hochgehen, werden wir die Außenmauer …«

»Oder ihr wartet, bis er das Anwesen verlässt, und schaltet seinen Konvoi aus. Die Wachen werden sich alle am Ort des Geschehens versammeln, sodass die Sicherheitsvorkehrungen im Palast minimal sein werden. Dann kann ich mich hineinschleichen und die Steintafeln an mich nehmen.«

»Schätzchen, du kannst nicht einfach auf Raubzug

gehen. Außerdem habe ich dir bereits gesagt, dass du allein nirgendwohin gehen wirst«, beharrte ich.

»Das ist …«

»Nicht verhandelbar«, unterbrach Declan sie. »Sobald wir die neuesten Informationen haben, werden wir die Einzelheiten besprechen. Bis dahin solltest du deine Geschäfte in Bahrain abschließen, damit wir, wenn nötig, sofort aufbrechen können.«

Tatiana schien etwas erwidern zu wollen, doch sie hielt klugerweise den Mund. Sie hatte zwar die letzten zwei Jahre allein gearbeitet, aber sie musste lernen, dass keiner der Männer in diesem Team sie je ungeschützt lassen würde. Wir deckten einander immer den Rücken. Doppelt hielt besser.

»Bist du bereit?«, fragte ich.

»Ja.«

Mit ihrer knappen Antwort brachte sie mich zum Lächeln. Verdammt, diese Frau hatte wirklich Temperament. Und sie war verflucht hübsch. Selbst in ihrer Cargohose und ihrer langärmeligen Bluse, die ihre gebräunte Haut gänzlich verhüllte, war sie zum Anbeißen. Ich wusste genau, wie sie unter der Kleidung aussah, denn die Erinnerung an ihren heißen, verschwitzten Körper auf mir war in meine Seele eingebrannt.

KAPITEL NEUNZEHN

Die ersten zehn Minuten der Fahrt verliefen schweigend. Ich war wütender, als ich hätte sein sollen, aber nach heute Morgen lagen meine Nerven blank. Es gab nichts Besseres, als in Brooks' starken Armen aufzuwachen. Und der Sex war geradezu unglaublich gewesen. Aber ich hätte darauf verzichten können, mich derart verletzlich vor ihm zu zeigen. Obwohl Brooks mir ganz offen gesagt hatte, wie schön er mich fand, hatte ich ihm nicht geglaubt. Dann hatte er mir versprochen, dass ich eines Tages sehen würde, was er sah, und ich wünschte mir, dass er recht behielt. Ich wollte die starke und mutige Frau sein, die er in mir sah. Mir war durchaus bewusst, dass ich fähig war, meinen Job auszuführen, aber der Mut hatte mich schon vor langer Zeit verlassen.

»Jemand folgt uns«, brach Brooks das Schweigen.

»Ein weißer Mercedes?«, fragte ich.

»Ja.«

Ich hatte den Wagen schon seit einigen Kilometern im Seitenspiegel im Auge. Der Fahrer bemühte sich, auf

Abstand zu bleiben, doch er war uns jedes Mal gefolgt, wenn Brooks die Spur gewechselt hatte.

»Wann willst du versuchen, ihn abzuschütteln?«

»Wenn wir uns dem Marinestützpunkt nähern. Auf der Nordseite, in der Nähe des Fußgängereingangs.«

»Dort gibt es nur einen Haufen kleiner Seitenstraßen, von denen die meisten Einbahnstraßen sind. Ich denke, du solltest auf der Dammstraße bleiben und die letzte Ausfahrt vor der Brücke nehmen. Östlich des Stützpunktes befindet sich ein Industriegebiet. Dort ist weniger Verkehr als auf der Nordseite.«

»Dem stimme ich zu, aber in einem Industriegebiet hätte er bessere Möglichkeiten, uns einzuholen. Ganz zu schweigen davon, dass er freie Schussbahn haben wird.«

»Ach. Ich wusste gar nicht, dass Brooks Miller Angst vor einem kleinen Schusswechsel hat.«

»Es gehört nicht gerade zu meinen Lieblingsbeschäftigungen, beschossen zu werden. Außerdem bin ich eher beunruhigt, weil ich nicht weiß, welche Waffen der Beifahrer hat. Ich würde es vorziehen, ihnen nicht die Möglichkeit zu geben, eine Panzerfaust abzufeuern.«

Mir ging es nicht anders. Ich wurde in meinem Leben schon mit genügend Raketen beschossen.

»Fahr in das Industriegebiet. Es ist besser, in die Offensive zu gehen.«

»Und dann? Willst du dich wie der Koyote aus Road Runner auf die Lauer legen? Ist mir etwa entgangen, dass du Dynamit und einen Bumerang in deine Tasche gepackt hast?«

Wäre Brooks' belustigter Tonfall nicht gewesen, wäre ich in Rage geraten. Doch dann breitete sich ein seltsames Gefühl in meiner Brust aus. Normalerweise war ich immer allein, wenn ich verfolgt wurde. Dann rauschte mir das Adrenalin durch die Adern und ich wurde nervös, denn ich hatte niemanden, der mir den Rücken stärkte. Aber heute war Brooks bei mir. Wir konnten uns aufeinander verlassen. Ich hatte keine Angst, denn ich wusste, dass wir das Problem gemeinsam lösen würden.

»Du hast nicht gesehen, was ich im Wagen verstaut habe. Außerdem trage ich unter der Hose und dem Hemd mein Wonder Woman Outfit.«

»Verdammt, Schätzchen«, presste er mit erstickter Stimme hervor. »So etwas kannst du mir nicht erzählen, während wir verfolgt werden. Allein bei der Vorstellung bekomme ich einen Steifen.«

Seine Worte zauberten mir ein Lächeln ins Gesicht. »Kann ich nicht? Warum nicht?«

Brooks warf mir einen Seitenblick zu, während er sich durch den Verkehr schlängelte, um etwas mehr Abstand zu dem Mercedes zu gewinnen.

»Sie warten nicht, bis wir die Ausfahrt erreichen«, sagte Brooks. Die Belustigung war aus seiner Stimme gewichen. »Der Beifahrer macht sich bereit zu schießen.«

Ich schnallte mich ab und drehte mich um, um auf den Rücksitz zu klettern, als Brooks mit einer Hand meinen Bizeps packte. »Was tust du da? Schnall dich wieder an und duck dich«, blaffte er.

Mit einem Schulterzucken entzog ich mich seinem Griff und fand, wonach ich suchte. Durch die hintere Windschutzscheibe konnte ich den Beifahrer des Mercedes sehen, der mittlerweile auf dem Rahmen des geöffneten Fensters saß.

»Er schießt gleich, Brooks«, warnte ich ihn.

Tatsächlich feuerte der Mann trotz des dichten

Verkehrs einen Schuss ab. Glücklicherweise verfehlte er unseren Wagen um Längen. Die anderen Fahrer beschleunigten jedoch oder fuhren an den Straßenrand, sodass der Schütze nun freie Schussbahn hatte.

»Verdammt noch mal, Tatiana. Schnall dich an!«, brüllte Brooks.

»Meine Güte, mach dir nicht ins Hemd.«

Ich schnappte mir meine AR15 und hatte mich schon fast wieder in meinen Sitz gesetzt, als Brooks das Lenkrad nach rechts riss und ich gegen die Tür prallte.

»Schnall. Dich. An!«, knurrte er erneut.

»Oh, verdammt noch mal. Ich werde wohl kaum den Gurt anlegen, um mich dann wie ein hilfloser Trottel zu ducken.« Ich vergewisserte mich, dass das Magazin voll war, zog den Ladegriff und ließ das Beifahrerfenster herunter. Dann drehte ich mich um und kniete mich auf den Sitz. »Du hast die Wahl. Entweder du bremst, damit ich den Wichser sehen kann, der auf uns schießt, oder du wechselst die Spur, damit ich den Fahrer ins Visier nehmen kann.«

»Scheiße«, murmelte er und warf einen Blick in den Rückspiegel. »Es wird leichter sein, den Fahrer auszuschalten. Halt dich fest.«

Ich klappte die Okularschutzkappe des Aimpoint CompM4 Red Dot Visiers hoch, stabilisierte meine Haltung und schulterte das AR15. Brooks wechselte die Spur und trat auf die Bremse. Ich zielte, entsicherte die Waffe und wartete darauf, dass ich freie Schussbahn hatte.

Ich hatte den Fahrer im Visier. »In drei … zwei …« Ich drückte den Abzug.

Der Rückstoß des Gewehrs ließ mich zusammenzucken. Meine Ohren schmerzten, nachdem ich auf engstem

Raum ohne Gehörschutz ein .223 Kaliber abgefeuert hatte, noch dazu mit der linken Hand. Doch ich hatte getroffen, denn der Fahrer des weißen Mercedes sackte zusammen.

»Verdammt noch mal, Frau.«

Meine Ohren klingelten so heftig, dass ich Brooks kaum verstehen konnte. Ich klappte die Okularschutzkappe wieder herunter, entfernte die Patrone aus der Kammer und sicherte die Waffe.

»Ich glaube, mein Trommelfell ist geplatzt«, sagte ich, als ich mich zurück auf den Sitz setzte und das Gewehr in meinen Schoß legte. »Gott sei Dank war nur ein Schuss nötig, andernfalls hätten mir sicher die Ohren geblutet.«

»Da du dieses Problem nun beseitigt hast, können wir auf dein Wonder Woman Outfit zurückkommen.«

»Ist das normal?«

»Was meinst du?«

»Dass du während einer Verfolgungsjagd nur Sex im Kopf hast.«

Kaum war mir die Frage über die Lippen gekommen, da wurde mir klar, dass ich die Antwort gar nicht wissen wollte. Vor allem weil es mich innerlich zerreißen würde, wenn er sie bejahen würde. Ich wollte nichts über Brooks' Vergangenheit erfahren, denn je weniger ich wusste, desto weniger schmerzhaft wäre es, wenn er mir nach dieser Mission den Rücken kehrte.

»Natürlich nicht. Meine Kameraden reden nicht über ihre Unterwäsche. Und falls sie unter ihrer Uniform ein Wonder Woman Outfit tragen, will ich das sicher nicht wissen.«

Ich nickte nur und starrte aus der Windschutzscheibe.

»Schätzchen«, sagte Brooks, ergriff meine Hand und

verschränkte seine Finger mit meinen. »Ich kann dir versichern, dass ich in so einer Situation normalerweise nicht an Sex denke. Aber ich sollte vielleicht eines klarstellen. Du bist die erste Frau, die ich sogar in einer Cargohose und einer schutzsicheren Weste anziehend finde. Ich bekomme schon einen Steifen, wenn ich dir nur zusehe, wie du das Magazin deiner Waffe überprüfst und dann den Schlitten zurückziehst. Bisher habe ich während eines Einsatzes noch nie mit einer Frau geduscht oder mit ihr das Bett geteilt. Ich hatte noch nie Sex während einer Mission. Und ganz sicher habe ich noch nie darüber nachgedacht, was die sinnliche Frau unter ihrer Kleidung trägt, während sie aus dem Fenster eines fahrenden Wagens heraus gekonnt mit einem Sturmgewehr hantiert. Beantwortet das deine Frage?«

Ich schluckte den Kloß in meinem Hals hinunter und brachte nicht mehr heraus als ein »Ja«.

»Gut.«

Meine Gedanken überschlugen sich förmlich, während ich versuchte, Brooks' Worte zu verarbeiten. Ich hätte ihn gar nicht danach fragen sollen, aber ich hatte ja unbedingt wissen wollen, was er von mir dachte und wie er mich sah. Aus irgendeinem Grund war mir seine Meinung wichtig. Und nun, da ich sie gehört hatte, durchströmte mich ein warmes Gefühl, das ich schon so lange nicht mehr gespürt hatte. Ich wollte ihm glauben, wenn er sagte, dass ich sexy und schön war. Letztendlich musste ich mir eingestehen, dass es mir nicht egal war, wie andere mich sahen.

»Solltest du dem Team nicht melden, was passiert ist?«, fragte ich.

»Nicht nötig. Thad und Kyle sind in einigem Abstand hinter dem Mercedes hergefahren.«

»Im Ernst?«

»Ich sagte doch, dass wir uns gegenseitig immer den Rücken freihalten. Wenn ich dich nicht allein irgendwohin gehen lasse, dann liegt das nicht daran, dass du eine Frau bist, sondern daran, dass du jetzt zum Team gehörst.«

»Und wer hält Thad und Kyle den Rücken frei?«

»Wir.«

Ich war noch nie Mitglied eines Teams. Bei der CIA hatte ich zwar einen Partner und hatte hin und wieder auch mit anderen Kollegen zusammengearbeitet, aber ich hatte nie wirklich zu einer eingeschworenen Gemeinschaft wie dieser gehört. Wir pflegten einen kameradschaftlichen Umgang, aber wirkliche Loyalität herrschte zwischen uns nicht. Ich musste vorsichtig sein. Denn an die Vertrautheit in diesem Team könnte ich mich gewöhnen.

KAPITEL ZWANZIG

Wieder einmal hatte Tatiana mich tief beeindruckt. Nichts schien sie aus der Ruhe zu bringen. Außer mir. Und ich musste zugeben, dass mir das gefiel – sehr sogar. Während der Verfolgungsjagd war sie nicht einmal ins Schwitzen geraten. Als wir schließlich den Marinestützpunkt erreicht hatten, hatte sie sich mit ihrem Verbindungsmann von der UN getroffen und war dabei völlig ruhig und professionell geblieben. Man hatte ihr nicht angemerkt, dass sie dreißig Minuten zuvor in einem fahrenden Wagen beschossen worden war und das Feuer erwidert hatte. Ganz zu schweigen davon, dass Kyle angerufen und den Tod des Fahrers bestätigt hatte. Die Nachricht schien sie nicht im Geringsten zu beunruhigen. Sie schien lediglich enttäuscht, dass sie den Mann am Hals getroffen hatte, obwohl sie auf den Kopf gezielt hatte. Meine Kameraden erkannten schnell, dass sie eine wertvolle Bereicherung für unser Team war.

Aber wenn ich mit ihr allein war, sah ich sie von einer

ganz anderen Seite. Dann zeigte sie mir ihre Verletzlichkeit und Unsicherheit und ich hatte das Bedürfnis, sie zu beschützen und ihr zu helfen, ihr Selbstwertgefühl zu stärken. Und wenn sie in meinen Armen lag und sich gehen ließ, machte sie mir damit ein Geschenk, das mehr verhieß. Ich wusste, dass ich in Schwierigkeiten steckte. Sie hatte nur eine Nacht in meinem Bett verbracht, und schon überlegte ich, wie ich sie zum Bleiben bewegen konnte. Das Ganze barg natürlich auch Komplikationen. Zane würde wahrscheinlich einen Blutsturz erleiden, aber das war mir egal. Nachdem er mir die Leviten gelesen hatte, würde er sich damit abfinden. Schließlich war ich nicht der erste Mann in seinem Stall, der für Aufruhr sorgte. Linc war mit Jasmin verheiratet, und sie waren im selben Team. Wenn sie einen Weg gefunden hatten, Beruf und Privatleben unter einen Hut zu bringen, dann konnte ich das auch. Natürlich dachte ich nicht daran zu heiraten, der Gedanke war absurd. Aber ich wollte nicht, dass Tatiana mich so schnell aus ihrem Bett warf.

»Hey.« Max steckte seinen Kopf ins Zimmer und riss mich aus meinen Gedanken. »Garrett ist am Telefon. Er hat Informationen über die Jungs, die heute versucht haben, euch auszuschalten.«

Ich schloss meinen Rucksack und antwortete: »Perfektes Timing. Ich bin gerade mit Packen fertig.«

Ich folgte Max ins Esszimmer. Mir fiel auf, dass die Karten und Lageberichte nicht mehr auf dem Tisch lagen. Ich warf einen Blick auf die Uhr und stellte fest, dass wir in weniger als einer halben Stunde aufbrechen würden.

»Spielt Zane den Sklaventreiber?«, fragte ich Garrett am anderen Ende der Leitung. »Es ist mitten in der Nacht. Was machst du im Büro?«

»Thad hat mir die Fingerabdrücke des Fahrers geschickt, die er gescannt hat. Da er keine Möglichkeit hatte, auch die des Beifahrers zu bekommen, habe ich leider nicht alle Informationen, die ich gern hätte. Aber bei dem Fahrer habe ich einen Volltreffer gelandet.«

Nachdem Tatiana den Fahrer erschossen hatte, war der Mercedes gegen eine Betonbarriere geschleudert. Der Beifahrer war bis zur Unkenntlichkeit verletzt worden, weshalb Thad und Kyle weder Fingerabdrücke nehmen noch ein brauchbares Foto von seinem Gesicht machen konnten.

»Was hast du gefunden?«, wollte Declan wissen.

»Der Name des Fahrers ist Kyril Rahal. Er ist ein bekannter Komplize von Matek Nazari. Nazari scheint auf Tatianas Kopf ein hübsches Sümmchen ausgesetzt zu haben. Er glaubt, dass sie im Besitz der vier Keilschrifttafeln ist.«

»Hat er die Bitoo-Brüder ausgeschaltet?«

»Das bezweifle ich. Die Bitoos wurden aus verschiedenen Gründen ins Jenseits befördert, aber Nazari ist davon überzeugt, dass Tatiana die Steintafeln hat. Er hätte keinen Grund, die Brüder zu töten. Der Prinz allerdings schon. Letzterer wusste, dass sie versucht haben, die Artefakte außerhalb der Auktion zu verkaufen. Scheinbar haben sie dabei mit einem Amerikaner zusammengearbeitet.«

»Glaubst du, dass Al Issa die Tafeln jetzt hat?«

»Ja, falls die Bitoos dumm genug waren, sie im Lagerhaus aufzubewahren. Alles deutet darauf hin, dass sie dümmer waren, als sie aussahen. Also ja, ich denke, Al Issa hat die Brüder ausgeschaltet und die Tafeln wieder an sich genommen.«

Declan löcherte Garrett mit weiteren Fragen, während ich mir immer noch den Kopf darüber zerbrach, dass Nazari einen weiteren Anschlag auf Tatiana verübt hatte. Ich wollte mehr darüber wissen.

»Was ist mit dem Kopfgeld, das Nazari auf Tatiana ausgesetzt hat?«, fragte ich.

»Dazu wollte ich gerade kommen«, antwortete Garrett. »Z meint, wir sollten Matek Nazari endgültig ausschalten. Ich habe seine Spur nach Al Qatif verfolgt. Auf dem Weg in die Östliche Provinz werdet ihr einen Abstecher dorthin machen. Al Qatif ist nur fünfundvierzig Fahrminuten von der König-Fahd-Brücke entfernt. Ich schicke euch die Koordinaten. Der einzige Haken an der Sache ist, dass seine beiden Söhne und seine Tochter bei ihm sind.«

»Wie alt sind seine Kinder?«, meldete Kyle sich zu Wort.

»Im Erwachsenenalter. Der älteste Sohn ist fünfundzwanzig, die Tochter ist dreiundzwanzig und der jüngste Sohn ist einundzwanzig«, antwortete Tatiana. »Und sie werden uns Probleme machen. Auch die Tochter. Alle drei sind stark in die Geschäfte ihres Vaters involviert.«

»Haben wir grünes Licht, wenn nötig alle vier auszuschalten?«, wollte Declan wissen.

»Positiv. Aber nur, wenn die Kinder aktiv eingreifen.«

»Werden sie denn eingreifen?«, fragte Thad und wandte sich Tatiana zu.

»Wenn sie uns sehen, ja«, antwortete sie.

»Dann sorgen wir dafür, dass sie uns sehen«, sagte Declan. »Ich will vermeiden, dass uns jemand durch Saudi-Arabien folgt. Oder sich vielleicht in einigen Jahren an uns rächt.«

»Einverstanden«, pflichtete ich ihm bei, während Tatiana in Gedanken versunken schien. »Was ist los, Schätzchen?«

»Vielleicht sollten wir meine Mitgliedschaft im Team noch einmal überdenken. Nazari ist hinter mir her. Wenn ich …«

»Nein«, unterbrach ich sie.

»Zane dachte sich schon, dass du so etwas sagen würdest«, meldete Garrett sich zu Wort. »Er hat eine Nachricht für dich hinterlassen. Ich zitiere: ›Reiß dich zusammen. In einem Team ist man füreinander da. Diese Arschlöcher bei der CIA haben davon keine Ahnung. Du wirst weder dein Team verlassen noch aus dieser Mission ausscheiden.‹ Zitat Ende.«

»Aber wenn ich …«

»Kommt gar nicht infrage«, entgegnete ich.

»Ich könnte doch …«

»Nein.«

»Brooks! Unterbrich mich nicht ständig. Du raubst mir noch den letzten Nerv. Ich wollte sagen, dass ich allein nach Al Qatif fahren könnte, um mich um Nazari zu kümmern. Morgen würde ich dann wieder zu euch stoßen. Auf diese Weise würdet ihr dem Zeitplan nicht hinterherhinken.«

Ich versuchte, einen kühlen Kopf zu bewahren, aber mittlerweile war ich mit meiner Geduld am Ende. Tatiana schien bei jeder sich bietenden Gelegenheit Reißaus nehmen zu wollen. Sie war schon einmal weggelaufen und ich hatte sie fast bestechen müssen, um sie dazu zu bringen, mit mir zum Unterschlupf zurückzukehren. Langsam wurde es langweilig. Vielleicht irrte ich mich und sie spürte diese Verbindung zwischen uns nicht so eindringlich wie ich.

»Die Entscheidung liegt bei dir, Tatiana. Entweder du bist ein Teil des Teams oder nicht. Keiner von uns wird dich aufhalten, falls du gehen willst.« Sie riss die Augen auf und begegnete meinem Blick. In ihren Iriden blitzte etwas auf, was ich bisher noch nicht gesehen hatte. Sie war verletzt. Daran konnte ich jedoch nichts ändern. Wir hatten keine Zeit, um herumzualbern, und wenn sie mir meine Direktheit übel nahm, dann musste sie damit leben. »Garrett, hast du noch weitere Informationen für uns?«

»Negativ. Ich habe euch die Koordinaten und Missionscodes geschickt. Viel Glück, passt auf euch auf und bleibt wachsam.« Mit diesen Worten beendete Garrett die Verbindung.

»Wir brechen in fünf Minuten auf«, rief Declan, bevor er den Raum verließ.

Max, Thad und Kyle folgten ihm und ließen Tatiana und mich allein zurück.

»Hast du mir noch etwas zu sagen?«, blaffte sie.

»Du hast wirklich Nerven, so viel steht fest, Tatiana.«

»Was meinst du damit?«

»Ich meine damit, dass du versuchst, mir den Schwarzen Peter zuzuschieben. Falls du Zweifel hast, ob du diesem Team angehören willst, dann wäre jetzt der richtige Zeitpunkt, es zu sagen. Wir bereiten uns auf eine Mission vor und haben keine Ahnung, was uns erwartet. Ich muss wissen, ob du mit dem Herzen dabei bist. Wenn nicht, dann solltest du besser gehen.«

»Wirklich nett.«

»Daran ist nichts nett.«

Sie verdrehte die Augen und fragte: »Verhältst du dich immer wie ein bockiges Kind, wenn du wütend bist?«

Hatte sie recht mit ihrer Behauptung? Benahm ich mich wirklich wie ein Idiot, weil plötzlich Emotionen im Spiel waren? Ich wusste es nicht, denn ich war noch nie in einer solchen Situation gewesen. Aber sie machte mich verrückt. Im einen Moment schien sie verrückt nach mir zu sein, und im nächsten nahm sie Reißaus. Noch nie war ich wegen einer Frau derart durcheinander gewesen. Schon gar nicht wegen einer Frau, die mir bei jeder sich bietenden Gelegenheit die kalte Schulter zeigte und mich von sich stieß.

Ich trat zwei Schritte auf sie zu, bis ich dicht vor ihr stand. Sie straffte die Schultern und schien sich zum Kampf bereit zu machen. »Wovor hast du solche Angst?«, fragte ich.

»Ich habe keine Angst«, erwiderte sie und wandte den Blick ab.

»Sieh mich an.« Ich wartete einen Moment, bis sie mir in die Augen sah, dann fuhr ich fort: »Ich weiß, dass dein Ex dich enttäuscht hat, aber ich glaube, es geht um mehr als dieses Arschloch. Irgendjemand hat dich aufs Kreuz gelegt. Vermutlich ist es jemand, mit dem du bei der CIA gearbeitet hast. Du kannst es leugnen, so viel du willst, aber du hast eine Scheißangst.«

»Niemand hat mich enttäuscht.«

»Warum hast du dann solche Angst?«

»Ich habe dir doch gesagt …«

»Du lügst. Immer wieder versuchst du, vor uns wegzulaufen. Beim ersten Mal, nachdem diese Idioten auf dem Boot auf uns geschossen hatten. Dann, nachdem sie versucht hatten, in den Unterschlupf einzudringen. Und nun, nachdem Nazari erneut jemanden auf dich angesetzt hat, willst du schon wieder allein losziehen. Vielleicht hast du nicht nur Angst, sondern traust uns nicht.«

»Ist dir schon mal in den Sinn gekommen, dass ich vielleicht versuche, euch zu schützen? Nazari will mich töten. Mich. Nicht euch. Aber solange ihr in meiner Nähe seid, besteht die Möglichkeit, dass ihr als Kollateralschaden endet.«

»Das wird nicht passieren.«

»Bist du wirklich so selbstgefällig, dass du glaubst, eine Kugel könnte dir nichts anhaben?«

»Schätzchen, wenn meine Zeit gekommen ist, dann ist sie gekommen. Ich bin genauso verwundbar wie jeder andere. Aber Nazari ist nicht allzu gerissen und hat Amateure auf dich angesetzt, die auch nicht sonderlich schlau sind. Ich bin also nicht allzu besorgt.«

Tatiana verschwieg noch etwas anderes. Diese verdammte starrköpfige Frau. »Warum hast du Angst?«, fragte ich noch einmal.

»Ich habe keine Angst.«

»Verdammt noch mal! Raus mit der Sprache, wovor hast du solche Angst?«

Mir war klar, dass ich mich wie ein Arschloch verhielt, aber es hatte den Anschein, dass ich ihr die Wahrheit nur entlocken konnte, indem ich sie in die Enge trieb und in Rage brachte. Ich war zwar nicht stolz auf mein Verhalten, aber ich schämte mich auch nicht. Ich würde alles Nötige tun, um sie zum Reden zu bringen.

»Ich will nicht, dass ihr verletzt werdet«, knurrte sie fast. »Es geht nicht darum, dass ich euch nicht traue. Ich kann mir selbst nicht trauen, du Arschloch.«

»Dir selbst?«

»Ich wurde gefangen genommen und gefoltert, weil ich in eine Falle getappt bin. Das war allein meine Schuld. Ich hatte auf mein Bauchgefühl vertraut und wäre dabei fast getötet worden. Offensichtlich kann ich mich nicht auf meine Instinkte verlassen, was bedeutet, dass ich auch andere damit in Gefahr bringen würde.«

»Das ist völliger Schwachsinn«, entgegnete ich.

»Nein. Es ist die Wahrheit.«

»Die Wahrheit ist, dass du dich selbst einer Gehirnwäsche unterzogen hast.«

»Brooks!«

»Schätzchen, du weißt genauso gut wie ich, dass wir alle ein Risiko eingehen. Auch wir verlassen uns auf unser Bauchgefühl. Wir tragen Schutzwesten, planen unsere Einsätze minutiös und haben immer einen Notfallplan. Und doch kann immer etwas schiefgehen. So funktioniert dieses Spiel nun einmal, aber wir lassen uns alle darauf ein.«

»Das verstehe ich, Brooks. Aber ich bin mit offenen Augen in diesen Hinterhalt gelaufen. Ich wollte mir selbst beweisen, dass ich nach allem, was ich mit James durchgemacht hatte, nicht so unfähig war, wie er mich hatte glauben lassen. Ich war übereifrig und konnte es kaum erwarten, mich wieder an die Arbeit zu machen. Und was habe ich getan? Ich habe sämtliche Warnzeichen ignoriert. Einige der Berichte waren widersprüchlich, doch ich habe mich an die Informationen gehalten, die mich am schnellsten zum Ziel bringen würden, statt den sicheren und korrekten Weg zu gehen. Ich weiß genau, wie dieses Spiel funktioniert, und lasse mich willentlich darauf ein. Aber die Mission damals ist nicht einfach nur schiefgelaufen. Ich habe sie vermasselt. Es war meine Schuld.«

»Du bist nicht der erste Agent, der ein Risiko eingeht und eine falsche Entscheidung trifft, und du wirst auch nicht der letzte sein. Wir sind alle mit Feuereifer bei der Sache. Deshalb sind wir so gut. Und wir wollen uns alle etwas beweisen. Bei jedem Training strengen wir uns ein bisschen mehr an und bei jedem Einsatz versuchen wir, es besser zu machen als beim letzten Mal. Wir streben immer nach Höherem. Du kannst dir wegen eines Fehlers nicht ewig Vorwürfe machen. Vielmehr solltest du daraus lernen und daran wachsen. Und dann sieh nach vorn. Wenn du anfängst, jede Entscheidung infrage zu stellen, stehst du dir mit deiner eigenen Unentschlossenheit nur selbst im Weg. Und das ist wirklich gefährlich.«

Sie wollte gerade den Mund aufmachen, um etwas zu erwidern, aber ich kam ihr zuvor. »Außerdem irrst du dich. Ich habe dich jetzt dreimal in Aktion erlebt und war jedes Mal tief beeindruckt. Ich vertraue deinem Instinkt und deinem Urteilsvermögen. Während der Verfolgungs-jagd hast du nicht nachgedacht. Du hast dich sowohl auf deine Fähigkeiten als auch auf dein Bauchgefühl verlas-sen. Ich würde jederzeit wieder an deiner Seite kämpfen. Du kannst mir erzählen, dass du das Vertrauen in dich verloren hast, aber das ist nur eine Lüge, von der du dich selbst überzeugen willst.«

»Ich bin mir trotzdem nicht sicher, ob ich euch begleiten soll«, murmelte sie.

»Aber ich bin mir sicher. Nazari wird uns keinerlei Probleme bereiten. Und nach dem morgigen Tag wird er für niemanden mehr ein Problem darstellen.«

»In Ordnung.«

»Dann bleibst du also bei uns?«

»Ja.«

Erleichterung durchströmte mich, doch ich war mir nicht sicher, ob das so gut war. Diese Frau bedeutete mir mehr, als sie es hätte tun sollen. Aber ich hatte mich auf sie eingelassen, und wer A sagt, muss auch B sagen. Ich würde jetzt keinen Rückzieher machen.

»Großartig. Pack deine Sachen. Wir müssen los.«

KAPITEL EINUNDZWANZIG

Eine Stunde konnte sich ziemlich in die Länge ziehen, wenn man mit fünf verärgerten Männern in einem Geländewagen saß. Nun, vielleicht hatte einer von ihnen sich mittlerweile etwas beruhigt. Brooks schien mir meine Unentschlossenheit verziehen zu haben, aber Declan, Max, Kyle und Thad verhielten sich mir gegenüber immer noch abweisend. Al Qatif war laut Karte nur fünfundvierzig Minuten entfernt, aber der Verkehr am Grenzübergang war ein Albtraum. Wir hatten noch mindestens eine halbe Stunde vor uns, bevor wir unser Ziel erreichten, und ich konnte die Stille nicht länger ertragen.

»Also schön, das reicht jetzt. Ich weiß, warum ihr alle wütend auf mich seid, aber ich halte das nicht länger aus«, platzte ich heraus. »Würde mir bitte jemand an den Kopf werfen, dass ich mich wie eine weinerliche Idiotin benommen habe, damit wir zum nächsten Punkt auf der Tagesordnung übergehen können?«

»Du benimmst dich wie eine weinerliche Idiotin«, sagte Thad.

Zugegeben, das schmerzte vielleicht etwas mehr, als ich gedacht hätte.

»Bist du bereit auszuspucken, was dich so beschäftigt?«, fragte Kyle.

Nein, ich war nicht bereit. Ich wollte nicht darüber reden, aber nun hatte ich damit angefangen. Vielleicht wäre es doch keine so schlechte Idee gewesen, einfach zu schweigen.

»Das dachte ich mir«, sagte er einen Moment später.

»Bei meinem letzten Einsatz in Saudi-Arabien habe ich alles vermasselt. Ich war dumm und leichtsinnig und wäre wegen meiner schlechten Entscheidungen fast gestorben. Ich möchte nicht, dass noch jemand wegen meiner Dummheit verletzt wird.«

»Ich hoffe, du sprichst nicht von der Mission, bei der du gefangen genommen wurdest.« Max drehte sich auf dem Beifahrersitz um und sah mich an.

»Du meinst, als ich gefangen genommen wurde, weil ich die Informationen ignoriert habe? Ja, Max, genau davon spreche ich.«

»Du darfst dich davon nicht beherrschen lassen«, riet Thad.

»Das ist nicht so leicht, denn jedes Mal, wenn ich in den Spiegel schaue, werde ich daran erinnert, was für eine Idiotin ich war.«

»Finde dich damit ab«, forderte Declan.

Da er am Steuer saß, konnte er nicht sehen, dass ich ihn mit einem wütenden Blick durchbohrte. In diesem Moment wünschte ich, ich hätte die Macht eines Jedis, um ihn einfach in Rauch aufgehen zu lassen.

»Wie bitte?«, fragte ich.

»Du hast mich schon verstanden, Tatiana.«

»Ja, das habe ich. Aber es war ziemlich herzlos.«

»Ernsthaft? Glaubst du, du bist der erste Mensch, der gegen seinen Willen festgehalten wird und ein paar Schläge einstecken muss?«

Ich fragte mich, ob es möglich wäre, dass ein Kopf spontan in Flammen aufging, denn ich fühlte mich, als würde mein Schädel gleich explodieren.

»Nein, du Trottel. Ich weiß, dass ich nicht die Erste bin. Ich will damit nur sagen …«

»Dass du dich selbst bemitleidest?«

»Vorsicht, Bruder«, entgegnete Brooks. In seiner Stimme schwang ein bedrohlicher Tonfall mit.

Ich hatte es nicht nötig, von ihm in Schutz genommen zu werden, aber vor allem wollte ich vermeiden, dass die beiden meinetwegen aneinandergerieten. Das Ganze war lächerlich.

»Ich bemitleide mich nicht selbst. Ich wollte damit nur erklären, warum ich das Vertrauen in mich verloren habe.«

»Das bringt mich zu meinem vorherigen Ratschlag zurück. Finde dich damit ab.«

»In Ordnung, Declan. Wie du meinst.«

Es war dumm gewesen, überhaupt davon anzufangen. Ich hätte es besser wissen müssen. Alphamänner waren alle gleich. *Verschließe deine Emotionen in einer Kiste, wirf den Schlüssel weg und denke nicht darüber nach. Du kannst dich später darum kümmern, wenn die Kiste aus allen Nähten platzt und droht überzuquellen.*

Sehr gesund.

»Vertraust du mir als Leiter dieser Mission?«, fragte Declan.

»Ja.« Hätte ich nicht in einem Wagen voller Männer gesessen, hätte ich ihn ignoriert.

»Vertraust du darauf, dass ich dir den Rücken freihalte?«

Ich hatte das Gefühl, in eine Falle zu tappen, aber ich antwortete dennoch: »Ja.«

»Nach deiner Logik solltest du mir aber nicht vertrauen dürfen. Und ich sollte mir selbst nicht mehr trauen. Du hast eine schlechte Entscheidung getroffen, weshalb du entführt und *fast* getötet wurdest. Ich habe ebenfalls Mist gebaut und auf die falsche Person gehört, weshalb eine zehnköpfige Einheit gefangen genommen wurde. Zwei der Männer wurden ermordet, noch bevor wir es zum Lager des Kriegsherrn geschafft hatten.«

Verdammte Scheiße. Ich hatte davon gehört. Damals arbeitete ich noch für die CIA. Die Mission in Panama war das reinste Chaos gewesen. Declan hatte einen Zug von Rangern geschickt, um eine hochrangige Zielperson auszuschalten, doch die Informationen, die er erhalten hatte, waren manipuliert und die Männer waren in einen Hinterhalt geraten. Soweit ich gehört hatte, hatte Declan die Lage seinem Vorgesetzten gemeldet, aber nicht auf Verstärkung gewartet. Er zog allein los und rettete die restlichen acht Männer. Es war ein blutiges Massaker. Es wird gemunkelt, dass Declan im Alleingang fünfzehn Männer tötete. Ich hatte den Bericht zwar nie gelesen, aber ich glaubte den Gerüchten.

»Das war etwas anderes«, erwiderte ich.

»Von wegen. Wir müssen uns mit den Informationen begnügen, die wir bekommen. Wir verlassen uns auf unser Bauchgefühl. Manchmal funktioniert es, manchmal nicht. Du musst darüber hinwegkommen. Wenn du die Sache nicht hinter dir lassen kannst, wirst du an einem Schreibtisch enden. Manchmal bleibt dir nur ein Sekundenbruchteil und dein Instinkt. Was dir passiert ist, ist furchtbar. Aber weißt du was? Es gibt keinen Mann in diesem Wagen, der keine Narben hat. Trage deine Narben mit Stolz. Du hast überlebt.«

Für ihn war es leicht, das zu sagen, denn er war keine Frau. Es war zwar sexistisch, aber ein Mann, der die Spuren des Krieges trug, wurde als hart und männlich gefeiert. Eine Frau, die von Narben gezeichnet war, war unattraktiv. Und wenn ein Mann einmal Mist baute, dann hatte er eben einen schlechten Tag. Eine Frau galt jedoch als inkompetent.

»Ich bin mir nicht sicher, ob man die beiden Situationen vergleichen kann.«

»Denkst du, ich habe nicht dasselbe durchgemacht wie du? Ich habe auch an mir gezweifelt und beinahe noch mehr Menschen verletzt, weil ich mich wie ein Feigling benommen habe, der keine klare Entscheidung treffen konnte. Nachts lag ich wach und dachte über jedes Detail der Mission und über meine Fehler nach. Ich habe mir mehr Vorwürfe gemacht als jeder andere. Zwei Männer sind meinetwegen in einer Holzkiste nach Hause zurückgekehrt. Zwei. Damit muss ich leben. Ich brauche keine Spuren auf meinem Körper, die mich daran erinnern. Ihr Tod ist in meine Seele eingebrannt, aber das Leben geht weiter. Du hast überstürzt gehandelt und einen Einsatz vermasselt, Tatiana. Lerne daraus. Dann lasse es hinter dir. So einfach ist das.«

Es war nicht ganz so einfach, wie es aus Declans Mund

klang, aber er hatte nicht unrecht. Wenn ich nicht lernte, mir wieder selbst zu vertrauen, würde ich noch mehr Fehler begehen. Möglicherweise würde dabei jemand getötet werden. Aber genau deshalb war ich so unsicher. Ich hatte noch nie mit einem Team zusammengearbeitet. Und ich hatte Zanes Worte nicht vergessen. Diese Männer würden ihr Leben für mich geben. Ich musste mich zusammenreißen, doch das war leichter gesagt als getan.

»Ich komme damit klar«, sagte ich schließlich.

»Wirklich?«

»Ja.«

»Großartig. Wenn wir Al Qatif erreichen, werdet du und Brooks Nazaris Aufenthaltsort auskundschaften. Max, Thad, ihr überprüft die Läden und Restaurants, die er bekanntermaßen häufiger besucht. Garrett hat uns eine Liste geschickt. Kyle, du bleibst bei mir und studierst die Baupläne des Hauses. Danach entscheiden wir, wie wir am besten vorgehen.«

Vier Männer murmelten: »Verstanden.« Ich schwieg und dachte darüber nach, was Brooks und Declan gesagt hatten. Von einem logischen Standpunkt aus betrachtet wusste ich, dass sie recht hatten. Aber nach allem, was mein Ex-Mann mir eingetrichtert hatte, fiel es mir schwer, ihnen Glauben zu schenken. James hatte mir bei jeder sich bietenden Gelegenheit meine Unzulänglichkeiten unter die Nase gerieben. Ich konnte nichts richtig machen. Einmal ging er sogar so weit, mir zu sagen, es sei besser, dass ich nicht mehr bei der CIA arbeitete, da ich zu schwach sei. Seiner Meinung nach waren Männer viel besser für den Außendienst geeignet.

James war nicht immer ein Arschloch gewesen. Als ich

mich in ihn verliebte, war er freundlich und hilfsbereit. Damals schätzte er meine Meinung und lobte häufig mein Urteilsvermögen. Nach unserer Hochzeit hatte er sich jedoch verändert. Und nachdem er von den Einsätzen in Übersee abgezogen worden war und als Ausbilder zur Division X geschickt wurde, wurde es noch schlimmer. Er verwandelte sich in ein gemeines Arschloch und mäkelte ständig an mir herum.

Es fiel mir schwer, mir selbst zu vertrauen, nachdem ich mich zweimal im Leben so sehr geirrt hatte. Aber Declan hatte recht. Letztendlich würde ich mich wirklich zusammenreißen müssen, andernfalls wäre ich besser hinter einem Schreibtisch aufgehoben.

Brooks ergriff meine Hand und verschränkte seine Finger mit meinen. Er drückte sie, bevor er unsere Hände auf dem Sitz zwischen uns ablegte. Ich schloss die Augen und nahm im Stillen all die Unterstützung und Ermutigung an, die Brooks mir bot. Ich hatte nicht einmal gewusst, wie nötig ich seinen Zuspruch hatte. *Bitte Gott, lass Brooks nicht zu meinem dritten großen Fehler im Leben werden.*

KAPITEL ZWEIUNDZWANZIG

»Putzt du eigentlich nie dein Fernglas?«, fragte Tatiana und zog das Nachtsichtgerät ab. »Die Linsen sind ganz verschmiert.«

Sie hatte nicht unrecht. Wer auch immer es zuletzt benutzt hatte, hatte es weggepackt, ohne es vorher zu putzen.

Wir hatten den Rest des Teams an dem Haus abgesetzt, in dem wir übernachten würden, und hatten uns dann auf den Weg zu Nazaris Aufenthaltsort gemacht. Ich war froh zu sehen, dass Tatiana ihre schlechte Stimmung überwunden zu haben schien. Wie immer hatte Declan keine Miene verzogen und ihr auf den Kopf zu gesagt, was er dachte. An einem guten Tag würde ein Außenstehender ihn wahrscheinlich als unhöflich bezeichnen. Er war durchaus zu Scherzen aufgelegt, aber wenn es ernst wurde, kam er immer direkt zur Sache und beschönigte nichts. Das war eine der vielen Eigenschaften, die ich an ihm mochte. Zudem ließ er sich nicht in die Karten schauen und zeigte kaum Gefühle. Ich konnte verstehen, warum er sich hinter einer Maske der Gleichgültigkeit verbarg. Während seiner Unterhaltung mit Tatiana hatte er sich als harter Kerl gegeben, aber ich wusste, dass der Einsatz in Panama ihn tief gezeichnet hatte. Er war noch nicht darüber hinweg, und je mehr Ratschläge er Tatiana gab, desto mehr hatte ich den Eindruck, dass er versuchte, auch sich selbst gut zuzureden.

»Irgendein Zeichen von Nazari?«, fragte ich und ignorierte ihre Bemerkung.

»Nein. Nur seine beiden Söhne sind zu sehen«, antwortete sie und presste das Nachtsichtgerät wieder an ihre Augen. »Vielleicht ist er irgendwo mit seiner Tochter unterwegs. Wir haben sie auch noch nicht gesehen. Oder er ist schon ins Bett gegangen.«

»Beides wäre möglich.« Ich warf einen Blick auf meine Armbanduhr. Es war fast zweiundzwanzig Uhr. »Wie alt sagtest du, ist die Tochter?«

»Dreiundzwanzig.«

»Und sie ist nicht verheiratet?«

»Das ist seltsam, nicht wahr? Normalerweise wäre eine Frau in ihrem Alter längst unter der Haube.«

Es war ungewöhnlich, vor allem da sie aus einer angesehenen Familie stammte.

»Ich habe nichts über seine Frau gelesen, wo ist sie?«

Je mehr ich darüber nachdachte, desto klarer wurde mir, dass ich die Akte, die Garrett über Nazari und seine Familie geschickt hatte, durcharbeiten musste.

»Tot. Es kursieren verschiedene Gerüchte über die Todesursache, aber keines davon wurde je bestätigt. Das Tor wird gerade geöffnet.«

Ich löste den Blick vom hinteren Bereich des Hauses und betrachtete die Einfahrt. Ein weißer Pkw kam vor dem Haus zum Stehen und Nazari stieg auf der Fahrerseite aus. Er ging vorn um den Wagen herum und öffnete die Beifahrertür, woraufhin eine große, schlanke Frau zum Vorschein kam. Obwohl dank meines Nachtsichtgeräts alles in einen grünen Schimmer getaucht war, konnte ich erkennen, wie dunkel ihr langes Haar war.

»Das ist Sefa, seine Tochter.«

Ich beobachtete, wie Nazari sie an sich zog und gemächlich ihren Hals streichelte. Wenn ich mich nicht täuschte, beugte er sich vor und küsste die Stelle unterhalb ihres Ohrs.

»Igitt. Das ist widerlich.« Ich konnte es zwar nicht sehen, aber ich stellte mir vor, wie Tatiana bei den Worten ihr hübsches Näschen rümpfte.

Nazari hob den Kopf und die Frau lächelte strahlend, bevor sie ihre Lippen auf die seinen presste.

»Ich glaube, wir sollten die Geburtsurkunde von Sefa Nazari noch einmal überprüfen. Ich bin mir nicht sicher, ob ich jemals eine Tochter gesehen habe, die ihren Vater auf diese Weise geküsst hat. Und falls sie wirklich sein Kind ist, will ich es auch nie wieder sehen müssen«, knurrte ich.

Gerade als ich dachte, dass es nicht mehr schlimmer werden konnte, vertiefte Nazari den Kuss und griff der Frau an den Hintern. Ich hoffte inständig, dass irgendjemandem ein Fehler hinsichtlich der Informationen über die verwandtschaftlichen Verhältnisse unterlaufen war, denn dies war einfach abstoßend. Er knutschte schamlos mit der Frau herum. Es war ganz und gar falsch. Zum einen hatte er ernsthafte psychische Probleme, falls er tatsächlich ihr Vater war. Der Altersunterschied war nicht zu leugnen. Mit seinen neunundfünfzig Jahren sah Nazari auf jeden Fall alt genug aus, um ihr Vater zu sein. Er war genauso groß wie sie, wobei sie jedoch gertenschlank und er eher rundlich war.

»Ich kann mir das nicht ansehen«, schimpfte Tatiana. »Das ist ekelhaft.«

»Sie ist auf keinen Fall seine Tochter. Bist du sicher, dass das Sefa ist?«

»Hundertprozentig. Ich habe sie beim Mittagessen mit ihren Freundinnen beschattet und nur einen Tisch von ihr entfernt gesessen. Außerdem habe ich Überwachungsvideos gesehen, die sie und Nazari zusammen zeigen. Aber nicht so wie jetzt. Auf den Bildern wirkten sie eher wie ein Vater mit seiner Tochter.«

Die beiden lösten sich voneinander, woraufhin Nazari ihre Hand ergriff und sie ins Haus führte. Für einen Moment verschwanden sie aus dem Blickfeld, bevor wir sie durch ein Fenster auf der Rückseite des Hauses beobachten konnten. Wir hatten einen ungehinderten Blick auf das Zimmer, in dem die beiden Söhne auf einem Sofa saßen. Als Nazari und Sefa Hand in Hand den Raum betraten, blickten die jungen Männer auf, machten aber keine Anstalten aufzustehen. Ein paar Minuten später strich Sefa mit der Hand über Nazaris Gesicht, bevor sie ihn erneut küsste. Keiner der Söhne schien sich daran zu stören, dass ihre *Schwester* ihrem Daddy gegenüber besonders liebevoll war.

»Ich fühle mich, als würde ich einen schlechten Pornofilm sehen«, murmelte Tatiana.

»Wirklich? Siehst du dir oft Daddykink-Pornos an?«

»Nein!«, erwiderte sie schnaubend.

»Aha. Dann also nur normale Pornos. Verstehe.«

»Ich schaue mir gar keine Pornos an.«

»Woher willst du dann wissen, dass das ein schlechter Porno ist?«

»Diese Frage werde ich erst gar nicht beantworten. Du weißt, was ich meine.«

Sefa verließ den Raum und ließ die drei Männer allein zurück. Nazari setzte sich seinen Söhnen gegenüber auf einen Stuhl und unterhielt sich in aller Ruhe mit ihnen. Eine Minute später wurde im Obergeschoss in einem Schlafzimmer ein Licht angeknipst. Von unserem Beobachtungposten aus konnten wir die Tür zum Flur, ein Bett und eine Kommode gut erkennen. Ich verlor Sefa aus den Augen, als sie ans andere Ende des Raumes ging.

»Nein, ich bin mir nicht sicher, was du meinst. Aber ich würde gern mehr darüber erfahren, welche Art von Pornos du magst.«

»Hör schon auf damit«, entgegnete sie.

Sefa trat wieder in unser Blickfeld. Sie hatte sich ein langes Nachthemd angezogen. Wenn ich raten müsste, würde ich sagen, es war aus Satin. Sie stand neben dem Bett und bürstete sich mit einem Lächeln auf den Lippen das Haar. Sie wirkte glücklich. Diesen Gesichtsausdruck würde ich nicht von einer Tochter erwarten, die von ihrem Vater in eine kranke Beziehung gezwungen wird.

»Es hat den Anschein, als würden sie alle zu Bett gehen.« Ich warf einen Blick zurück in den Wohnbereich. Die Männer waren aufgestanden, knipsten das Licht aus und gingen alle drei in Richtung Treppe. »Ich glaube, ich will gar nicht sehen, was als Nächstes passiert.«

Ich auch nicht. Wenn sich herausstellte, dass Nazari tatsächlich Sefas Vater war, war der Kuss, den wir gesehen hatten, alles, was ich ertragen konnte. Der ältere der beiden Söhne betrat das Zimmer, in dem Sefa sich befand. Er schloss die Tür hinter sich und ging direkt auf sie zu. Im nächsten Moment presste er seine Lippen auf ihre und schob ihr Nachthemd nach oben. Sefa stand ihm in nichts nach und zerrte an seinem Hemd.

»Ich habe genug gesehen«, murmelte Tatiana.

Mir ging es genauso. Ich wandte den Blick vom Fenster ab, als der Mann Sefa das Nachthemd gerade über den Kopf zog.

»Das ist wirklich krank.«

»Nazari ist in seinem Zimmer«, meldete Tatiana.

»Sohn Nummer zwei hat sich auch in sein Zimmer zurückgezogen«, sagte ich.

»Großartig. Mission erfüllt. Beeil dich, nach diesem Anblick brauche ich eine Dusche. Vielleicht finde ich auch eine Zauberpille, die die letzten zehn Minuten meines Lebens auslöscht.«

Ich stand auf und reichte Tatiana eine Hand. Entgegen meiner Erwartungen überraschte sie mich, indem sie sie ergriff und sich von mir auf die Füße ziehen ließ.

»Danke«, murmelte sie.

»Komm schon, ich habe genau das Richtige für dich, um dich vergessen zu lassen, was du gerade gesehen hast«, sagte ich, als wir die kleine Böschung neben Nazaris Haus hinuntergingen. Mir stachen gleich mehrere Stellen ins Auge, an denen man sich Zutritt zu dem Grundstück verschaffen konnte. Seine Sicherheitsmaßnahmen ließen zu wünschen übrig. Er hatte nicht einmal einen Leibwächter bei sich.

»Ich glaube nicht, dass das möglich ist.«

»Schätzchen, wenn ich mit dir fertig bin, wirst du nur noch daran denken können, wie gut du dich fühlst.«

»Das ist kein bisschen überheblich.«

»Ich sage dir nur, wie es ist.«

»Hast du nicht gehört, wie ich sagte, dass ich eine Dusche brauche?«

»Doch, laut und deutlich. Und wenn ich mich recht erinnere, war die Dusche verdammt gut. Obwohl ich dich lieber in einem Bett vernaschen würde, denn …«

»Das reicht jetzt.«

Als wir den Wagen erreichten, öffnete ich ihr die Beifahrertür, doch bevor sie einsteigen konnte, packte ich sie am Arm.

»Denk nur an all die wunderbaren Dinge, die ich mit deinem Körper anstellen werde, wenn wir zurück in der Wohnung sind.«

Tatiana lehnte sich zurück und begegnete meinem Blick. Selbst im Dunkeln konnte ich sehen, wie das Verlangen in ihr brodelte. Verdammt, sie war sexy.

KAPITEL DREIUNDZWANZIG

»Sie hat was getan?«, fragte Declan.

Wir hatten den Jungs gerade von der Knutscherei berichtet, die wir bezeugt hatten.

»Oh nein, es kommt noch schlimmer«, sagte ich. »Danach ist Sefa nach oben gegangen und ihr älterer Bruder Kadar ist ihr gefolgt. Ich habe den Blick abgewendet, als die beiden anfingen, sich zu verschlingen.«

»Das Letzte, was ich sah, war, wie Kadar ihr das Nachthemd auszog«, fügte Brooks hinzu.

»Was zum Teufel?« Thad riss entsetzt die Augen auf. »Sie kann unmöglich mit ihnen verwandt sein.«

»Nehmen wir mal an, sie ist nicht Nazaris Tochter. Wer ist sie dann? Und ist sie aus freien Stücken dort? Hat er überhaupt eine Tochter?«

»Ich weiß es nicht. Aber sie sah nicht so aus, als sei sie angewidert oder zu irgendetwas gezwungen worden. Als Kadar und sie sich küssten, versuchte sie, ihm das Hemd vom Leib zu reißen«, berichtete ich.

»Also ist sie eine Art Geliebte, die sie sich teilen?«, mutmaßte Kyle. »Hat der Jüngere von ihnen …«

»Tahir«, sagte ich.

»Hat Tahir sie auch vernaschen wollen?«, beendete er den Satz.

»Nein. Nur der liebe Daddy und der große Bruder«, antwortete Brooks.

»Das ist widerlich. Ich will keine Witze darüber hören.« Max schüttelte den Kopf.

»Ich werde es an Garrett und Tex weiterleiten. Hoffentlich können sie der Sache auf den Grund gehen.« Declan begegnete meinem Blick und fragte: »Und sie haben wirklich miteinander rumgeknutscht?«

»Ja. Und er hat ihr an den Hintern gefasst. Direkt vor dem Haus.«

Die Szene hatte sich für immer in mein Gedächtnis eingebrannt. Ich hoffte wirklich, dass die Informationen falsch waren und Sefa nicht die Tochter von Matek Nazari war. Für einen Mann wie Nazari wäre es ein Leichtes, eine gefälschte Geburtsurkunde anfertigen zu lassen. Dabei stellte sich allerdings die Frage, warum er sich die ganze Mühe machte. Es wäre nicht verpönt, wenn er nach dem Tod der ersten Frau wieder geheiratet hätte. Nicht einmal der Altersunterschied wäre ein Problem. Die ganze Situation war bizarr. Und absolut ekelerregend.

»Ich fühle mich nicht wohl dabei, eine unbekannte Frau anzugreifen«, sagte Declan. »Falls sie unschuldig ist und gezwungen wird … Ich weiß nicht einmal, wie ich das nennen soll, was diese Leute da treiben. Aber wir werden erst in das Haus eindringen, wenn wir mehr über die Frau wissen.«

Die anderen stimmten zu, aber etwas störte mich. »Ich glaube nicht, dass sie ein Opfer ist«, verkündete ich.

»Warum nicht?«, fragte Kyle.

»Ich bin ihr gefolgt. Sie geht häufig allein aus und trifft sich mit Freundinnen. Es sind nie Leibwächter bei ihr. Falls sie tatsächlich gegen ihren Willen festgehalten wird, hätte sie oft genug Gelegenheit gehabt zu fliehen.«

»Es gibt viele Möglichkeiten, jemanden an der Flucht zu hindern. Man braucht dafür nicht immer Waffen und Wachen«, bemerkte Declan.

»Das ist richtig. Aber sie ist in seine Schmugglergeschäfte verwickelt. Ich habe es selbst gesehen. Mein Bauchgefühl sagt mir, dass sie eine Opportunistin ist.«

Ich bereute sofort, die Worte ausgesprochen zu haben. Warum sollte mich jemand in diesem Raum noch ernst nehmen? Auf der Fahrt hierher hatte ich zugegeben, dass ich mir selbst nicht mehr traute, und jetzt erzählte ich dem Team, dass ich mich auf mein Bauchgefühl verlassen wollte.

»Damit könntest du recht haben. Mal sehen, was Tex und Garrett ausgraben, dann sehen wir weiter.«

Offenbar war das Declans Art, meine Ansichten höflich unter den Tisch zu kehren. Ich war dankbar, dass er mich nicht vor allen bloßstellte.

»Und damit du es weißt, Tatiana, wenn du glaubst, dass Sefa mit ihm unter einer Decke steckt, dann vertraue ich auf dein Urteilsvermögen. Ich stelle deine Meinung nicht infrage. Ich denke nur, dass wir zuerst mehr über diese Frau in Erfahrung bringen sollten.«

»Was habt ihr herausgefunden?«, fragte Brooks und wandte sich an Max und Thad.

»Nichts Brauchbares«, antwortete Thad. »Nur die Bestätigung, dass er in der Gegend gesehen wurde.«

»Ich hole mir ein Bier. Sonst noch jemand?«, fragte Kyle, der bereits in Richtung Küche ging.

»Ein Bier?«, fragte ich.

»Das ist einer der vielen Vorteile, wenn man für Z Corps arbeitet. In all unseren Unterkünften gibt es einen gut gefüllten Kühlschrank«, informierte Brooks mich.

Die anderen vier Männer gaben ihre Bestellung auf. So gut ein Bier auch klingen mochte, eine Dusche wäre jetzt noch besser.

»Ich werde zuerst duschen«, sagte ich.

Brooks begegnete meinem Blick, wobei ein verschmitztes Lächeln seine Lippen umspielte. Ein erregender Schauer durchfuhr mich und ich hatte alle Mühe, mir nichts anmerken zu lassen, während mir seine verheißungsvollen Worte von vorhin in den Sinn kamen. Ich musste von hier verschwinden, bevor ich hochrot anlief.

Ich wartete nicht auf eine Antwort, sondern machte auf dem Absatz kehrt und verließ so schnell ich konnte den Raum, ohne dabei wie eine Tatortflüchtige zu wirken. Nach dem leisen Lachen hinter mir zu urteilen hatten die Jungs mir meine Reaktion angesehen. Aber das war mir egal. Mich konnte nichts mehr beschämen. Auch nicht die Tatsache, dass unsere derzeitige Unterkunft eine Wohnung mit nur drei Schlafzimmern war. Zwei der Zimmer waren mit jeweils zwei Einzelbetten ausgestattet, während im dritten ein Doppelbett stand. *Welches Zimmer wurde mir wohl zugewiesen?* Ein Doppelbett war kaum groß genug für einen Mann wie Brooks. Wir beide würden wie die Ölsardinen aufeinanderliegen. Der Gedanke jagte mir erneut einen Schauer über den Rücken. Ich verbannte den

Gedanken an die Bettenverteilung aus meinem Kopf, öffnete meinen Rucksack und durchwühlte den Inhalt, um etwas Sauberes zum Anziehen zu finden.

Ich schreckte auf, als mein Handy vibrierte. Scheiße, ich hatte ganz vergessen, dass ich mich seit über zwölf Stunden nicht mehr bei Leon gemeldet hatte. Oder sollte ich ihm gar nicht Bericht erstatten und mich direkt an Zane wenden? Z Corps war nun offiziell mein Arbeitgeber, aber weder Zane noch Leon hatten mir mitgeteilt, wer von beiden mein Chef war. Nur weil Zane jetzt meine Gehaltsschecks unterschrieb, hieß das nicht, dass ich nicht mehr für *Die Firma* tätig war.

Ich ergriff mein Handy, als der Anruf gerade auf die Mailbox weitergeleitet wurde. Drei verpasste Anrufe von Leon. Interessant. Er hatte noch nie dreimal hintereinander angerufen. Ich machte mir nicht die Mühe, seine Sprachnachrichten abzuhören, sondern rief ihn sofort zurück.

»Da bist du ja«, bellte er.

»Hallo, Leon. Wie geht es dir?«, fragte ich höflich.

Am anderen Ende der Leitung herrschte Schweigen. Wahrscheinlich verdrehte er gerade die Augen.

»Gut. Hör zu, es gibt eine Planänderung. Ich habe einen Job für dich.«

»Okay«, sagte ich gedehnt und ein Gefühl von Unbehagen beschlich mich.

»Sefa Nazari.«

»Was ist mit ihr?«

»Du sollst sie ausschalten.«

»Sie ausschalten? Unsere Befehle lauten, Nazari zur Strecke zu bringen. Seine Kinder sollen wir nur töten, falls sie uns angreifen.«

»Das mag der Befehl sein, den Zane *seinen* Männern gegeben hat. Aber deine Zielperson ist Sefa Nazari. Du hast zwei Stunden Zeit. Ich erwarte einen Lagebericht, sobald der Job erledigt ist. Und noch etwas. Die Sache ist streng geheim. Keiner der Männer darf davon wissen.«

Das Unbehagen, das ich eben noch verspürt hatte, verwandelte sich in Besorgnis. Ich hatte schon häufiger Befehle entgegengenommen, die der Geheimhaltung unterlagen. Mich beunruhigte nicht einmal die Order, einen Menschen auszuschalten. Es war nicht die erste Anordnung dieser Art und würde auch nicht die letzte sein. Aber mir behagte die Aufforderung nicht, die Sache dem Team verschweigen zu müssen.

»Hast du mich gehört?«

»Laut und deutlich.«

»Du hast zwei Stunden.«

»Verstanden.«

Leon trennte die Verbindung und ich warf mein Handy auf das Bett. Mir gingen immer wieder Zanes Worte durch den Kopf. Er hatte gesagt, dass ich bei Z Corps besser aufgehoben sei als bei der *Firma*. Ich wusste immer noch nicht, was er damit gemeint hatte, dass er mehr über sie wisse als ich, aber weniger als ihm lieb war. Während der ganzen Zeit, in der ich nun schon mit Leon zusammenarbeitete, hatte er mir nie das Gefühl gegeben, dass ich ihm nicht trauen konnte. Warum stellte ich seine Order nun infrage? Eigentlich sollte ich mir darüber nicht den Kopf zerbrechen. Ich hatte einen Befehl, und den musste ich ausführen.

»Ist alles in Ordnung?«, fragte Brooks.

»Meine Güte«, keuchte ich erschrocken und wandte

mich der Tür zu. Das Herz schlug mir bis zum Hals. »Ja, alles bestens.«

»Bist du sicher? Du siehst aus, als sei dir eine Laus über die Leber gelaufen.«

»Nein. Ich habe nur gerade an Sefa und Nazari gedacht.« Das war nur zum Teil gelogen. Ich hatte wirklich über Sefa nachgedacht, nur nicht so, wie ich Brooks glauben machen wollte. Tatsächlich hatte ich schon begonnen, mir einen Plan zurechtzulegen. Mir blieben nur zwei Stunden. Das war nicht viel Zeit, um zu duschen, mich aus der Wohnung zu schleichen, meine Mission zu erfüllen und unbemerkt zurückzukehren.

»Ja, das war ziemlich verkorkst«, erwiderte er.

Ich schnappte mir meine sauberen Klamotten, mein Handy und ging zur Tür. »Allerdings. Ich werde versuchen, die Erinnerung daran abzuwaschen.« Ich schob mich an ihm vorbei und ignorierte den argwöhnischen Blick, mit dem er mich durchbohrte. Dann ging ich schnurstracks den Flur entlang zu dem Badezimmer, das wir uns alle teilten. Hastig schloss ich die Tür hinter mir und verriegelte sie, bevor Brooks mir folgen konnte und anfing, Fragen zu stellen.

Kaum hatte ich das Wasser aufgedreht, mich ausgezogen und unter die Dusche gestellt, überkamen mich Schuldgefühle. Ich hatte Brooks getäuscht. Im Gegensatz zu unserem ersten Treffen, bei dem ich meine Tarnung hatte aufrechterhalten müssen, hatte ich ihm diesmal direkt ins Gesicht gelogen. Und in zehn Minuten würde ich auch den Rest des Teams beschwindeln und mich davonschleichen. Leon würde mir mitteilen, wo ich meine Waffe würde abholen können, dann würde ich eine Frau töten, über die wir eigentlich weitere Informationen sammeln wollten. Mein Gewissen ließ mir keine Ruhe, während ich in Gedanken immer wieder Zanes Stimme hörte, die mir sagte, dass diese Männer eine Kugel für mich abfangen würden.

Scheiße!

Ich hatte meine Haare noch nicht einmal richtig befeuchtet, als ich das Wasser abstellte. Ich riss ein Handtuch vom Haken und trocknete mich wutentbrannt ab. Ich konnte es nicht tun. Es wäre kein Problem für mich gewesen, Sefa auszuschalten, aber ich brachte es nicht über mich, das Team zu täuschen. Und bei einer Lüge würde es nicht bleiben. Wenn ich mich jetzt davonschleichen würde, wäre das nur die Spitze des Eisbergs, denn morgen würden die Jungs von Sefas Tod erfahren und ich müsste wieder lügen.

Und dann war da noch Zane. Ich hatte ihn immer für einen ehrlichen Menschen gehalten. Er hatte die besten Instinkte in der Branche und er hatte zugegeben, dass ihm etwas an der *Firma* nicht behagte. Andernfalls hätte er mir nicht gesagt, dass ich bei Z Corps besser aufgehoben wäre. Ich wusste nicht, ob er Leon Brown misstraute oder der *Firma* als Ganzes. Auf jeden Fall hatten Zanes Worte mir zu denken gegeben.

Nachdem ich mir frische Kleidung angezogen hatte, begab ich mich auf die Suche nach den Jungs. Ich fand sie alle um den Esstisch versammelt vor.

»Wo ist Brooks?«, fragte ich.

Vier Augenpaare bedachten mich mit neugierigen Blicken.

»Hinter dir«, sagte er und betrat das Esszimmer.

Ich atmete einmal tief durch und betete, dass ich das

Richtige tat. Wenn ich die Informationen weitergab, verstieß ich nicht nur gegen das Protokoll, sondern verletzte auch die Operationssicherheit. Ich warf einen Blick auf das Telefon in meiner Hand und beschloss, dass es besser sei, das Gerät nicht bei mir zu haben.

Ich hielt das Handy in die Höhe und gestikulierte mit der anderen Hand, dass ich in einer Minute zurück sein würde. Dann ging ich ins Schlafzimmer und verstaute das Telefon in meinem Rucksack. Als ich die Tür wieder hinter mir schloss, hatte ich schon nicht mehr so ein schlechtes Gewissen, weil ich Leons Anweisung, dem Team nichts zu verraten, missachten würde.

»Was ist los?«, wollte Declan wissen, als ich das Esszimmer betrat.

»Als ich vorhin in meinem Zimmer war, sah ich, dass ich drei verpasste Anrufe von meinem Kontaktmann hatte. Also rief ich ihn zurück, und er erteilte mir einen neuen Auftrag.«

»Wie bitte? Zieht er dich von diesem Fall ab?«, fragte Brooks.

»Nein. Er hat mir zwei Stunden Zeit gegeben, um Sefa Nazari zu töten.«

»Was zum Teufel?«, rief Declan und sprang auf. »Davon hat Zane nichts gesagt.«

»Er weiß nichts davon. Der Auftrag unterliegt der Geheimhaltung. Mir wurde ausdrücklich gesagt, dass keiner von euch eingeweiht werden soll.«

Nun, immerhin wusste ich jetzt, wie ich einen Raum voller Agenten zum Schweigen bringen konnte. Die Männer tauschten untereinander Blicke aus. Keiner von ihnen schien als Erster das Wort ergreifen zu wollen.

Declans Miene war wie versteinert und Brooks sah aus, als würde er gleich explodieren.

Großartig.

KAPITEL VIERUNDZWANZIG

Für einen langen Moment sagte niemand etwas, bevor Tatiana das Wort ergriff. »Will denn keiner von euch etwas dazu sagen?«

Ich selbst war viel zu wütend, um einen Ton herauszubringen.

»Mal sehen, ob ich das richtig verstanden habe«, begann Declan. »Leon hat zugestimmt, dich an Z Corps für die Dauer der Mission auszuleihen. Dann ruft er dich an und gibt dir den Nebenjob, Sefa auszuschalten, will aber, dass das Team nichts davon erfährt. Ist das korrekt?«

»Ja.«

»Und da ist kein Raum für Interpretationen? Er hat dir zweifelsfrei gesagt, dass du uns nichts verraten sollst?«, fragte er erneut.

Tatiana verdrehte die Augen und antwortete: »Ja, Declan. Seine Worte lauteten: ›Die Sache ist streng geheim. Keiner der Männer darf davon wissen.‹ Er hat mir zwei Stunden Zeit gegeben, um den Auftrag auszuführen.«

»Warum verstößt du dann gegen das Sicherheitsprotokoll?«, fragte ich.

»Bitte?« Tatiana wandte sich mir zu und ich sah den verletzten Ausdruck in ihren Augen. Offenbar hatte ich sie mit meiner Frage vor den Kopf gestoßen.

»Du hattest den ausdrücklichen Befehl, uns nichts zu verraten, und dennoch übermittelst du uns Informationen über eine Mission, die nur dir übertragen wurde. Noch dazu eine, die als streng geheim eingestuft wurde. Eigentlich solltest du längst weg sein und deinen Auftrag ausführen.«

Tatiana straffte die Schultern. Plötzlich sah sie wieder aus wie die Frau, die ich bei meiner Ankunft in Bahrain kennengelernt hatte. Ausdruckslos. Berechnend. Kalt.

»Der Befehl meines Teamleiters lautete, abzuwarten, bis wir weitere Informationen gesammelt haben. Wir waren uns alle einig, dass wir mehr über Sefa in Erfahrung bringen müssen, bevor wir etwas unternehmen. Bisher hat Zane sich noch nicht dazu geäußert. Bis es so weit ist, folge ich Declans Anweisungen.«

»Leon Brown ist dein Kontaktmann. Nicht Zane. Nicht Declan. Also, noch einmal. Warum zum Teufel stehst du hier und missachtest deinen Befehl?«, drängte ich.

Ich wollte es aus ihrem Mund hören. Es ging um mehr als nur um ein Machtspiel zwischen Leon Brown und Zane Lewis, bei dem Tatiana zwischen den Stühlen saß.

»Declan sagte …«

»Blödsinn. Du arbeitest für *Die Firma*, nicht für Z Corps.«

»Bei dieser Mission arbeite ich für Z Corps«, entgegnete sie.

»Ich sage es noch mal. Das ist Blödsinn. Du hast gerade die Autorität deines Vorgesetzten untergraben. Im besten Fall wirst du entlassen. Höchstwahrscheinlich werden sie jemanden auf dich ansetzen, um dich zu beseitigen, weil du ein nicht zu kalkulierendes Risiko darstellst.«

Tatiana ließ die Maske der Gleichgültigkeit fallen und verlieh ihrer Wut Ausdruck. »Es fühlt sich an wie eine Lüge«, presste sie zwischen zusammengebissenen Zähnen hervor. »Irgendetwas stimmt nicht. Sefa Nazari war nie auf unserem Radar. Warum jetzt? Warum sie und nicht Matek? Wir hatten immer nur ihn unter Beobachtung. Nach allem, was wir heute Abend gesehen haben, warum steht Sefa plötzlich auf der Liste der *Firma*?«

»Was fühlt sich wie eine Lüge an?«, wollte Declan wissen und kam mir mit der Frage zuvor.

»Sich davonzuschleichen und eine Frau zu töten, über die wir zuerst weitere Informationen einholen wollten. Es wäre falsch, einfach zu verschwinden und euch alles zu verheimlichen.«

Genau das hatte ich hören wollen. Jetzt wusste ich, wo ihre Loyalität lag. Es war eine Sache, dass sie uns von Leons Befehl erzählt hatte, aber für mich war es wichtig zu wissen, dass sie es getan hatte, weil sie uns nicht belügen wollte. Nur so konnte ich ihr weiterhin vertrauen.

»Wie sollst du den Auftrag ausführen?«, fragte Kyle.

Offenbar war er ebenfalls mit ihrer Antwort zufrieden.

»Das bleibt mir überlassen.«

»Und mit welcher Waffe?«, erkundigte Thad sich.

»Ich sollte in Kürze eine Nachricht erhalten, in der mir mitgeteilt wird, wo ich eine Waffe in Empfang nehmen kann. Vielleicht ist sie schon eingetroffen.«

»Hat Leon dir das mitgeteilt?«, fragte Declan.

»Nein. Das ist die übliche Vorgehensweise. Solange ich für die UN oder eine Hilfsorganisation arbeite, kann ich schlecht eine Waffensammlung mit mir führen. Es gibt immer jemanden in der Nähe, der mich mit allem versorgt, was ich brauche.«

»Passiert es häufiger, dass du mitten in einer Mission einen Tötungsbefehl erhältst?«, fuhr Dec fort.

»Nicht oft. Aber es ist schon vorgekommen.«

Ich musste zugeben, dass mir das Ganze nicht gefiel. Warum erhielt Tatiana ausgerechnet jetzt den Befehl, eine Frau zu töten, die wir gerade ausspionierten? Leon hatte Tatiana angerufen, bevor Declan Zane mitgeteilt hatte, was wir in dem Haus gesehen hatten. Woher sollte Leon Brown, der sich vermutlich in den Vereinigten Staaten aufhielt, wissen, dass wir Sefa bereits heute Abend im Visier hatten?

Ich sah meine Teamkameraden an, die sich ebenfalls den Kopf darüber zerbrachen. Vielleicht steckte nichts weiter dahinter und Leon hatte lediglich neue Informationen über die Frau erhalten, die sie als Bedrohung einstuften. Allerdings erklärte das nicht, warum er wollte, dass Tatiana auf eigene Faust handelte.

»Sind Leon und Zane in der Vergangenheit einmal aneinandergeraten?«, wollte ich von Declan wissen.

»Nicht dass ich wüsste. Z hat nichts erwähnt.«

»Zane sagte mir, dass ich bei Z Corps besser aufgehoben sei als bei der *Firma*«, warf Tatiana ein. »Aber er hat seinen Standpunkt nicht näher erläutert. Er teilte mir jedoch mit, dass er nicht so viele Informationen über sie hat, wie ihm lieb wäre.«

Declan zückte sein Handy, wählte eine Nummer und stellte den Anruf auf Lautsprecher. Es läutete viermal, bis Zane sich meldete. »Ja.«

»Gibt es ein Problem zwischen dir und Leon Brown, von dem wir wissen sollten?«, fragte Declan.

Zanes Lachen hallte durch den Raum. »Das würde mich nicht überraschen. Ich habe eine Menge Leute verärgert. Warum?«

»Er hat Tatiana auf eine streng geheime Mission geschickt, von der wir nichts wissen sollten.«

»Was für eine Mission?«, fragte Zane. Jegliche Belustigung war aus seiner Stimme gewichen.

Tatiana berichtete Zane, was Leon ihr gesagt hatte. Als sie fertig war, schwieg er für einen Moment. Als er schließlich wieder das Wort ergriff, war seine Wut selbst durch die Leitung hindurch deutlich spürbar. Es war völlig egal, dass er Tausende von Kilometern entfernt war, wenn Zane Lewis in Rage geriet, wusste es die ganze Welt.

»*Die Firma* ist eine Abteilung der CIA. Es ist deren neuester und bisher bester Versuch, vollständig anonym zu bleiben. Und damit meine ich vollständig. Sie führen inoffizielle und geheime Operationen durch und haben keinerlei Aufzeichnungen darüber. Die Kontaktpersonen kommunizieren nur verbal mit ihren Agenten. Erstere erstatten einem einzigen Mann Bericht, ebenfalls verbal. Ein Schriftverkehr existiert nicht.«

»Wenn sie keinen elektronischen Fußabdruck hinterlassen, wie hast du sie dann gefunden?«, wollte Thad wissen.

»Ich habe meine Quellen. Nimm den Auftrag an. Falls Leon dich beobachtet, muss er glauben, dass du weiterhin seine Befehle befolgst. Ich brauche ein paar Stunden, um herauszufinden, welches Spiel er spielt.«

»Ich soll den Auftrag annehmen?«, fragte Tatiana. »Wir haben noch keine Informationen über Sefa. Wir wollten eigentlich warten, bis wir mehr wissen.«

»Brooks, du begleitest sie, aber du hältst dich bedeckt. Ich will nicht, dass dich jemand sieht, es sei denn, es geht etwas schief. Es könnte auch eine Falle sein. Vielleicht will er Tatiana vom Team weglocken, um sie auszuschalten. Seid auf alles gefasst. Ich traue der CIA nicht über den Weg.«

»Ich will mich noch einmal vergewissern, Zane«, erwiderte Tatiana. »Du willst, dass ich den Befehl ausführe?«

»Nein. Ich will, dass du den Auftrag annimmst. Hol deine Waffe an dem vereinbarten Ort ab und warte dort. Garrett ist fast fertig. Was er bisher herausgefunden hat, spricht nicht gerade für Sefa Nazari, aber es rechtfertigt kein Todesurteil. Falls Tex nicht noch etwas über sie ausgraben kann, meldest du dich bei Leon und erklärst ihm, warum du versagt hast.«

»Aber ich versage nie«, schimpfte Tatiana.

Sie sah wirklich niedlich aus. Offenbar behagte ihr der Gedanke, eine fehlgeschlagene Mission melden zu müssen, ganz und gar nicht.

»Ich glaube, deine Statistik wird nicht darunter leiden«, scherzte Zane. »Zwanzig ist nicht zu verachten.«

»Zwanzig bestätigte Tötungen?«, fragte Kyle mit einem Anflug von Respekt in der Stimme.

Mit einem Nicken bejahte sie seine Frage. Dabei schien sie weder stolz auf die Anzahl der Morde zu sein, noch brüstete sie sich damit, dass sie die Aufträge stets gewissenhaft ausgeführt hatte, ohne auch nur ein einziges Mal ihr Ziel zu verfehlen. Ein weiteres Teil des Puzzles fiel an seinen Platz und ich begann, sie ein wenig besser zu verstehen.

»Verdammt. Du hast doch gesagt, dass so etwas nicht oft vorkommt«, murmelte Kyle.

»Definiere *oft*«, erwiderte sie und lieferte ihm damit die Antwort. »Also gut. Dann werde ich es also nicht schaffen, sie töten. Was dann? Soll ich ihn zurückrufen und ihm sagen, dass ich nicht nahe genug an sie rangekommen bin?«

»Ja. Es sei denn, Tex oder Garrett findet etwas, das ihren Tod rechtfertigt. Aber bisher sieht es nicht so aus.«

»In Ordnung«, schnaubte sie.

»Declan, falls das eine Falle ist, musst du wachsam bleiben. Vielleicht hat er es auf uns abgesehen. Er könnte sie aus dem Haus locken, damit er sie in Sicherheit bringen kann, während er euch ausschaltet. Seid auf alles gefasst. Vertraut niemandem außerhalb eures sechsköpfigen Teams.«

Ich war froh, dass Zane Tatiana in den Kreis des Vertrauens aufgenommen hatte.

»Ach, und noch etwas. Gute Arbeit, Tatiana.« Zane, der immer das letzte Wort haben musste, legte auf.

Declan begann sofort mit der Ausarbeitung eines Plans. Er würde mit Kyle, Thad und Max zurückbleiben. Er und Max würden um den Block patrouillieren und

Thad und Kyle würden in der Wohnung Wache halten. Ich würde Tatiana folgen. Ich hasste es, nicht zu wissen, was vor sich ging, aber vor allem hasste ich es, in eine Falle zu tappen.

Ich wandte mich Tatiana zu. »Bist du bereit? Die Zeit läuft.«

»Ja. Ich hole mein Handy.«

Max war die ganze Zeit über verdächtig still gewesen, aber als Tatiana den Raum verließ, ergriff er das Wort. »Pass auf dich auf.«

»Das tue ich immer«, antwortete ich, während ich mir meine schutzsichere Weste anlegte.

»Nein. Ich meine, pass auf dich auf. Z war so höflich, in Anwesenheit von Tatiana nicht zu erwähnen, dass noch eine weitere Möglichkeit infrage kommt, aber ...«

»Ich weiß«, blaffte ich. Ich wollte nicht hören, wie Max mir sagte, dass Tatiana mit Leon unter einer Decke stecken könnte.

»In Ordnung«, murmelte Max und wandte sich ab.

Ich war froh, dass er einlenkte, denn im nächsten Moment betrat Tatiana in voller Ausrüstung den Raum. Ich hatte immer noch Schwierigkeiten, die Gegensätze zu verarbeiten, die diese Frau in sich vereinte. Einerseits war sie geschmeidig, schön und sexy und andererseits eine eiskalte Attentäterin, die zwanzig verifizierte Tötungen verbuchen konnte, ohne ihr Ziel je verfehlt zu haben. Ja, wenn ich sie so ansah, hätte ich das nie gedacht.

KAPITEL FÜNFUNDZWANZIG

»Geht es dir gut?«, fragte Brooks, nachdem wir etwa zehn Minuten gefahren waren.

»Bestens.«

»Das klingt aber nicht so.«

Das lag daran, dass es mir nicht gut ging. Aber ich wollte mit Brooks nicht über die Fehlentscheidungen reden, die ich in meinem Leben getroffen hatte. Wie hatte ich nur so dumm sein können, einen Job anzunehmen, über den ich rein gar nichts wusste? Nachdem Zane uns mitgeteilt hatte, dass es keine Korrespondenz gab, wurde mir klar, dass ich nie irgendwelche Einsatzanweisungen per E-Mail oder SMS erhalten hatte. Daraufhin hatte ich mein Handy durchsucht, nur um meinen Verdacht zu bestätigen. Ich fand Nachrichten mit Adressen, aber keine Anweisungen. Ich hatte E-Mails mit Stellenangeboten und Kontakten, die aber alle den Anschein erweckten, dass ein Personalvermittler mir zu einem neuen Job verhelfen wollte. Einige Nachrichten erkundigten sich nach meinem Befinden oder meinem Aufenthaltsort, aber alle schienen eher von einem besorgten Freund zu stammen als von meinem verdammten CIA-Kontaktmann.

Das Schlimmste daran war, dass ich es geahnt hatte. Tief im Inneren hatte ich gewusst, dass *Die Firma* Verbindungen zur CIA hatte. Es war offensichtlich. Ich führte die gleichen Operationen durch. Das Einzige, was sich geändert hatte, waren die Einsatzregeln. Oder besser gesagt, das Fehlen derselben. Leon hatte mir Befehle erteilt und ich hatte sie genaustens befolgt. Declan hatte recht, im Grunde war ich nichts weiter als eine Abtrünnige, denn im Zweifelsfall würde die CIA jede Kenntnis von mir abstreiten. Die Agenten hatten die Bedeutung des Wortes praktisch erfunden. Falls etwas schiefgehen sollte und ich an einem Ort erwischt wurde, an dem ich nicht hätte sein sollen, brauchten sie meine Verbindung zu ihnen nicht einmal zu leugnen, denn ich arbeitete legal nicht mehr für die Regierung. Ich war eine gottverdammte Auftragskillerin, wobei ich von den unverschämten Bezahlungen, die sie für ihre Tötungen erhielten, nur einen Bruchteil zu sehen bekam. Meiner Meinung nach bestand ein großer Unterschied zwischen den Aufträgen, die meine Regierung als notwendig erachtete, und diesem Mist. Das hier war scheiße. Aber ich konnte niemandem die Schuld geben, außer mir selbst. Vielleicht hatte James recht. Vielleicht war ich wirklich zu dumm, um für die CIA zu arbeiten.

Verdammt noch mal. Scheiß auf Leon Brown. Scheiß auf *Die Firma*. Ich war mit Abstand die dümmste Frau auf diesem Planeten.

»Es geht mir gut«, wiederholte ich. »Das Haus ist nur

ein paar Häuserblocks von hier entfernt. Du kannst irgendwo parken. Den Rest des Weges gehe ich zu Fuß.«

»Kommt gar nicht infrage.«

»Du sollst dich im Hintergrund halten, schon vergessen? Wenn du vor dem Haus parkst, wird dich jemand sehen«, erinnerte ich ihn.

Brooks fuhr noch ein Stück weiter und hielt an. Bevor ich aussteigen konnte, packte er mich am Bizeps. »Pass auf dich auf.«

Die Worte versetzten mir einen Stich im Herzen. Genau das hatte Max zu ihm gesagt, als ich vorhin den Raum verlassen hatte. Er hatte offenbar gedacht, ich könne ihn nicht hören. Max vertraute mir nicht und Brooks hatte einfach geschwiegen. Ich konnte es ihm jedoch nicht verübeln, immerhin hatte ich tatsächlich in Erwägung gezogen, meinen Auftrag auszuführen, ohne ihnen etwas darüber zu verraten. Aber Max glaubte scheinbar, ich könnte einen von ihnen verletzen, und das tat weh. Selbst wenn Brooks und ich einander nicht nähergekommen wären, würde ich diese Männer niemals verraten. Nicht auf diese Weise. Und die Tatsache, dass Max mir das zutraute, ärgerte mich.

»Verstanden.« Ich versuchte, mich seinem Griff zu entziehen, doch Brooks hielt mich fest.

»Ich meine es ernst, Schätzchen. Wir wissen nicht, was Leon vorhat. Das hier könnte ein Hinterhalt sein. Wenn dir etwas seltsam vorkommt, dann ist es das wahrscheinlich auch. Schieß einfach und wir beseitigen das Chaos später.«

Brooks' besorgter Blick ließ mich innehalten. Auch das ärgerte mich. »Was ist mit dir? Passt du auf dich auf?«

Ich weiß nicht, warum ich ihm die Frage stellte.

Eigentlich hatte ich nicht einmal erwähnen wollen, dass ich Max gehört hatte, aber die Worte waren mir einfach herausgerutscht.

»Das ist dein Job. Wir sind Partner, schon vergessen?«

»Und wenn ich den Auftrag habe, dir ein Messer in den Rücken zu rammen?«

»Diesbezüglich habe ich keine Bedenken. Ich vertraue dir.« Mir war gar nicht bewusst gewesen, wie wichtig es für mich war, diese Worte aus seinem Mund zu hören. »Mach dir keine Sorgen um Max. Er ist von Natur aus misstrauisch.«

Ich war froh, dass Brooks nicht den Dummen gespielt und so getan hatte, als wüsste er nicht, worauf ich hinauswollte. Die Tatsache, dass Max ein argwöhnischer Kerl war, beruhigte mich jedoch nicht, denn letzten Endes war ich diejenige, der er nicht traute.

»Ich werde vorsichtig sein«, erwiderte ich schließlich.

Ohne ein weiteres Wort ließ Brooks meinen Arm los und ich stieg aus dem Wagen. Das Haus war nicht einmal einen Häuserblock entfernt. Es lag im Dunkeln, und es wäre ein Leichtes für jemanden, sich dort zu verstecken. Unbehagen wallte in mir auf und ich wollte nur noch die Waffe entgegennehmen und verschwinden.

Als ich mich dem Haus näherte, wartete ein älterer Mann vor der Tür auf mich. Er reichte mir einen schwarzen Gewehrkoffer. »Es ist alles da drin«, sagte er.

Ich drehte dem Mann langsam den Rücken zu und hoffte inständig, dass er nicht vorhatte, mich zu erschießen. Obwohl ich wusste, dass Brooks irgendwo da draußen war, konnte ich ihn nicht sehen. Aber ich konnte ihn spüren. Der Gedanke zauberte mir ein Lächeln ins Gesicht. Brooks würde mich niemals einem Risiko aussetzen, ohne ein Zielfernrohr auf den Mann gerichtet zu haben.

Vielleicht hätte ich deshalb verärgert sein sollen, schließlich arbeitete ich schon so lange allein. Ich war mehr als imstande, auf mich selbst aufzupassen. Aber ich hatte keine Augen im Hinterkopf und würde nicht wissen, wann ich Gefahr lief, mir eine Kugel einzufangen.

Welch wunderbarer Gedanke. Ich hatte wirklich einen tollen Job. Die meisten Leute gingen zur Arbeit und machten sich höchstens Sorgen darüber, dass sie sich an einem Blatt Papier schneiden könnten. Schlimmstenfalls könnten sie ausrutschen und stürzen. Ich musste mich jedoch mit Schüssen, Blut und Chaos auseinandersetzen.

Ich ließ mich auf den Rücksitz des Wagens gleiten, als Brooks sich wieder hinters Steuer setzte. Wie nicht anders zu erwarten, war er mir gefolgt.

»Hast du etwas gesehen?«, fragte ich und öffnete den weich gepolsterten Gewehrkoffer.

»Jemand hatte die Szene im Auge. Aus dem Fenster im obersten Stockwerk.«

»Der Kerl ist ein Waffenhändler. Wahrscheinlich ist das normal«, erinnerte ich ihn. »Hey, hast du zufällig eine Taschenlampe bei dir?«

Brooks reichte mir eine kleine LED-Lampe. Ich schaltete sie ein und untersuchte den Inhalt des Koffers.

»Was haben sie dir gegeben?«, fragte Brooks.

»Eine .338 Lapua. Mit Zeiss-Optik«, antwortete ich.

»Nicht schlecht.«

Er hatte nicht unrecht. Der .338er Repetierer war ein hübsches Gewehr und sogar mein Favorit. Aber wenn ich die Wahl gehabt hätte, hätte ich die Optik gegen ein NightForce-Zielfernrohr ausgetauscht. In der Not frisst der Teufel Fliegen, und ich hatte die Waffe nicht gekauft. Das brachte mich auf einen Gedanken.

»Wer finanziert deiner Meinung nach *Die Firma*?«, fragte ich, während ich die Waffe weiter inspizierte.

»Ich würde vermuten, dass das Geld aus dem Kongressfonds kommt, der für Verschiedenes vorgesehen ist. Du weißt selbst, welchen Murks die Regierung mit unseren Steuergeldern treibt.«

»Was zum Teufel?«, murmelte ich und leuchtete mit der Taschenlampe in die Verschlussträgergruppe des Gewehrs.

»Was ist los?«

»Der Schlagbolzen fehlt«, stellte ich fest.

»Wie bitte?«

»Diese Scheißkerle. Sie haben den Schlagbolzen entfernt.«

Verdammte Scheiße. Ohne Schlagbolzen ließ eine Waffe sich nicht abfeuern. Und er war sicher nicht von allein herausgefallen. Jemand hätte die Verschlussträgergruppe auseinanderbauen und den Schlagbolzen abschrauben und herausnehmen müssen. Schließlich würde man bemerken, falls nach dem Zusammenbauen der Waffe ein zehn Zentimeter langes Metallstück herumlag, das wie eine auseinandergeklappte Büroklammer aussah.

»Ich nehme nicht an, dass du irgendwo einen Bausatz mit Ersatzteilen herumliegen hast, nicht wahr?«, scherzte ich und versuchte, meine Wut zu überspielen.

Leon Brown hatte mich in eine Falle gelockt. Es war jedoch noch unklar, wer von uns hineintappen sollte.

»Brooks?«, rief ich, als er nicht antwortete.

»Was ist?«

»Vergiss es.«

Offenbar hatte er eine Stinkwut. Ich war mir nicht sicher, warum er so in Rage war, schließlich war ich es, die Leon hätte zum Opfer fallen sollen. Man sabotierte jemandes Waffe nur, wenn man verhindern wollte, dass derjenige zurückschießen konnte.

»Tut mir leid. Ich habe nachgedacht.«

»Worüber?«

»Ich habe mich gerade gefragt, ob ich dich irgendwie davon überzeugen kann, im Wagen zu warten, wenn wir Nazaris Haus erreichen.«

»Ausgeschlossen.«

Mit einem schweren Seufzer antwortete er: »Das hätte ich auch nicht gedacht.«

Ich packte das nutzlose Gewehr zurück in den Koffer, legte ihn auf den Rücksitz, kletterte über die Mittelkonsole und setzte mich auf den Beifahrersitz.

»Denkst du, er hat jemanden geschickt, um mich auszuschalten?«, fragte ich.

»Ja.«

»Ich muss zugeben, das wird langsam langweilig.«

»Was meinst du?«

»Ständig will mich jemand umbringen. Und jetzt auch noch Leon. Was. Zur. Hölle.«

Wir näherten uns Nazaris Haus. Ich hatte keine Zeit, über all die neuen Informationen nachzudenken, die in der letzten Stunde ans Licht gekommen waren, vor allem nicht über die Tatsache, dass die US-Regierung jetzt auch meinen Tod wollte.

»Wenn wir aussteigen, bleibst du hinter mir«, sagte Brooks, als er den Wagen parkte.

»Auf keinen Fall. Es hat sich nichts geändert. Ich übernehme die Rückseite, du patrouillierst die Außenmauer. Das wird schneller gehen.«

»Alles hat sich geändert«, entgegnete er.

Im nächsten Moment zog er sein Handy aus der Tasche. »Ja?«, meldete er sich, dann hörte er zu. Nach einer Weile riss er die Augen auf und sagte: »Im Ernst?« Wieder schwieg er. »Tatiana hätte nie einen Schuss abgeben können. Brown hat ihr eine nicht einsatzfähige Waffe gegeben. Der Schlagbolzen wurde entfernt. Wir überprüfen nur die Umgebung und kommen dann zurück.« Er begegnete meinem Blick und sagte: »Verstanden.«

»Was hat er gesagt?«, fragte ich, sobald Brooks aufgelegt hatte.

»Du wirst es nicht glauben. Sefa Nazari arbeitet für die CIA. Ihr Name ist Ashaki Maloof. Sie wurde in den USA geboren. Ihre Eltern sind beide eingebürgerte US-Bürger.«

»Ich verstehe nicht, was Leon im Schilde führt. Hat sie etwa den Auftrag, mich zu töten? Und warum zum Teufel hat Nazari sich die Mühe gemacht, die Welt glauben zu lassen, sie sei seine Tochter?«

»Wenn ich das wüsste. Declan will, dass wir uns kurz umsehen und dann in die Wohnung zurückkehren.«

»Einverstanden. Ich gehe nach links und treffe dich an der Rückseite.«

»Also schön.«

»Schmollst du etwa?«, lachte ich.

Selbst im schummrigen Licht des Mondes war zu erkennen, wie gut er aussah. Ich musste unwillkürlich daran denken, dass er mir versprochen hatte, mich vergessen zu lassen, was wir zuvor in Nazaris Haus beobachtet hatten. Zugegebenermaßen war ich ein wenig enttäuscht, dass er sein Versprechen nicht hatte einlösen können.

»Männer schmollen nicht, Schätzchen.«

»Du siehst aber so aus, als würdest du schmollen.«

»Warum verkündest du nicht einfach der ganzen Nachbarschaft, dass wir hier sind?«

Ich presste die Lippen zusammen, um nicht laut loszulachen. Offensichtlich versuchte er, das Thema zu wechseln. Er war beleidigt, weil er seinen Willen nicht bekam und ich nicht an seiner Seite blieb.

Er ging ein paar Schritte voraus und sofort kamen mir unanständige Gedanken. Er hatte einen tollen Hintern. Ich erinnerte mich daran, wie er die Muskeln unter meinen Händen angespannt hatte, während er immer wieder tief in mich gestoßen hatte. Offenbar war ich verrückt geworden. Ich ging gerade eine dunkle Straße entlang, während der Tod hinter jeder Ecke lauern konnte, und ich konnte nur daran denken, wie gern ich noch einmal mit Brooks schlafen würde.

Gut zu wissen, wo meine Prioritäten lagen.

Oder auch nicht.

KAPITEL SECHSUNDZWANZIG

Ich beobachtete, wie Tatiana mit den Schatten verschmolz, und fragte mich, ob sie je auf mich hören würde. Plötzlich hielt ich inne, als sich mir eine Frage aufdrängte. Wie lange würden wir noch zusammenarbeiten? Würde sie nach dieser Mission weiter für Z Corps arbeiten oder würde sie ... sich verabschieden? Zweifellos würde sie nicht zu Leon Brown zurückkehren. Der Mistkerl führte etwas im Schilde.

Noch war unklar, wer den Befehl gegeben hatte, den Schlagbolzen aus ihrer Waffe zu entfernen und sie damit funktionsunfähig zu machen. Vielleicht war der ganze Auftrag nur ein Vorwand und er wollte nur ihre Loyalität ihm gegenüber auf die Probe stellen. Der Gedanke war gar nicht so abwegig. Er ließ sie glauben, dass die Mission sich geändert hatte, und schickte sie mit der Absicht los, Sefa tatsächlich zu töten. Es war zwar gefährlich und dumm, aber für ein Arschloch wie ihn nicht völlig unmöglich. Oder wollte er, dass Tatiana dabei getötet wurde?

Die Nackenhaare standen mir zu Berge und ein ungutes Gefühl beschlich mich. Scheiße.

Bevor ich mich umdrehen konnte, drückte mir jemand den Lauf einer Waffe an den Hinterkopf.

»Ich dachte, die dumme Schlampe hätte ihre Lektion gelernt«, ertönte eine männliche Stimme mit einem ausgeprägten arabischen Akzent. »Der Prinz hat nichts übrig für Leute, die …«

Ich zuckte zusammen, als ein gedämpfter Schuss durch die Luft hallte. Kaum hatte ich erkannt, dass ich nicht getroffen worden war, drehte ich mich um und erblickte Tatiana, die ihre Ersatzwaffe auf den toten Mann am Boden gerichtet hatte.

Ich zückte mein Handy und schoss ein Foto von dem, was von dem Gesicht des Mannes noch übrig war. Es war fraglich, ob Garrett oder Tex in der Lage sein würden, ihn zu identifizieren, aber ich wollte ihnen zumindest ein Bild schicken. Ich durchsuchte den Mann und nahm sein Telefon an mich. Als ich mich wieder aufrichten wollte, bemerkte ich eine Tätowierung.

»Scheiße.«

»Was ist los?«

»Er gehört zu Omni«, sagte ich und zeigte auf das Pfauenfeder-Tattoo.

»Woher weißt du das?«

Da ich keine Zeit für eine lange Erklärung hatte, gab ich ihr eine Kurzfassung. »Wir hatten Ärger mit der Gruppe in den Staaten. Die Männer hatten alle das gleiche Pfauenfeder-Tattoo. Lass uns von hier verschwinden, bevor wir Gesellschaft bekommen.« Mit Daumen und Zeigefinger hob ich vorsichtig die Waffe auf, um mögliche Fingerabdrücke nicht zu verschmieren.

Tatiana folgte mir wortlos zum Wagen. Obwohl sie einen Schalldämpfer benutzt hatte, hatten wir sicher einen der Nazaris oder zumindest einige ihrer Nachbarn geweckt. Im Gegensatz zu der allgemein verbreiteten Ansicht war ein Schuss mit einem Schalldämpfer nicht lautlos. Er vermochte lediglich, den Knall ein wenig zu dämpfen.

»Was zum Teufel sollte das?«, fragte sie, als wir wieder im Wagen saßen. »Woher zum Teufel wusste er, wo wir sind?«

»Verdammt gute Frage. Ruf bitte Declan an.«

Sie zog ihr Handy aus der Tasche und führte es an ihr Ohr. Nach einer Weile legte sie wieder auf. »Er geht nicht ran.«

»Verdammt.«

Ich trat das Gaspedal bis zum Boden durch und raste zurück zur Wohnung, wobei ich die Strecke in der Hälfte der normalen Fahrtzeit zurücklegte.

»Der Van ist neu«, bemerkte Tatiana.

»Was meinst du?«

»Er stand nicht hier, als wir losgefahren sind«, antwortete sie. »Waren das Schüsse?« Sie ließ das Fenster hinunter.

Kurz darauf ertönte wieder eine Salve von Schüssen.

Ich trat auf die Bremse und verringerte das Tempo von achtzig auf null in wenigen Sekunden. Wir kamen zum Stehen und bevor ich Tatiana befehlen konnte, im Wagen zu warten, sprang sie schon hinaus und lief auf das Gebäude zu.

Allmächtiger Gott, diese Frau würde noch meinen Tod bedeuten. Ohne zu überlegen, war sie einfach losgelaufen. Ich machte mir nicht die Mühe, den Motor abzustellen, und eilte ihr hinterher. Seit mindestens zwei Minuten waren keine Schüsse gefallen, doch das hatte nichts zu bedeuten. Ich war erleichtert, als ich Tatiana hinter einer Zementmauer kauernd entdeckte. Sie hatte ihre Waffe gezogen und wartete.

»Ich kann niemanden sehen«, flüsterte sie.

Wachsam ließ ich den Blick über die Umgebung schweifen und lauschte. Da ich ebenfalls niemanden entdecken konnte, deutete ich nach vorn. Tatiana nickte und überließ mir die Führung, doch sie blieb dicht hinter mir und hielt mit mir Schritt. Langsam näherten wir uns der Wohnung. Es war immer noch alles ruhig.

Dann hörte ich drei Pfiffe und drehte mich zu Tatiana um. »Die Luft ist rein.«

»Woher weißt du das?«

»Wir sind nicht immer in der Lage, über Funk zu kommunizieren. Mit drei schnellen, aufeinanderfolgenden Pfiffen geben wir Entwarnung«, erklärte ich. »Halte die Augen offen.«

Wir gingen zum Eingang der Wohnung, wo Max bereits auf uns wartete. Er schwenkte seine Waffe herum und zielte damit direkt auf Tatiana. In dem schummrigen Licht konnte ich seine angespannte, wütende Miene erkennen.

»Was soll das?«, murmelte ich. »Nimm die Waffe runter.«

»Du«, zischte er.

Ich warf einen Blick auf Tatiana und beobachtete schockiert, wie sie ihre Waffe senkte und in ihr Halfter steckte, während Max weiter auf sie zielte. Ich hätte es ihr nicht übel genommen, wenn sie dasselbe getan hätte.

»Was. Soll. Das?«, wiederholte ich.

»Bist du dafür verantwortlich?«, fragte er und zeigte mit einem Nicken auf etwas zu seiner Rechten. Mein Blick folgte seiner Geste zu zwei blutüberströmten Männern, die auf dem Boden zusammengesunken waren. Beide waren tot.

Tatiana starrte Max weiterhin an und rührte sich nicht. »Ich schlage vor, du nimmst deine Waffe runter«, presste sie mit wütendem Tonfall hervor.

»Und *ich* schlage vor, dass wir alle reingehen, bevor uns noch jemand abknallt«, versuchte ich zu beschwichtigen.

»Und was passiert, wenn ich es nicht tue? Schickst du dann ein weiteres Killerkommando, um uns alle auszuschalten?«

Sie wich zurück, als hätte er ihr eine Ohrfeige verpasst. »Ist jemand verletzt?«, wollte sie wissen, bevor ich Max dieselbe Frage stellen konnte.

»Du kannst von Glück reden, dass wir alle unversehrt sind. Andernfalls würdest du jetzt nicht mehr atmen.«

»Was zum …«, begann ich.

»Du denkst, ich war das? Glaubst du etwa, ich habe diese Leute geschickt?«, fiel sie mir ins Wort.

»Das Lustige ist, dass ich gerade anfing, dir zu vertrauen. Aber ich glaube nicht an Zufälle. Bevor du aufgetaucht bist, hat niemand auf uns geschossen. Wir hatten einen eindeutigen Auftrag, ohne irgendwelche Komplikationen. Jetzt werden wir von allen Seiten angegriffen, und das Einzige, was sich geändert hat, ist deine Anwesenheit.«

»Bist du total verrückt geworden?« Sie trat einen Schritt auf Max zu. In diesem Moment waren sie wohl beide nicht mehr ganz bei Sinnen. Er warf mit Anschuldigungen um sich und sie ging auf einen wutentbrannten Mann mit tödlichen Fähigkeiten zu, der eine Waffe auf sie gerichtet hatte. »Ich werde dich noch einmal bitten, die Waffe runterzunehmen. Ich kann verstehen, dass du verärgert bist. Aber mir ist nicht klar, wie du zu dem Schluss kommst, dass ich einen von euch tot sehen will.«

»Verärgert? Du hast mich noch nicht verärgert erlebt.«

Das reichte jetzt. Ich stellte mich zwischen Tatiana und Max und begegnete dem Blick meines Freundes. »Sie hat mir heute Abend das Leben gerettet. Einer von Al Issas Männern hat mich von hinten überrascht und seine Waffe auf mich gerichtet. Wäre Tatiana nur eine Sekunde später gekommen, wäre ich tot gewesen. Passt das in das aberwitzige Szenario, das du dir in deinem Kopf zusammenspinnst? Wenn sie die ganze Sache eingefädelt hat, warum hat sie mich dann gerettet?«

In diesem Moment trat Declan durch die Tür und sagte: »Jetzt verstehe ich es endlich. Ich hatte angenommen, Zane spielt einfach gern das Arschloch. Ich dachte, es macht ihm vielleicht Spaß zu sehen, wie alle aus dem Häuschen geraten, wenn er Befehle bellt. Aber ich habe mich geirrt. Ich glaube, er verhält sich wie ein wütender Mistkerl, weil es so schwer ist, euch alle im Zaum zu halten. Es ist fast unmöglich.« Dec blieb neben Max stehen und knurrte: »Nimm deine verdammte Waffe runter. Du wirst niemanden erschießen. Aber du solltest dich vorsehen. Wenn du das nächste Mal unachtsam bist, wird Tatiana dir in die Eier treten.«

»Was ist hier passiert?«, wollte ich wissen.

»Nach dem zu urteilen, was du Max gerade erzählt hast, seid ihr genauso überrascht worden wie wir. Die beiden da drüben haben ein paar Schüsse abgegeben.

Abgesehen davon, dass die Kugel von Schwachkopf Nummer eins Max fast den Kopf abgerissen hätte, sind sie nicht einmal in die Nähe des Eingangs gekommen. Könnten wir jetzt alle reingehen? Zwei von euch hätten heute Abend fast ihr Leben gelassen. Ich würde es vorziehen, meinem Lagebericht nicht zwei Leichen hinzufügen zu müssen.«

Tatiana ignorierte Declans Aufforderung und marschierte direkt auf Max zu, der mittlerweile seine Waffe weggesteckt hatte. »Geht es dir gut? Wie knapp hat er dich verfehlt? Hat die Kugel dich gestreift? Musst du genäht werden? Blutest du?«

Max' Lippen umspielte ein Lächeln. »Es geht mir gut.«

»Bist du sicher?«,

»Ja. Hör zu …«

Es war, als würde sich ein Actionfilm in Zeitlupe vor meinem Auge abspielen. Ich sah es kommen, war jedoch zu verblüfft, um Max zu warnen. Tatiana ballte eine Hand zur Faust, holte aus und schob sogar die Hüfte vor, als sie Max einen Schlag in die Magengrube versetzte. Ich nahm an, er hatte sich gerade entschuldigen wollen, doch nun brachte er nur ein lautes Grunzen hervor und schnappte nach Luft.

»Ich bin froh, dass du nicht verletzt wurdest. Und Declan hat recht, pass auf deine Eier auf, mein Freund.« Sie klopfte ihm auf die Schulter und ging ins Haus, ohne ihn eines weiteren Blickes zu würdigen.

»Verdammt«, keuchte Max. »Ich wollte mich gerade bei ihr entschuldigen.«

»Ich glaube nicht, dass sie dir verzeiht«, erwiderte Dec mit einem leisen Lachen, bevor er sich mir zuwandte. »Hast du bei Nazari irgendetwas finden können?«

»Ja. Ich habe sowohl das Handy als auch die Waffe des Toten. Oh, und er gehörte Omni an. Auf seiner Haut prangt eine Pfauenfeder. Ich muss jetzt den Wagen parken. Ich erzähle dir alles, wenn ich zurückkomme.«

»Ich begleite dich«, bot Max an.

»Warum? Willst du noch nicht in die Wohnung zurück?«

»Auf keinen Fall. Die Frau kann wirklich zuschlagen, Bruder.«

Eigentlich hatte ich meinem Freund die Hölle heißmachen wollen, weil er so dumm war, eine Waffe auf meine Frau zu richten. Aber wie nicht anders zu erwarten, hatte Tatiana sich selbst um ihn gekümmert. Für Max war es sicher schlimmer, von einer Frau, die nur halb so groß war wie er, in die Mangel genommen zu werden, als ein paar blaue Flecke im Gesicht davonzutragen.

Wir waren auf halbem Weg zu meinem Wagen, als Max fragte: »Hat sie dir wirklich das Leben gerettet?«

»Scheiße, ja. Ich war so gut wie tot.«

»Verdammt.«

Allerdings. Ich stand tief in ihrer Schuld.

KAPITEL SIEBENUNDZWANZIG

Nachdem wir endlich unsere Besprechung beendet hatten und Zane anriefen, um ihn auf den neuesten Stand zu bringen, war ich völlig erschöpft.

Wir hatten mehr Fragen als Antworten und immer noch zwei sehr wichtige Missionen vor uns. Zum Glück war der Idiot, der Brooks mit der Waffe bedroht hatte, gesprächig gewesen und hatte den Prinzen erwähnt. Er hatte mich auch eine Schlampe genannt. Das war mir zwar egal, aber die Tatsache, dass Al Issa von meiner Anwesenheit in der Region wusste, beunruhigte mich ein wenig.

Ich hatte schon fast die Schlafzimmertür erreicht, als Max hinter mir rief: »Hast du kurz Zeit?«

»Nicht heute Abend.«

»Ich kann nicht bis morgen warten, Tatiana.«

Verdammt. Ich konnte die Müdigkeit bis tief in meine Knochen spüren und hatte keine Lust, mich noch einmal mit Max zu streiten. Mir fehlte einfach die Kraft, um meine Schutzmauern hochzufahren und mich mental zu wappnen. Ich konnte nicht leugnen, dass seine Worte mich getroffen hatten.

»Hast du vor, mich zu erschießen?«

»Hast du vor, mir in die Eier zu treten?«, konterte er.

Mit einem übertriebenen Seufzer drehte ich mich zu ihm um.

»Ich habe überreagiert. Es tut mir leid.«

Was sollte ich tun? Wäre ich nicht so erschöpft gewesen, hätte ich mich wie ein Miststück verhalten und ihm gesagt, dass er sich seine Entschuldigung in den Arsch schieben konnte. »Ich kann dich verstehen. Du hattest recht. Genau das hatte ich befürchtet. Ich wollte nicht, dass einer von euch meinetwegen verletzt wird. Nazari und Al Issa wollen mich beide tot sehen. Und Leon Brown offenbar jetzt auch. Das ist alles meine Schuld. Wenn ich mich euch nicht angeschlossen hätte, wärt ihr jetzt nicht in Gefahr. Dieses Arschloch hätte Brooks nicht eine Waffe an den Kopf gehalten und du wärst nicht beinahe erschossen worden.«

»Nichts davon ist deine Schuld. Ich habe überreagiert. Es war …« Er verstummte.

»Es war was?«, hakte ich nach.

»Knapp. Die Kugel hat mich nur um ein paar Zentimeter verfehlt. Ich konnte den Windhauch spüren, als sie an meinem Gesicht vorbeiflog.«

»Scheiße. Max. Ich bin froh, dass es dir gut geht.«

»Ja. Aber das entschuldigt nicht mein Verhalten. Ich bin ein Weichei und habe mich wie ein Vollidiot benommen. Brooks wird mir zu Recht in den Arsch treten. Was passiert ist, hatte nichts mit dir zu tun.«

»Warum sollte Brooks dir in den Arsch treten wollen?«, fragte ich und ging auf den Rest seiner Aussage gar nicht ein. Ein Mann wie Max würde mir nicht zuhören, wenn ich ihm erklären würde, dass ein kurzzeitiger Aussetzer, nachdem er nur knapp dem Tod entronnen war, ihn nicht zu einem Weichei machte. Schließlich war er auch nur ein Mensch.

»Ich habe eine Waffe auf seine Frau gerichtet, die auch ein Mitglied dieses Teams ist. So etwas gehört sich nicht. Ich hätte es besser wissen müssen. Zum Glück kann Brooks nicht nur austeilen, sondern erwartet auch, im Gegenzug ein paar Schläge einzustecken.«

War er verrückt geworden? Warum lächelte er? Ich schob die Tatsache beiseite, dass Max mich gerade Brooks' Frau genannt hatte, und konzentrierte mich lieber darauf, dass die beiden Männer vorhatten, sich zu prügeln.

»Habt ihr den Verstand verloren?«, fragte ich schließlich. »Ihr müsst doch nicht die Fäuste schwingen. Vor allem nicht meinetwegen. Ich kann selbst auf mich aufpassen.«

»Ja, da hast du allerdings recht. Ich glaube, ich habe einen faustgroßen blauen Fleck an meinem Bauch. Nur gut, dass du mich überrascht hast.«

»Warum das? Wenn du nicht aufpasst, verpasse ich dir auch noch einen Fußabdruck. Also, warum ist es gut, dass ich dich überrascht habe?«

»Wäre ich vorbereitet gewesen, hätte ich die Bauchmuskeln angespannt. Und dann müssten wir dir jetzt deine gebrochene Hand verbinden.«

»Ach du meine Güte«, schnaubte ich und verdrehte die Augen. »Das hättest du wohl gern, du harter Kerl.«

»Willst du mir immer noch in die Eier treten, wenn

ich dir verspreche, nie wieder eine Waffe auf dich zu richten?«

»Ja.«

»Verdammt.«

Ich verzog unwillkürlich die Lippen zu einem Lächeln. Offenbar war ich noch erschöpfter, als ich ursprünglich dachte.

»Was ist hier los?«, fragte Brooks, als er in den Flur trat.

»Nichts«, antwortete ich.

»Wir haben nur über die Zukunft meiner Hoden gesprochen.«

»Wie bitte?« Brooks runzelte die Stirn und Max grinste.

»Über meine Eier. Ich habe sie gefragt, was sie damit vorhat.«

»Was soll das?«

»Hör schon auf, Max«, lachte ich. »Er hat sich entschuldigt und mich gefragt, ob ich immer noch vorhabe, ihn in die Eier zu treten.«

»Ist jetzt alles geklärt zwischen uns?«, fragte Max.

»Ja.«

Max wandte sich Brooks zu. »Und was ist mit uns?«

»Wir werden es regeln.«

»In Ordnung. Schlaft gut, ihr beiden.«

Ich blickte Max hinterher. Sobald er außer Sichtweite war, ergriff Brooks meine Hand und führte mich zum Badezimmer.

»Brooks, ich würde mich gern schlafen legen.«

»In einer Minute.«

»Brooks.«

Er wandte sich mir zu, und ehe ich michs versah, stand

ich mit dem Rücken zur Wand und sein Gesicht war nur wenige Zentimeter von meinem entfernt.

»Bitte, Tatiana. Ich möchte das wirklich tun.«

Als ich den fast verzweifelten Ausdruck in seinem Gesicht sah, gab ich nach. »In Ordnung, Brooks.«

Er schloss die Tür hinter uns, verriegelte sie und drehte das Wasser in der Dusche auf. Dann entkleidete er erst mich und dann sich selbst und zog mich in die Kabine.

Er sagte kein Wort und versuchte nicht, mich zu verführen. Stattdessen wusch er mich und massierte Shampoo in mein Haar. Nachdem er alles abgespült hatte, seifte er sich selbst ein und wusch sich sogar die Haare mit Seife. Ich würde ihn später fragen müssen, warum er kein Shampoo benutzte. Viel später, wenn die schlechte Stimmung, die der heutige Abend bei uns allen hinterlassen hatte, verflogen war.

Er trocknete mich ab, und ich versuchte stillzuhalten, während er mich mit seinen starken Händen abrubbelte. Als er fertig war, wickelte er mir ein Handtuch um den Körper und eines um seine Taille, bevor er unsere Kleidung nahm und mit mir zurück ins Schlafzimmer ging.

Das war wahrscheinlich die merkwürdigste Erfahrung, die ich je unter einer Dusche gehabt hatte, aber ich hatte mich noch nie so umsorgt gefühlt. Obwohl er gar nicht versucht hatte, mich zu erregen, hatte er an genau den richtigen Stellen Funken sprühen lassen.

Im Schlafzimmer angekommen, entledigte Brooks mich wortlos meines Handtuchs, führte mich zum Bett, schlug die Bettdecke zurück und wartete, bis ich mich hingelegt hatte. Ich war etwas unsicher, weil ich normalerweise nicht nackt schlief, aber als Brooks sich zu mir hinunterbeugte und seine Lippen sanft auf meine presste, wurde mir ganz schwindelig. Als er dann noch meine Stirn küsste, waren jegliche Zweifel verflogen und ich konnte nur noch an Brooks denken.

Im Gegensatz zu mir schämte er sich nicht und ließ das Handtuch fallen. Er ging zu der kleinen Kommode und nahm unsere beiden Handfeuerwaffen, die darauf lagen. Der Anblick von Brooks' nacktem Körper jagte mir einen erregenden Schauer über den Rücken, bis ich am ganzen Leib zitterte. Mit den Pistolen in der Hand sah er aus wie ein unerschütterlicher Krieger. Als er zum Bett zurückkehrte und meine Waffe neben mir auf dem Nachttisch platzierte, verwandelte sich das Zittern in ein heftiges Beben. Er vertraute mir. Nicht nur ein wenig, sondern mit seinem Leben.

Nichts hätte in diesem Moment sinnlicher sein können als sein Vertrauen in mich. Selbst wenn ich immer noch an mir selbst zweifelte, glaubte Brooks an mich und sah in mir eine Frau, die ihm ebenbürtig war.

Mir entfuhr unwillkürlich ein leises Lachen und ich schlug mir die Hand vor den Mund.

»Was ist so lustig, Schätzchen?«

»In all den Jahren, in denen ich mit James verheiratet war, habe ich ihm nie erlaubt, mit einer Schusswaffe neben dem Bett zu schlafen. Auch nicht, als ich noch bei der CIA war. Wenn ich von der Arbeit nach Hause kam, schloss ich meine Dienstwaffe im Tresor ein.«

»Warum?«

»Wahrscheinlich fühlte ich mich nicht sicher, solange eine Waffe auf dem Nachttisch lag, während ich schlief.«

»Du weißt, dass er dich hätte verletzen können, wenn er gewollt hätte.«

»Ja, das weiß ich.« Ich schüttelte den Kopf, denn was ich als Nächstes sagen würde, war absurd. »Es ergibt zwar keinen Sinn, aber ich wollte nicht neben ihm schlafen, während er Zugang zu einer Schusswaffe hatte.«

Brooks legte sich neben mich. Leider hatte ich nun nicht mehr die Möglichkeit, seinen perfekten Körper zu bewundern, doch als er mich an sich zog und mich an seine Brust drückte, machte er den Verlust des Anblicks wieder wett.

»Hat er jemals …«

»Nein. Meine Ängste hatten nichts mit ihm zu tun, wirklich. Vergiss, dass ich etwas gesagt habe.«

Brooks schwieg für eine Weile, und ich dachte über James und meine unglückliche Ehe nach. War es meine Schuld, dass er sich in ein Arschloch verwandelt hatte? Ich überlegte, ob es je einen Zeitpunkt gegeben hatte, an dem ich ihm voll und ganz vertraut hatte. Zugegebenermaßen waren meine Ängste hinsichtlich der Waffe unbegründet. Er war ein SEAL und wusste genau, wie er eine Pistole zu handhaben hatte. Er hatte sogar behauptet, dass er besser damit umgehen konnte als ich. Zu keinem Zeitpunkt hatte ich befürchtet, er könnte mich körperlich verletzen. Aber tief im Inneren hatte ich immer gewusst, dass er mich emotional zerstören würde und mir etwas verheimlichte. Auch damals hatte ich nicht genügend Vertrauen in mich selbst gehabt, um auf mein Bauchgefühl zu hören.

»Ich kann dich verstehen«, flüsterte Brooks, »aber ich kann dir versichern, dass ich kein Problem damit habe, neben dir zu schlafen, während eine Waffe in deiner Reichweite liegt. Ich vertraue sogar darauf, dass du mich beschützen würdest.«

Unwillkürlich spannte ich meine Hand an seiner Brust an. Wenn es möglich gewesen wäre, hätte ich mich noch dichter an ihn geschmiegt. Er packte meinen Schenkel und zog ihn höher über sein Bein, bevor er seine Hand an meine Hüfte legte. Die Position war intim. Viel inniger als in den Momenten, in denen die sexuelle Spannung zwischen uns aufflammte und die Leidenschaft sich entlud.

»Danke, dass du mir heute Abend das Leben gerettet hast.«

»Danke, dass du meines gerettet hast«, erwiderte ich.

Er drückte mich fest an sich und entspannte sich.

Als meine Gedanken sich beruhigten und mir langsam die Augen zufielen, stellte ich fest, dass ich heute Abend kein einziges Mal über meine Narben nachgedacht hatte.

KAPITEL ACHTUNDZWANZIG

Den ganzen Tag über hatten wir mit der Planung unserer nächsten Schritte verbracht. Irgendwie hatte Garrett es geschafft, ein Treffen zwischen Nazari und einem potenziellen Käufer zu arrangieren. Natürlich existierte Letzterer nicht, aber wir mussten den Mistkerl von seinen Söhnen und der CIA-Agentin weglocken. Die Frau war nach wie vor eine unbekannte Größe und wir wussten immer noch nicht, welches Spiel sie spielte. Entweder war sie wirklich gut in ihrem Job und brachte sich voll ein, oder sie war übergelaufen. Ich hatte in meiner Karriere schon viel für mein Land geopfert, aber ich glaubte nicht, dass ich je so weit gehen würde, mit einer Terroristin zu schlafen. Mir war jedoch durchaus bewusst, dass einige verdeckte Ermittler zu außergewöhnlichen Mitteln griffen, um ihre Mission zu erfüllen. Ich hoffte, dass Ashaki Maloof wusste, was sie tat, und immer noch auf der richtigen Seite stand.

»In zehn Minuten brechen wir auf«, sagte Declan, als er den Kopf ins Schlafzimmer streckte.

Ich hatte gerade fertig gepackt und schloss den Reißverschluss meines Rucksacks. »Ich bin bereit. Brauchst du Hilfe?«

»Nein.« Declan musterte mich mit einem prüfenden Blick und ich wappnete mich. »Hör mal, ich wollte dich fragen, ob zwischen dir und Max alles in Ordnung ist.«

»Es ist alles bestens.« Ich hätte gern noch mehr gesagt, aber ich hielt mich zurück. Solange er Tatiana nicht noch einmal bedrohte, würde es keine Probleme geben.

»Ich heiße nicht gut, was gestern Abend passiert ist. Er hat Mist gebaut. Es ist zwar keine Entschuldigung, aber er stand ziemlich unter Stress. Der erste Schuss durch das Fenster hätte ihn beinahe getötet. Hätte er in die falsche Richtung geatmet, würde er jetzt nicht mehr unter uns weilen. Zu dem Zeitpunkt, als ihr beide aufgetaucht seid, hatte er noch nicht einmal richtig verarbeitet, dass er noch am Leben ist. Je länger ich Max kenne, desto besser verstehe ich seine Loyalität gegenüber diesem Team. Ich könnte mich irren, aber ich glaube, er war so wütend, weil er sich Sorgen um dich gemacht hat.«

Declan hatte nicht unrecht. Max vertraute niemandem außer uns und er wäre der Erste, der sich vor eine Kugel werfen würde, um sein Team zu beschützen. Ich wusste auch, warum Max niemandem vertraute, aber es stand mir nicht zu, seine Geschichte zu erzählen.

»Ich weiß, dass du recht hast. Aber er sollte es besser wissen, als eine geladene Waffe auf einen von uns zu richten. Scheiße, Unfälle passieren.«

»Das ist wahr.« Declan wollte sich gerade zum Gehen wenden, doch dann hielt er inne und verzog die Lippen zu einem Lächeln. »Nur zu deiner Information, die Waffe war nicht geladen. Das Magazin war leer, nachdem er fünfzehn Kugeln in den Wichser gepumpt hatte, der ihm fast den Kopf weggeschossen hätte. Nachdem er den ersten Schock überwunden hatte, sprang er von der Couch auf. Bevor ihn jemand aufhalten konnte, verwandelte er sich in Rambo. Völlig zu Recht, das Arschloch hatte ihn zuerst angegriffen. Aber seine Reaktion Tatiana gegenüber war trotzdem übertrieben.«

Auch das würde Declan als Teamleiter noch lernen. Max war impulsiv, aber nicht im negativen Sinne. Er handelte instinktiv und reagierte. Ich hatte noch nie erlebt, dass er sich geirrt hatte. Bis gestern Abend. Bevor ich Dec das erklären konnte, war er schon verschwunden.

Ich schlang mir meinen Rucksack über die Schulter und starrte auf das zerknitterte Bettzeug. Soweit ich mich erinnern konnte, hatte ich während eines Einsatzes noch nie so fest geschlafen. Und noch nie hatte sich eine Frau so gut und so richtig in meinen Armen angefühlt. Seit ich Tatiana begegnet war, befand ich mich auf einer emotionalen Achterbahnfahrt mit einer Menge Höhen und Tiefen und schwindelerregenden Loopings. Meine Gefühle änderten sich nicht im Verlauf von Tagen, sondern von Minuten. Manchmal sogar nur Sekunden. Das Schlimme daran war, dass es mir gefiel.

Das Entscheidende war, dass ich sie mochte. Inzwischen war ich über die Phase hinaus, in der ich mir über die Komplikationen unserer Beziehung den Kopf zerbrochen hatte. Nun stand ich vor der Aufgabe, sie davon überzeugen zu müssen, dass wir füreinander geschaffen waren. Ich wollte, dass sie sich unserem Team dauerhaft anschloss. Zwar hatte ich keine Ahnung, wie Zane reagieren würde, aber das war mir im Grunde egal. Er würde sich damit abfinden müssen. Auf keinen Fall würde sie wieder für Leon Brown und *Die Firma* arbeiten. Eher würde ich sie an mich fesseln, als sie zu dem Mann zurückgehen zu lassen, der sie in Gefahr gebracht hatte. Dabei wäre es mir auch egal, ob sie wütend wurde und ich mich wie ein Kontrollfreak benahm. Ihr Leben war wichtiger.

Zwar hatte ich keine Ahnung, wie ich an diesen Punkt gelangt war, aber ich wusste, dass sie die Eine war. Ich spürte es tief in meinem Inneren. Bis auf das wenige, was sie mir von ihrem Leben erzählt hatte, wusste ich nichts über sie. Ich kannte weder ihr Leibgericht noch ihren Filmgeschmack noch ihre politischen Ansichten. Aber das alles war nicht wichtig. Ich musste noch viel über sie lernen und freute mich schon darauf. Zum ersten Mal in meinem Leben wollte ich alles über eine Frau wissen. Und ich wollte, dass sie mich kennenlernte, alles von mir, jedes dunkle Geheimnis.

Alles ging unglaublich schnell, aber auch das störte mich nicht. Es war nicht wichtig, wie viele Tage ich sie kannte. Vielmehr war entscheidend, was ich in diesen Tagen gesehen hatte. Ich würde sie nicht mehr gehen lassen und würde, wenn nötig, um sie kämpfen. Mein Entschluss stand fest. Ich würde ihr beweisen, dass ich der Mann war, den das Schicksal für sie vorgesehen hatte.

Ich warf einen letzten Blick auf das Bett, das ich mit ihr geteilt hatte, und erinnerte mich daran, wie gut sie sich in meinen Armen angefühlt hatte. Ja, ich wollte viel öfter neben Tatiana aufwachen und mich verschlafen an ihren geschmeidigen Körper schmiegen, während wir uns träge einen guten Morgen wünschten.

»Hey, da bist du ja. Zane hat angerufen. Alles ist

bereit«, sagte Tatiana, als ich den Flur entlangging. »Ist alles in Ordnung?«

»Alles ist bestens. Warum?«

»Du siehst mich so seltsam an.«

»Inwiefern seltsam?«

Verdammt, sie war so sexy, dass ich sie am liebsten ins Schlafzimmer geschleppt hätte, um mit ihr das zu tun, wozu wir heute Morgen keine Gelegenheit mehr gehabt hatten. Sie übte einen ungeheuren Reiz auf mich aus, der weit über ihre Schönheit hinausging. Allein die Art, wie sie mich ansah, weckte in mir den Wunsch, mich ihr zu Füßen zu werfen. Für einen Mann, der nicht einmal wusste, ob seine Gefühle auf Gegenseitigkeit beruhten, hatte ich mich emotional ziemlich weit vorgewagt.

»Ich weiß auch nicht. Aber du hast irgendwie einen merkwürdigen Ausdruck in den Augen.«

»Hm. Was soll ich sagen, Schätzchen?« Ich schlang meine Arme um ihre Taille und zog sie an mich. »Wie wäre es, wenn wir beide uns verabreden?«

»Du meinst ein Rendezvous?«

Ich war mir nicht einmal sicher, warum ich sie gefragt hatte. Bisher hatte ich mich noch nie so sehr um eine Frau bemüht. Vor allem weil ich noch nie an einer dauerhaften Beziehung interessiert gewesen war.

»Ja, Schätzchen, ein Rendezvous.«

»Äh, Brooks, hast du vergessen, wo wir sind?«

Für einen Moment hatte ich es tatsächlich vergessen, aber das würde ich ihr gegenüber nicht zugeben. Ich war ein hoch qualifizierter Spezialagent, der darauf trainiert war, zu improvisieren und sich anzupassen. Ganz sicher würde mir auch jetzt etwas einfallen.

»Ich habe es nicht vergessen.«

»Warum zum Teufel willst du dich dann mit mir verabreden? Wir stecken mitten in einem Einsatz.«

»Wir sind auch gerade dabei, einander kennenzulernen.«

»Brooks …«

»Morgen Abend.«

»Morgen Abend sollen wir Al Issas Anwesen auskundschaften«, erinnerte sie mich.

»Ich weiß.«

»Warum fragst du mich dann, ob ich morgen mit dir ausgehe?«

»Wer sagt denn, dass ein guter, altmodischer Aufklärungseinsatz kein Rendezvous sein kann?«

Ihre Augen blitzten auf, dann kniff sie sie zu dünnen Schlitzen zusammen. Ich versuchte, ein Lachen zu unterdrücken, als sie mehrere Male hintereinander den Mund öffnete und wieder schloss. Schließlich antwortete sie: »Meine Güte, du weißt wirklich, wie man eine Frau beeindruckt.«

»Sei ehrlich. Dir macht es doch auch Spaß, einen gut bewachten Ort auszukundschaften, während überall Gefahren lauern.«

Sie schürzte die Lippen und schüttelte den Kopf. »Junge, du bist ein richtiger Casanova, nicht wahr? Du versprichst einem Mädchen ein bisschen Nervenkitzel, und schon ist sie Wachs in deinen Händen.«

»Ich überlasse dir sogar die Führung und lasse dich das neue Nachtsichtgerät benutzen.«

»Wow. Wie könnte ich dieses Angebot ablehnen?«

»Gar nicht.« Ich beugte mich vor und liebkoste ihren Hals. Verdammt, sie roch gut. Während unserer Unterhaltung hatte ich versucht, meine Erregung zu unterdrücken, doch als ich ihren süßen Duft einatmete, war ich verloren. Ich presste meine Hüfte an ihre und murmelte: »Und damit das klar ist, du wirst nicht nur Wachs in meinen Händen sein. Ich werde dafür sorgen, dass du am Ende völlig erschöpft bist.« Ein spürbarer Schauer durchfuhr sie und ich lächelte an ihrem Hals. »Also haben wir eine Verabredung?«

»Ja.«

In diesem einen Wort schwang so viel Verlangen mit. Ich stöhnte an ihrer geschmeidigen Haut und küsste sie noch einmal zärtlich. Dann zog ich den Kopf zurück und betrachtete ihre geröteten Wangen und glasigen Augen. Ich war froh zu sehen, dass ich nicht der Einzige war, der so empfand.

KAPITEL NEUNUNDZWANZIG

Ich war kurz davor, aus dem fahrenden Geländewagen zu springen. Thad und Max hatten die letzten zwei Stunden nur über Football geredet. Ganze zwei Stunden. Und wir hatten noch vier Stunden Fahrt vor uns.

* * *

Inzwischen hatten sie das Thema gewechselt und sprachen über Basketball. Das war nicht weniger langweilig und ich dachte immer noch daran, aus dem Fahrzeug zu springen. Zum Glück hatten wir nur noch eine Stunde Fahrt vor uns. Wir hatten nur angehalten, um zu pinkeln. Da es in der Wüste keine Toiletten gab, mussten wir unsere Notdurft am Straßenrand verrichten. Ich hätte es vorgezogen, meine Blase nicht neben einem Fahrzeug voller umwerfender Männer entleeren zu müssen, aber sie hatten kein Problem damit, ihre Hosen herunterzulassen, wenn die Natur rief.

Etwas Gutes hatte die Fahrt aber doch. Brooks hatte seinen Arm um mich gelegt und mich an sich gedrückt. Ich hatte seine muskulöse Brust als Kopfkissen benutzt und war ein paarmal eingeschlafen. Und wenn ich nicht gerade schlummerte, hatte ich viel Zeit zum Nachdenken. Über Brooks, über mein Leben und darüber, was ich tun würde, wenn dieser Einsatz vorbei war.

Auf keinen Fall würde ich zu der *Firma* zurückkehren. Ich war mir zwar nicht sicher, wohin ich das Kündigungsschreiben schicken sollte, aber es würde sehr kurz sein. Tatsächlich würde es nur drei Worte enthalten: Fahrt zur Hölle. Es wäre unprofessionell, kindisch und unter meiner Würde. Ich hatte daran gedacht, ein rhetorisch ausgefeiltes Kündigungsschreiben zu verfassen, aber letztlich entschied ich mich für eine Morddrohung, die sicher genauso gut ankommen würde.

Ich dachte auch über Brooks Miller nach, der wie ein Wirbelsturm in mein Leben geplatzt war. Dabei kam ich zu einigen erschreckenden Einsichten. Ich hatte Gefühle für den Mann, die über ein vergnügliches Abenteuer hinausgingen. Zwar hatte ich keinen Schimmer, wie es dazu hatte kommen können, aber es war nun einmal passiert. Jedes Mal wenn er mich ansah, lief mir ein heißer Schauer über den Rücken. Wenn er mich berührte, wurde ich von meinen Empfindungen überwältigt. Und wenn er mit mir sprach, spürte ich seine Worte tief in meiner Seele, wo sie mein gebrochenes Herz beruhigten. Obwohl ich zu der Erkenntnis gelangt war, dass ich dabei war, mich in den Mann zu verlieben, wusste ich nicht, was ich als Nächstes tun sollte.

Wir befanden uns mitten in einem Einsatz, nach dessen Beendigung ich sowohl arbeits- als auch obdachlos sein würde. Das Letzte, worüber ich mir Sorgen machen sollte, war das unglaublich gute Gefühl, das Brooks in mir auslöste. Ich hätte mich nicht wie ein verträumtes Schulmädchen verhalten sollen, das zum ersten Mal für einen Jungen schwärmte. Und er hätte nicht mit mir flirten und mich um ein Rendezvous bitten dürfen. Wir hätten auch nicht miteinander schlafen sollen, obwohl ich nicht anders konnte, als mehr zu wollen. Tatsächlich hoffte ich, dass wir noch häufiger Gelegenheit haben würden, uns zu vergnügen, bevor diese Mission vorbei war.

Ich warf einen Blick auf den gut aussehenden Mann neben mir und fragte mich, warum ich mich immer noch zurückhielt. Er war nicht James. Bei Weitem nicht. Selbst damals, als James seinen Charme spielen ließ, hatte er mich nie so fühlen lassen wie Brooks. Die beiden Männer waren so verschieden wie Tag und Nacht. Mein Ex-Mann war ein Schmeichler, der mir nur Honig ums Maul geschmiert hatte, um mich zu hintergehen. Brooks war immer ehrlich und direkt und beschönigte nie die Wahrheit, um seine Worte gefälliger klingen zu lassen. Ich beschloss, alle Vorsicht in den Wind zu schlagen, denn ich wollte herausfinden, wohin die Sache mit Brooks führen könnte. Wenn ich die Mauern, die ich zu meinem Schutz errichtet hatte, nicht niederriss, würde ich es nie erfahren.

»Alles in Ordnung?«, fragte er.

»Ja. Ich habe nur nachgedacht.«

»Und bist du zu einer Erkenntnis gelangt?«

»Sogar zu mehreren.«

»Wird eine davon mich wütend machen?«, fragte er und beugte sich vor. »Mit deinem durchdringenden Blick bewirkst du bei mir gar nichts, Schätzchen.«

Selbstgefälliger Mistkerl.

»Das weiß ich. Bisher hast du dich noch nicht in Rauch aufgelöst.«

Ein belustigter Ausdruck erhellte sein Gesicht und in seinen haselnussbraunen Augen lag ein heiteres Funkeln. Schließlich legte er den Kopf in den Nacken und erfüllte das Wageninnere mit seinem Lachen. Verdammt, er war so sexy. Und er sah noch besser aus, wenn er lächelte.

»Du bist lustig.«

»Das war nicht meine Absicht.«

Er beugte sich wieder zu mir vor und flüsterte: »Ich habe keine Ahnung, wie du mich in Rauch aufgehen lassen willst, aber wenn wir zusammen sind, setzt du mich in Brand.«

Unwillkürlich verdrehte ich die Augen. »Du solltest jetzt den Mund halten.«

»Warum? Ich dachte, du magst meinen Mund«, raunte er, und ich spürte seinen Atem an meiner Haut. Dann streckte er die Zunge heraus, um mich zu liebkosen, und erinnerte mich daran, wie recht er hatte. Ich mochte seinen Mund.

»Und meine Finger magst du auch.«

Dem hatte ich nichts entgegenzusetzen.

»Aber ich glaube, es gibt andere Körperteile, die du sogar noch mehr magst.«

Was sollte ich sagen? Auch das stimmte.

»Ich denke, ich muss dich daran erinnern.«

In diesem Punkt lag er falsch, denn ich wusste genau, wie sehr ich seinen Körper genoss. Aber ich würde ihm nicht widersprechen, denn ich war nicht so dumm, sein Angebot abzulehnen. Die Zeit, die wir zusammen verbracht hatten, hatte sich für immer in mein Gedächtnis eingebrannt. Selbst wenn unsere Wege sich morgen trennen sollten, würde ich seine Berührungen nie vergessen. Keine Sekunde davon. Weder seinen Mund noch seine Finger noch irgendeinen anderen Teil seines Körpers. Vor allem aber würde ich mich daran erinnern, was er mir alles zurückgegeben hatte. Durch ihn hatte ich den Mut wiedergefunden, den ich längst verloren geglaubt hatte. Ich wusste wieder, wie stark, tapfer und klug ich war, und ich war stolz darauf, eine gute Agentin zu sein. Außerdem gab er mir das Gefühl, begehrenswert zu sein. Meine Narben waren ihm egal, und auch dafür war ich dankbar. Aber nichts von alledem war so bedeutend wie die Tatsache, dass er mir mein Selbstwertgefühl zurückgegeben hatte.

Mit einem leisen Lachen richtete er sich auf, hatte aber weiterhin seinen Arm um mich geschlungen. Ich versuchte, das Verlangen zu zügeln, das seine Worte in mir geweckt hatten, und dachte darüber nach, was heute alles geschehen war.

Nach einer letzten Besprechung mit Zane, bei der er uns grünes Licht gegeben hatte, hatten wir uns auf den Weg zu dem Ort gemacht, an dem Nazari sich mit dem vermeintlichen Käufer treffen wollte. Der selbstgefällige Mistkerl hatte im Außenbereich eines seiner Lieblingsrestaurants gesessen. Kyle hatte den Abzug gedrückt. Mittlerweile wusste ich, dass er im Team der beste Schütze mit einer Langwaffe war. Obwohl die restlichen Jungs natürlich anderer Meinung waren, waren seine Schüsse um etwa sechs Millimeter genauer. Manchmal machte das den Unterschied zwischen einem Treffer und einem Fehlschuss. Kyle hatte aber nicht danebengeschossen, sondern Matek Nazari sauber und präzise ins Jenseits befördert.

Ich hätte erleichtert sein sollen, dass der Mann nun

nicht mehr am Leben war und keine Auftragskiller mehr auf mich ansetzen konnte, doch das war ich nicht. In meinem Job war es ein notwendiges Übel, den Abschaum dieser Welt zu beseitigen, aber Freude hatte es mir nie bereitet. Vielleicht würde ich anders darüber denken, wenn Al Issa erst einmal unter der Erde war. Die Rechnung, die ich noch mit ihm offen hatte, war eine persönliche Angelegenheit von fast biblischem Ausmaß: Auge um Auge. Er hatte mich zwar nicht getötet, aber als seine Männer mich gefoltert hatten, war ein Teil von mir gestorben.

Kyles Stimme riss mich aus meinen Gedanken. Er erklärte Declan gerade den Weg zu dem Haus, in dem wir übernachten würden.

»Bist du dir da sicher?«, fragte Thad, der neben Max in der dritten Sitzreihe hinter Brooks und mir saß.

»Bist du für die Navigation verantwortlich oder ich? Ich habe das GPS, Arschloch«, blaffte Kyle in sarkastischem Tonfall.

Gut zu wissen. Die anderen waren genauso entnervt wie ich nach der langweiligsten Autofahrt der Welt durch die karge Sandwüste. Hier gab es nicht einmal Bäume, die man hätte betrachten können. Nichts.

Als wir ein Schild passierten, das darauf hinwies, dass die kuwaitische Grenze nur noch fünf Kilometer entfernt war, meldete Kyle sich wieder zu Wort: »Fahr langsamer, in knapp zweihundert Metern musste du rechts in eine Schotterstraße einbiegen.«

Declan tat wie geheißen und verlangsamte das Tempo, als wir über den Weg holperten. Bevor wir aufgebrochen waren, hatten wir auch über die Reiseroute gesprochen.

Tatsächlich gab es eine schnellere Strecke von Al Qatif zum Hafen von Raqa'i, die über asphaltierte Autobahnen mit Raststätten führte. Zu meinem Leidwesen hatte das Team sich jedoch für die landschaftlich reizvolle Wüstenroute entschieden, die jedoch leider wenig reizvoll war. Dadurch hatte sich die ohnehin fünfstündige Fahrt um zwei Stunden verlängert. Nach sieben Stunden war ich ebenfalls mürrisch.

Ich glaube nicht, dass ich jemals so glücklich war, ein einstöckiges, hellbraunes, L-förmiges … Was war das? Eine Hütte? Ich war mir nicht sicher, was eine Hütte von einem Haus unterschied, aber während ich das Gebäude betrachtete, fiel mir keine bessere Bezeichnung ein. Nichts daran machte einen sicheren Eindruck, aber mein Hintern war taub und ich musste pinkeln. Also verzichtete ich darauf, den Vorschlag zu äußern, Zane Lewis anzurufen und ihm zu sagen, dass die Unterkunft, die er uns zur Verfügung gestellt hatte, ein Rattenloch war.

»Wir sind da«, verkündete Kyle unnötigerweise.

Brooks schüttelte den Kopf und lächelte. »Bist du bereit?«

»Darauf kannst du wetten.«

Wenn er nicht bald ausstieg, müsste ich über ihn klettern.

»Du hast es wohl eilig.« Er zuckte mit den Augenbrauen, und so albern seine Bemerkung auch war, ich konnte mir ein Lachen nicht verkneifen.

Vielleicht war ich noch ganz benommen von der Fahrt, oder ich konnte es einfach nicht erwarten, endlich wieder seinen warmen Körper an meinem zu spüren. Ich wusste nicht genau, was mich dazu bewog, aber ich beugte mich vor und küsste ihn vor aller Augen auf den Mund.

Es gab nichts Besseres, als mit verbundenen Augen ins kalte Wasser zu springen. Ich hoffte, dass ich wusste, was ich tat.

KAPITEL DREISSIG

Heilige Scheiße. Ich war so schockiert, dass ich mich nicht bewegen konnte. Ich hatte mich noch nicht wieder gefangen, als Thad mit seiner großen Pranke auf meine Schulter klopfte.

»Beweg dich. Ich muss aus dieser Blechbüchse raus. Und das nächste Mal setzt ihr zwei Turteltauben euch nach hinten, damit ich euch nicht beim Knutschen zusehen muss.«

»Wir haben nicht geknutscht«, protestierte Tatiana. »Das nächste Mal nehme ich mir Kopfhörer mit Geräuschunterdrückung mit. Nach sieben Stunden Gerede über luftentleerte Footballs und den Draft Pick der Lakers bluten mir die Ohren.«

»Wagner wird uns eine erfolgreiche Saison bescheren«, argumentierte Thad.

»Ich habe keine Ahnung, wer das ist, und es ist mir auch egal.«

»Wollt ihr vier die ganze Nacht im Wagen sitzen bleiben oder steigt ihr endlich aus?«, fragte Declan.

Ich wollte auf jeden Fall aussteigen und Tatiana ebenfalls. Für den Kuss würde ich mich bei ihr revanchieren, bis sie mich keuchend anbettelte. Ich hoffte, dass die Wände in diesem Rattenloch dick genug waren, denn ich würde sie auf keinen Fall schonen. Denn dank ihr fühlte ich mich wie ein drei Meter großer Höhlenmensch.

Ich ergriff Tatianas Hand und half ihr beim Aussteigen. Dann ging ich zum hinteren Teil des Geländewagens, um unsere Taschen zu holen. Kyle stand bereits Wache und Declan suchte die Umgebung ab. Beide Männer hatten ihre Waffen gezückt und waren auf alles vorbereitet. Da kam mir ein Gedanke. Ich stieß einen lauten Pfiff aus, woraufhin Tatiana sich mir zuwandte. Ich klopfte mir auf die Hüfte, um ihr zu signalisieren, ihre Waffe ebenfalls bereitzuhalten. Sie zog ihre Sig aus dem Holster und folgte Declan. Ich wusste, dass sie ihre hübschen Augen verdrehte, und wenn sie direkt neben mir gestanden hätte, hätte sie mir die Hölle heißgemacht. Ja, sie war temperamentvoll. Ich konnte mich glücklich schätzen.

Weniger als eine Stunde später hatten wir unsere Sachen im Haus untergebracht und die Grundstücksgrenze verdrahtet. Declan hatte sogar einige Sprengsätze in der Nähe der Eingänge angebracht. Garrett hatte angerufen, um uns mitzuteilen, dass es ihm und Tex gelungen war, Mateks gesamtes Vermögen zu transferieren. Seine Söhne würden mittellos dastehen und das Blutgeld, das ihr Vater an sich gerafft hatte, niemals anrühren. Stattdessen teilten die beiden Computergenies das Geld auf und spendeten anonym Hunderte von Millionen Dollar an Hilfsorganisationen in aller Welt. Ein Teil ging an eine Schule für Mädchen in Afrika, die nun über Jahre hinweg würde bestehen können. Ein Bundesstaat im Mittleren

Westen der USA, dessen Bezirke so arm waren, dass einige Schulen schließen mussten, verfügte nun über ausreichende finanzielle Mittel. Eine Stadt im Bundesstaat Michigan, die jahrelang Probleme mit der Wasserversorgung hatte, war ihre Sorgen los. Das Geld war an die verschiedensten Adressen geflossen, an denen gute Menschen von Mateks unrechtmäßig erworbenen Gewinnen profitieren würden. Das war die gute Nachricht.

Die schlechte Nachricht war, dass wir in einer Warteschleife feststeckten. Tex hatte neue Drohnenaufnahmen von Al Issas Gelände, auf denen zehn zusätzliche Männer zu sehen waren. Wir waren zwar zuvor schon in der Unterzahl, doch die Situation war immer noch überschaubar gewesen. Jetzt war allerdings fraglich, wie wir den Auftrag ausführen sollten. Zum Glück ging Zane keine überhöhten Risiken ein, also würden wir ein paar Tage lang Däumchen drehen, abwarten und den Prinzen beobachten.

Natürlich war ich dankbar für die zusätzlichen Tage und Nächte, die ich mit Tatiana verbringen würde, aber je länger wir uns in der Gegend aufhielten, desto wahrscheinlicher war es, dass uns jemand entdeckte und an Al Issa verriet. Oder jemand würde einfach auf die Idee kommen, ein paar Amerikanern den Garaus zu machen.

Thad und Tatiana saßen gerade auf dem kleineren der beiden Sofas und hatten die Köpfe zusammengesteckt, während sie auf ihren Laptop starrten, den sie auf ihren Knien balancierte. Ich ließ den Blick tiefer wandern. Als ich sah, wie ihre Schenkel sich berührten, regte sich etwas in mir, das sich wie Eifersucht anfühlte. Thad aß lässig einen Eiweißriegel und sie zeigte auf den Bildschirm.

»Du siehst aus, als wolltest du gleich jemandem den Kopf abreißen, Kumpel«, sagte Kyle und folgte meinem Blick.

Thad wandte sich uns zu und schob sich das letzte Stück seines Riegels in den Mund. Nachdem er es heruntergeschluckt hatte, grinste er mich an. Dann bewegte er sich. Allerdings stand er nicht auf, um sich von meiner Frau zu entfernen. Nein, nicht Thad. Der Mistkerl streckte den Arm, der Tatiana am nächsten war, über den Kopf und tat dann etwas, das wahrscheinlich jeder Teenager dieser Welt schon einmal ausprobiert hatte. Er legte ihn hinter ihr auf die Lehne und drehte sich ihr zu.

Mittlerweile drohte ich vor Eifersucht zu explodieren.

»Großartig. Jetzt hast du den schlafenden Hund geweckt«, scherzte Kyle.

»Ich kann nichts dafür, dass ich so groß bin«, erwiderte Thad mit einem belustigten Unterton in der Stimme.

»Ernsthaft?« Tatiana blickte endlich von ihrem Computer auf und begegnete meinem Blick.

Thad und Kyle lachten und erfreuten sich offensichtlich an meinem Unbehagen. Wäre ich nicht so wütend gewesen, hätte ich die Situation wahrscheinlich ebenfalls lustig gefunden.

»Würde es dir etwas ausmachen?«, fragte ich Thad.

»Ganz und gar nicht«, erwiderte er, machte jedoch keine Anstalten aufzustehen.

Irrationale Wut und ein besitzergreifendes Gefühl kochten in mir hoch. Ich wollte gerade einen Schritt auf die Couch zugehen, als Kyle mich am Arm packte. »Er will dich doch nur ärgern.«

Das wusste ich. Genau deshalb war ich so wütend.

Tatiana war keine Schachfigur, mit der man einfach ein Spiel treiben konnte. Sie gehörte mir, und niemand, nicht einmal Thad, hatte das Recht, sie zu berühren.

»Ach du meine Güte. Beruhige dich, du Neandertaler. Wir sehen uns Landkarten an, keine Pornos«, sagte Tatiana.

»Was haben wir verpasst? Wer schaut hier Pornos?«, wollte Max wissen, als er mit Declan den Raum betrat.

»Niemand«, antwortete Tatiana.

»Verdammt. Wirklich schade.«

Declan beobachtete uns schweigend und murmelte dann: »Mittlerweile kann ich Zane wirklich verstehen. Ich schulde ihm eine Entschuldigung und eine Schachtel Donuts.«

»Wirf uns nicht mit dem Red Team in einen Topf. Nur weil unser Romeo da drüben die Nerven verliert, heißt das nicht, dass der Rest von uns genauso verrückt ist. Zane musste sich mit Linc, Jaxon, Leo und Colin auseinandersetzen. Im Vergleich zu ihnen sind wir Mönche«, lachte Kyle.

»Und vergiss Jasmin nicht. Diese Frau ist komplizierter als jeder Mann in diesem Team«, sagte Max.

»Ja, wir sind harmlos«, fügte Thad hinzu. »Brooks ist nur eifersüchtig, weil seine Frau lieber neben mir sitzt als …«

»Ich bin nicht eifersüchtig«, stritt ich ab.

»Kumpel …« Kyle verstummte, als reiche das eine Wort aus, um mir verständlich zu machen, dass er mir nicht glaubte.

»Hat jemand den letzten Lagebericht von Garrett durchgesehen?«, erkundigte Declan sich. Ich war dankbar, dass er das Gespräch wieder auf die Arbeit lenkte.

»Ja. Wir sehen ihn uns gerade an«, antwortete Thad.

»Ich habe nachgedacht«, begann Tatiana. »Wir sollten den Schwarzmarkt und die Gebote im Auge behalten. Die zusätzlichen Männer auf Al Issas Grundstück könnten dort sein, um ersteigerte Stücke zu transportieren. Möglicherweise wurde eine Auktion gerade beendet und der Käufer hat einen Konvoi geschickt, um seine Ware abzuholen. Schließlich würde Al Issa nicht gerade UPS anrufen, um Artefakte zu verschicken. Und der Käufer würde sie auch nicht persönlich abholen.«

»Da könntest du recht haben«, räumte Declan ein.

»Und falls ein Transport geplant ist, könnte Al Issa zusätzliche Wachen auf dem Gelände versammelt haben. Ich habe mir altes Bildmaterial angesehen. Jedes Mal wenn Al Issa das Anwesen besucht hat, waren nur vier Wachen vor Ort. Tex' Informationen zufolge sind momentan zehn Männer entlang der Grundstücksgrenze positioniert, drei sind im Hof und fünf auf dem Dach. Das ist übertrieben. Sein Gelände liegt buchstäblich mitten in der Wüste. Ein Späher auf dem Dach würde ausreichen.«

»Aber wenn er Waren im Wert von Millionen von Dollar transportieren würde, würde er die Sicherheitsvorkehrungen verstärken«, fügte ich hinzu.

»Ganz genau. Er ist ein aufgeblasenes Arschloch. Er glaubt, er sei unantastbar. Er hat nicht einmal einen Leibwächter für seine Frauen abgestellt.«

Tatiana hatte ihren Laptop beiseitegelegt und zeigte auf eine topografische Karte, die vor ihr auf dem Couchtisch ausgebreitet war. Sie rutschte an den Rand des Sofas, um auf die entsprechenden Orte zu deuten. Wahrscheinlich verhielt ich mich wie ein Arsch, aber ich war froh, dass sie Thad nicht mehr berührte.

»Er hat das Anwesen gebaut, wobei er es natürlich einen Palast nennt. Von einem strategischen Standpunkt aus gesehen ist es perfekt. Im Umkreis von vielen Kilometern gibt es nichts als karges Land. Ein Späher würde den Staub sehen, der von einem Fahrzeug aufgewirbelt wird, bevor die Palastmauern überhaupt in Sichtweite des Fahrers kommen. Weniger als zwei Kilometer von der irakischen Grenze entfernt. Dadurch wird das Schmuggelgeschäft zu einem Sonntagsspaziergang.«

Unwillkürlich verzog ich die Lippen zu einem Lächeln. »Jetzt hast du es verstanden, Schätzchen.«

Nachdem meine Belustigung verflogen war, wurde mir bewusst, wie sehr sie sich verändert hatte. Sie war von einer abweisenden Frau zu einem Mitglied dieses Teams geworden. Vor einigen Tagen hatte sie sich noch über Alphamänner und das SEAL-Gerede aufgeregt, und jetzt gab sie es selbst von sich. Als ich ihr angeboten hatte, ihren Rucksack zu tragen, wäre sie fast aus der Haut gefahren und hatte mich des Sexismus beschuldigt, doch gestern Abend hatte sie kein Wort verloren, als ich ihre Taschen ins Haus getragen hatte. Und dann war da noch ihre öffentliche Zurschaustellung von Zuneigung. Es verblüffte mich nicht einmal so sehr, dass sie mich vor den Jungs geküsst hatte, sondern dass sie es überhaupt getan hatte, denn bisher hatte ich jeden Kuss initiiert.

»Ich glaube, Zane hat recht. Wir müssen die Sache aussitzen. Nachdem die Waren abgeholt wurden, wird er einige der Wachen wegschicken«, schloss sie.

»Du und Brooks werdet morgen Abend immer noch das Gelände auskundschaften«, erklärte Declan. »Hoffen wir, dass die Steintafeln nicht die Waren sind, die transportiert werden sollen.«

»Es sind nicht die Tafeln.«

»Woher willst du das wissen?«, fragte Max.

»Ich weiß es einfach. Ich kann es sogar fühlen. Er weiß, solange er die Tafeln hat, bin ich ihm auf den Fersen. Und er will meinen Tod mehr als das Geld, das der Verkauf der Artefakte einbringen wird.«

»Wunderbar«, murmelte Dec. »Komm nicht auf die Idee, die Heldin zu spielen, Tatiana. Wenn ich auch nur ahne, dass du darüber nachdenkst, auf eigene Faust zu handeln, ziehe ich dich von dem Einsatz ab.«

Sie hob abwehrend die Hände. »Das war nur eine Feststellung. Er hat es auf mich abgesehen. Mein Bauchgefühl sagt mir, dass er mit den Tafeln vor meiner Nase herumwedeln will, um mich zu ihm zu locken.«

»Und wir werden zu ihm gehen«, sagte ich.

»Doch diesmal habe ich dich, der mir den Rücken freihält.«

Da war es. Sie vertraute mir. Sie vertraute uns allen und wusste, dass wir sie beschützen würden. Ich glaubte keine Sekunde, dass sie sich nicht auf Al Issa stürzen würde, wenn sich ihr die Gelegenheit bot. Ich konnte es ihr nicht verdenken. Aber persönliche Rachegelüste vernebelten das Urteilsvermögen. Ich verstand ihr Bedürfnis nach Vergeltung, aber ich würde nicht zulassen, dass sie dabei ihr Leben ließ.

KAPITEL EINUNDDREISSIG

»Wach auf, Schätzchen.«

Ich öffnete die Augen und schmiegte mich dichter an Brooks. Jeder Muskel in meinem Körper schmerzte auf wunderbare Weise. Als Brooks mir versprochen hatte, dass er mich daran erinnern würde, wie sehr ich auch »andere Teile« seines Körpers mochte, hatte er nicht gelogen. Kaum hatten wir uns ins Schlafzimmer zurückgezogen, hatte er dafür gesorgt, dass ich es nie im Leben vergessen würde. Natürlich wäre es nach wie vor nicht nötig gewesen, mein Gedächtnis aufzufrischen, aber drei fantastische Orgasmen hätte ich mir nicht entgehen lassen wollen.

»Morgen«, murmelte ich an seiner Brust.

Ich löste meine Hand von seinem Oberkörper und ließ sie tiefer wandern. *Mal sehen, wie wach er ist.* Er war warm, geschmeidig und hart. Seine Brust und sein Unterleib waren unbehaart. Das war seltsam, denn an den Schenkeln hatte er dichtes, dunkles Haar, das meine Haut kitzelte, wenn wir unsere Beine miteinander verschränkten. Auch auf seinen Unterarmen waren dunkle Härchen zu sehen, die einige seiner Tätowierungen zum Teil verdeckten. Letztere hatten alle etwas mit dem Militär zu tun: eine Flagge, ein Adler, ein altmodisches Schwarzpulvergewehr, ein gesichtsloser Krieger.

Brooks drehte mich langsam auf den Rücken. Alle Gedanken an Tattoos und fehlende Brustbehaarung verflogen, als er sich über mich beugte. Er strich mir die Haare aus dem Gesicht und starrte auf mich herab.

»Du bist so schön.«

»Danke«, flüsterte ich, obwohl ich mich immer noch nicht ganz daran gewöhnt hatte, dass dieser große, starke, gut aussehende Mann mir Komplimente macht.

»Ich denke, wir sollten uns unterhalten.«

Unwillkürlich schloss ich die Augen und versteifte mich. Oh nein. Wie hatte ich die Situation nur so falsch deuten können? Wir waren uns einig gewesen, dass wir Komplikationen vermeiden wollten, doch ich hatte mir dummerweise erlaubt, Gefühle für ihn zu entwickeln. Ich war so dumm. Warum hatte ich nur angenommen, dass ein Mann wie Brooks an mehr als nur einem Abenteuer interessiert sei? Ich war leicht zu haben. Als er versucht hatte, mich vom Gegenteil zu überzeugen, hätte ich ihm keinen Glauben schenken sollen.

»Hör auf damit.« Der verschlafene Unterton war aus seiner Stimme verschwunden.

»Ich habe doch gar nichts getan, Brooks.«

»Doch, du entgleitest mir wieder. Du hast dich wieder an diesen dunklen Ort in deinen Gedanken zurückgezogen, an dem du immer das Schlimmste annimmst.«

»Es ist nicht schlimm. Wir müssen uns nicht unterhalten, ich verstehe es.«

»Wirklich? Was genau verstehst du?«

Er spreizte meine Schenkel weiter und presste seine Lenden an meinen Unterleib. Solange ich nackt mit ihm im Bett lag, wollte ich nicht darüber reden. Dafür müsste ich vollständig bekleidet sein und vor ihm stehen. Tatsächlich wäre es mir am liebsten, wir müssten diese Unterhaltung niemals führen.

Er schob langsam eine Hand zwischen unsere Körper und fuhr mit den Fingern durch meine Spalte.

»Mm. Schon feucht«, stöhnte er. »Sag mir, was du verstehst, Schätzchen.«

Wie peinlich.

Er zog die Hand zurück und drang mit seiner breiten Eichel in mich ein.

»Verstehst du, dass sich etwas verändert hat?«

Er glitt noch tiefer in mich.

»Verstehst du, dass es kompliziert geworden ist?«

Langsam drang er immer weiter in mich ein. Es war frustrierend. Ich hob die Hüfte an in der Hoffnung, er würde mir mehr geben, doch er zog sich zurück.

»Antworte mir, Tatiana.«

»Ja, ich verstehe es.«

Er stieß tief in mich hinein und mir stockte der Atem. Verdammt, er fühlte sich so gut an.

»Warum bewegst du dich nicht?«, drängte ich.

»Verstehst du auch, dass die Sache zwischen uns ernst wurde, bevor wir Bahrain verlassen haben?«

Ich hatte Schwierigkeiten, ihm zu folgen.

»Wie bitte?«

Brooks zog sich langsam zurück und drang dann wieder in mich ein. Wieder und wieder. Mit seinen gemächlichen Bewegungen entfachte er etwas tief in meinem Inneren.

»Ich werde dich nicht gehen lassen, wenn diese Mission vorbei ist.«

»Okay«, stimmte ich zu.

»Du bleibst im Team.«

»In Ordnung.«

Brooks bewegte sich in einem stetigen Rhythmus, während er mit einer Hand meine Wange streichelte und mit der anderen meinen Oberschenkel festhielt.

»Brooks«, keuchte ich. »Mehr.«

Er stieß noch kraftvoller in mich hinein und trieb mich immer weiter auf den Gipfel der Ekstase zu. »Ich bin auf dem besten Wege, mich in dich zu verlieben«, flüsterte er.

»Okay … Wie bitte?« Die Lust hatte mir die Sicht vernebelt, doch ich versuchte, mich auf sein Gesicht zu konzentrieren. »Was hast du gesagt?«

Er stützte sich auf einem Ellbogen ab und drückte mir einen Kuss auf die Stirn. »Ich sagte, ich bin dabei, mich in dich zu verlieben.«

Mein wild pochendes Herz setzte einen Schlag aus. »Was meinst du damit?«

»Hast du mir nicht zugehört?«, fragte er mit einem Lächeln.

»Wenn du in Zukunft ein ernstes Gespräch mit mir führen willst, dann vielleicht nicht gerade, während du mich fickst.«

»Ich ficke dich nicht, Schätzchen.« Mit diesen Worten verwirrte er mich noch mehr und meine Lust begann zu verebben. »Wir machen Liebe.«

»Liebe machen?«

»Wir sprechen doch dieselbe Sprache, Baby, oder nicht?«

»Ich weiß, dass …« Brooks unterbrach mich, indem er bis zum Anschlag in mich hineinstieß. »Oh Gott.«

Als er das Tempo beschleunigte, bäumte ich mich auf und hob die Hüfte an, um ihm entgegenzukommen. In kürzester Zeit raste ich wieder dem Höhepunkt entgegen.

»Wirst du bei mir bleiben?«

»Hm-mm.«

»Das ist nicht gut genug.« Er verlangsamte das Tempo. »Sag es mir.«

»Ich werde bei dir bleiben.«

»Ich werde dich nicht gehen lassen«, warnte er mich.

»Okay.«

»Tatiana, ich werde dich beim Wort nehmen. Du gehörst mir.«

Er beugte sich vor und liebkoste meinen Hals. Ich liebte das Gefühl seiner Lippen an meiner Haut, seines Körpers auf mir und seiner Wärme, die mich umhüllte. Wenn er bei mir war, fühlte ich mich sicher und beschützt. Begehrt. Sexy. Geliebt. Ich krallte mich in seinen Rücken, verschränkte die Füße an seinem Kreuz und grub meine Fersen in seinen Hintern. In diesem Moment löste sich etwas in mir.

»Ich bin auch dabei, mich in dich zu verlieben«, flüsterte ich.

Brooks war entfesselt. Es war wunderbar. Wenn er das unter *Liebemachen* verstand, dann hoffte ich, er würde mich täglich auf diese Weise verwöhnen wollen. Als ich von der Woge der Ekstase mitgerissen wurde, presste er seine Lippen auf meine und schluckte meine Schreie. Er hielt nicht inne und ließ mir keine Zeit, zu Atem zu kommen, bevor er mich auf den nächsten Höhepunkt zutrieb.

Ich zog den Kopf zurück und wimmerte flehend: »Baby.«

Er knurrte nur und beschleunigte sein Tempo. Mein Gott, der Mann würde noch meinen Tod bedeuten.

»Noch einmal«, forderte er. Ich versuchte, den Kopf zu schütteln, aber er ignorierte mich. »Komm schon, Schätzchen. Du bist gleich so weit. Lass dich einfach fallen.«

»Ich kann nicht.« Es war einfach zu viel. Er beschwor etwas in mir herauf, das so viel gewaltiger war als ein Orgasmus. Er entfachte Sehnsucht und Hoffnung. Es war beängstigend.

»Schätzchen, ich schwöre dir, dass ich dich auffangen werde. Ich bin bei dir. Lass dich fallen.«

Ich hatte das Gefühl, dass er nicht nur von meiner Lust sprach. Im nächsten Moment ließ ich mich von ihr überwältigen. Die Muskeln in meinem Unterleib zuckten und Endorphine durchfluteten meinen Körper. Ich wurde in ungeahnte Höhen katapultiert, während mein Herz immer weiter anschwoll.

»Okay, Brooks«, stöhnte ich und ließ mich fallen.

Entweder er würde mich auffangen oder ich würde fünfzig Stockwerke tief in den Tod stürzen.

Wir werden sehen.

KAPITEL ZWEIUNDDREISSIG

»Würdest du verdammt noch mal aufhören, auf und ab zu gehen?«, brummte Max vom Sofa aus.

»Sie sind spät dran«, sagte ich.

»Ja, aber wenn du eine Furche in den Boden läufst, ändert das auch nichts.«

Ich zeigte ihm den Mittelfinger und setzte mich wieder in Bewegung. Alle paar Sekunden machte ich am Fenster halt und spähte hinaus.

Tatiana und Declan waren heute auf Patrouille. Sie waren achthundert Meter zu der kleinen Stadt in der Nähe des Grenzübergangs Raqa'i gegangen und hätten schon längst zurück sein sollen. Ich war nervös und mein Magen krampfte sich zusammen. Irgendetwas stimmte nicht. Eine Mischung aus Angst und Besorgnis machte sich in mir breit.

»Sie sind nur zehn Minuten zu spät«, bemerkte Max.

Nur? In weniger als zehn Minuten konnte die Hölle losbrechen.

Ich dachte an die letzte Woche zurück, die wir uns nun

schon in Saudi-Arabien aufhielten. Es waren sieben wunderbare Tage mit Tatiana. Unser Rendezvous war das beste meines Lebens gewesen. Waffen, Nachtsichtgeräte, eine heiße Braut und Adrenalin. Was wollte man mehr? Während wir das Gelände ausgekundschaftet hatten, war sie die perfekte Partnerin gewesen. Sie mochte ihre Instinkte vielleicht infrage stellen, aber ich tat es nicht. Sie war klug, bewegte sich mit Bedacht und war sich unserer Grenzen bewusst. Ich musste mir immer wieder vor Augen führen, dass sie wusste, was sie tat.

Inzwischen waren es zwölf Minuten. Scheiße.

Declan war bei ihr. Falls etwas schiefging, würde er sie beschützen. Er war einer der Besten in der Branche. Es sei denn, er wurde zuerst ausgeschaltet. Verdammt noch mal, warum hatte ich sie nicht aufgehalten, als sie darauf gedrängt hatte, auf Patrouille zu gehen? *Weil sie dich dann an den Eiern aufgehängt hätte, du Idiot.* Ich würde den Rest meines Lebens als Kastrat verbringen, solange Tatiana wohlbehalten zu Hause saß.

Jede verstreichende Sekunde war wie ein Schlag gegen mein Herz. Letzte Woche hatte ich bereits geglaubt, tiefe Gefühle für Tatiana zu hegen, doch ich hatte keine Ahnung, wie abgrundtief meine Gefühle wirklich sein konnten. Sie waren grenzenlos und unermesslich. Ich wusste mehr über sie als über jeden anderen Menschen in meinem Leben. Sieben Nächte hatten wir Liebe gemacht und dann im Bett gelegen und uns über alles Mögliche unterhalten. Ich wusste alles über sie und sie über mich. Ich hatte ihr nichts vorenthalten. Sie kannte all meine Geheimnisse, meine tiefsten Ängste und die unschönen Dinge, von denen ich nie geglaubt hätte, dass ich sie jemals jemandem erzählen würde. Ich hatte ihr mein Herz ausgeschüttet, während ich erfahren hatte, dass sie am liebsten Chicken McNuggets von McDonald's aß und ihr Lieblingsfilm *Nur mit Dir* war.

Ich war nicht nur dabei, mich in sie zu verlieben. Ich liebte sie. Und nun war sie auf Patrouille und hätte schon vor fünfzehn Minuten zurück sein sollen. Der Knoten in meinem Magen zog sich immer fester. Was hatte ich mir nur dabei gedacht? Der Mann, der sie gefangen genommen und gefoltert hatte, war gerade einmal zehn Kilometer von uns entfernt. Es würde ihm Vergnügen bereiten, sie noch einmal aufzuschlitzen.

Ich wollte gerade meine Sachen packen und mich auf die Suche nach ihnen machen, als sie durch die Tür traten. Prüfend musterte ich sie von Kopf bis Fuß und stellte fest, dass sie unversehrt war.

»Hallo«, begrüßte sie mich strahlend und ich hatte sofort ein schlechtes Gewissen. Offensichtlich liebte sie ihre Arbeit und ich hatte nur daran gedacht, sie ans Bett zu ketten, damit sie das Haus nicht verlassen konnte. Verdammt. Ich war nicht besser als dieses Arschloch James Monroe.

»Hey, Schätzchen. Wie war die Patrouille?«

Max stieß ein leises Lachen aus, woraufhin ich ihm einen vielsagenden Blick zuwarf. Wenn er ihr verraten würde, dass ich wie ein Tier im Käfig auf und ab gelaufen war, dann würde ich ihm einen Tritt in den Hintern verpassen.

»Langweilig. Die Verspätung tut mir leid.« Declan durchbohrte sie mit einem verärgerten Blick, und ich fragte mich, was es damit auf sich hatte. »Aber ich musste noch einen kleinen Umweg machen.«

»Einen Umweg?«

»Ja. Damit hätte sie uns in Schwierigkeiten bringen können«, murmelte Declan.

»Du übertreibst. Es bestand überhaupt keine Gefahr.« Sie schüttelte den Kopf und kam auf mich zu. »Ich habe auf dem Hinweg etwas abgelegen einen Automaten entdeckt. Aber ich konnte das hier nicht den ganzen Abend lang mit mir herumtragen, also mussten wir noch einmal zurückgehen. Deshalb sind wir spät dran.«

»Du machst Witze.« Lächelnd nahm ich die Dose Fanta Orange entgegen. »Du bist zurückgegangen, um mir eine Dose Limonade zu holen?«

»Nicht irgendeine Limonade. Es ist deine Lieblingssorte. Ist es zu glauben, dass es hier draußen, mitten im Nirgendwo, einen Automaten gibt, der Fanta Orange führt?«

Sie war unglaublich. Wieder beschlichen mich Schuldgefühle. Ich hatte die ganze Zeit darüber nachgedacht, dass ich sie am liebsten davon abgehalten hätte, auf Patrouille zu gehen, und sie überraschte mich mit einer so wunderbaren Geste. Mann, ich war wirklich ein Arschloch.

Ich packte sie an der Taille und zog sie an mich. »Danke, Schätzchen.«

»Gern geschehen.«

Ihr Lächeln hätte mich fast in die Knie gezwungen. So schön und strahlend.

»Komm schon, lass uns ins Bett gehen. Du bist sicher müde.«

Max brach in schallendes Gelächter aus. »Müde. Na klar.«

Ich wollte sie gerade ins Schlafzimmer bringen, damit ich ihr gegenüber meine Wertschätzung zum Ausdruck bringen konnte, als Declan mich aufhielt. »Einen Moment, Zane ruft gerade an.«

Nachdem er kurz mit ihm gesprochen hatte, reichte er Tatiana das Telefon.

»Hey, Z«, grüßte sie ihn. »Wie bitte?« Sie drückte den Rücken durch und sagte: »Ich werde dich auf Lautsprecher stellen, damit ich nicht alles wiederholen muss, was du mir erzählst … Ja, ich bin sicher. Was auch immer du mir zu sagen hast, mein Team hat ein Recht darauf, es zu erfahren. Ich habe keine Geheimnisse vor den Jungs.« Sie verdrehte die Augen und grinste. »Ja, ich kann mir denken, dass du darauf gern eine Antwort hättest. Aber ich sagte *mein Team*, nicht *mein Chef*.«

Ihr Chef? Ihr Team? Hatte sie sich entschieden, bei Z Corps zu bleiben? Hatte Zane ihr einen Job angeboten? Sie hatte mir zwar gesagt, dass sie auf keinen Fall zu der *Firma* zurückkehren würde, aber sie hatte mir nie erzählt, dass sie mit Zane darüber gesprochen hatte.

»Leon Brown ist verschwunden«, sagte sie, als sie das Telefon auf Lautsprecher stellte. »Fahre fort, Z.«

»Seit sieben Tagen hat niemand mehr etwas von Leon Brown gehört«, erklärte Zane.

»Sieben? Also einen Tag, nachdem er Tatiana in eine Falle gelockt hatte?«

»Ja. Und er steckte tatsächlich dahinter. Brown hat den Befehl gegeben, den Schlagbolzen zu entfernen.«

»Warum?«, fragte Tatiana.

Ich verspürte einen Stich im Herzen, als ich den Schmerz in ihrer Stimme hörte. Sie wollte sich von mir lösen, aber ich hielt sie fest.

»Tex und Garrett arbeiten immer noch daran, eine Antwort auf diese Frage zu finden. Wenn diese Mission vorbei ist, werde ich Tex ein Vermögen schulden. Habt ihr eine Ahnung, wie viel er mir berechnet? Der Mann kostet mich mindestens so viel wie ein Auftragskiller.«

Tatiana erstarrte und ich hätte Zane am liebsten einen Tritt in den Hintern verpasst. Sie hatte keine Ahnung, dass er nur scherzte. Tex' Dienste waren zweifellos kostspielig, aber ich wusste auch, dass er Zane nie den vollen Preis berechnete. Häufig stellte er ihm sogar gar nichts in Rechnung.

»Wie schätzt du die Sache ein?«, wollte Declan von Zane wissen.

»Ich glaube, Tatiana wurde in dem Moment zum Abschuss freigegeben, als ihr das UN-Gebäude betreten habt. Leon hatte sie die ganze Zeit über im Auge. Wahrscheinlich befürchtete er, dass sie der Wahrheit zu nahe kam, und wollte sie deshalb töten lassen.«

»Du glaubst, er hat Dreck am Stecken? Gehört er zu Omni?«, fragte Max, der sich neben Declan gestellt hatte.

»Ich bin überzeugt davon, dass er Dreck am Stecken hat. Aber ob er zu Omni gehört, ist fraglich. Das bedeutet jedoch nicht, dass er bei Falcon Holdings die Finger nicht im Spiel hatte.«

»Aber ich habe auf Leons Befehl hin gegen Lucre ermittelt«, warf Tatiana ein.

»Gegen Lucre. Nicht Falcon Holdings. Ich glaube nicht, dass du darüber stolpern solltest. Hör zu, ich hasse es, die CIA ständig zu kritisieren. Nun, das ist gelogen. Aber ich vermute, die CIA will Falcon am Laufen halten. Von einem taktischen Standpunkt aus gesehen ergibt das Sinn. Es ist besser, ein bekanntes Übel im Auge zu behalten, als im Dunkeln zu tappen. Auf diese Weise können sie den Geldfluss des Unternehmens beobachten. Leon wusste, dass wir vorhatten, bei der Zerschlagung von Lucre auch Falcon den Garaus zu machen. Während wir Omni auseinandernehmen, werden wir so viele ihrer Tochtergesellschaften wie möglich vernichten.«

»Wer glaubst du, hat Leon ausgeschaltet?«, fragte Declan, bevor ich es tun konnte.

Dies war wieder eines dieser Spielchen, die die CIA gern inszenierte. Jedes Mal lief es ab wie in einem schlechten Film. Zumindest war die Handlung meist vorhersehbar. Allerdings machten sie es selten richtig und brauchten immer jemanden, der ihnen hinterherräumte. Ich verstand, dass ihr Hauptziel das Sammeln von Informationen war, aber wenn die Kacke am Dampfen war, zogen sie den Schwanz ein und nahmen Reißaus. Ich war froh, dass Zane sich weigerte, Aufträge von ihnen anzunehmen. Er war schon einmal von ihnen hinters Licht geführt worden und würde ihnen keine zweite Chance geben. Das bedeutete jedoch nicht, dass wir nicht hin und wieder in ihre Spielchen verwickelt wurden. Wie zum Beispiel jetzt.

»Niemand. Ich glaube, er ist untergetaucht. Jemand ist nicht glücklich darüber, dass Tatiana noch atmet. Ganz zu schweigen von dem Rest von euch. Er hat sowohl sie als auch mein Team unterschätzt. Er ist geliefert, also nehme ich an, dass er auf der Flucht ist.«

»Großartig«, murmelte Tatiana.

»Leon Brown ist ein Scheißkerl. Wir kümmern uns um ihn, nachdem ihr Prinz Arschloch Al Issa ausgeschaltet habt. Euer Einsatz morgen Abend wurde genehmigt. Tex wird euch alle nötigen Informationen zukommen lassen und euch einweisen. Tatiana hatte recht. Seit die Waren abgeholt wurden, befinden sich nur noch vier Wachen auf dem Gelände. Es geht in aller Herrgottsfrühe los.«

Ich hatte angenommen, dass Tatiana die Nachricht von den transportierten Waren aufmuntern würde. Immerhin hatte sie mit ihrer Vermutung richtig gelegen. Doch sie schien in sich zurückgezogen und hatte die Arme schützend vor der Brust verschränkt, während ein Stirnrunzeln ihr hübsches Gesicht zierte. Aber sie sah auch wütend aus und in ihren Augen lag ein Ausdruck stählerner Entschlossenheit.

»Verstanden. Wir werden bereit sein«, sagte Declan, ohne den Blick von Tatiana abzuwenden.

»Ich melde mich wieder. Ende.«

Nachdem Zane die Verbindung getrennt hatte, herrschte Schweigen. Wahrscheinlich fragten wir uns alle, wie Tatiana reagieren würde, aber als sie nichts sagte, trat Max einen Schritt auf sie zu.

»Du solltest dich freuen«, sagte er.

»Mich freuen? Ich habe dem Mann vertraut, und er wollte mich umbringen lassen.«

»Ja, das ist richtig. Und er hätte es getan, wenn du nicht so gut in deinem Job wärst. Du bist besser, als er angenommen hat, und das macht dich für ihn zu einer Bedrohung. In diesem Beruf wird es immer Arschlöcher wie Brown geben, die dir nach dem Leben trachten. Bleib wachsam und sei ihnen stets einen Schritt voraus. Zudem hast du jetzt einen Vorteil. Du hast ein Team, das dir den Rücken freihält, und einen neuen Chef, der nicht versucht, dich umzubringen.«

Max hatte in allen Punkten recht und ich war froh, dass er derjenige war, der sie darauf hingewiesen hatte. Allerdings schien sie ihm nicht zu glauben.

»Legt euch aufs Ohr. Wir haben morgen viel zu tun und danach eine lange Nacht vor uns.« Declan klopfte Max im Vorbeigehen auf den Rücken. »Max hat Recht, Tatiana. Leon Brown hätte nicht versucht, dich zu töten, wenn er dich als Bedrohung eingestuft hätte. Der Anschlag beweist, dass du eine verdammt gute Ermittlerin und Agentin bist. Heute Nacht kannst du ruhig schlafen in dem Wissen, dass du mit deinen Instinkten richtiglagst. Lass den Rest einfach an dir abperlen.«

Ich nickte Max kurz zu und führte Tatiana den Flur entlang. Er würde Wache halten, bis Kyle aufstand, um ihn abzulösen. Ich schloss die Tür hinter uns und ging vor Tatiana in die Hocke, um ihr die Stiefel aufzubinden und auszuziehen. Als ich mich wieder erhob, schien sie immer noch in Gedanken versunken. Sie sträubte sich nicht, als ich ihr die Weste, das Hemd und die Hose auszog und sie zum Bett führte. Nachdem ich sie zugedeckt hatte, entledigte ich mich meiner Kleidung und legte mich neben sie.

»Schätzchen?« Ich öffnete die Arme und wartete.

Ohne zu zögern, rollte sie sich an meine Seite und schlang einen Arm um meinen Bauch. Verdammt, sie fühlte sich so gut an.

»Geht es dir gut?«, fragte ich.

»Ja. Ich ärgere mich nur, weil ich mich in Leon so geirrt habe.« Ich hatte dem nichts entgegenzusetzen, also hielt ich sie einfach fest. »Irgendetwas stimmt nicht«, begann sie wieder. »Ich kann nicht genau sagen, was es ist, und das macht mich verrückt. Die Verbindung zwischen Lucre und Falcon war nicht schwer zu finden. Ich habe nur eine Stunde gebraucht, um sie zu entdecken. Es war zu einfach.«

»Vielleicht ist es nur dir so leichtgefallen. Möglicherweise dachte Brown, die Verbindung sei so tief vergraben, dass niemand je darauf stoßen würde.«

»Nein. Ich sage dir, sie lag direkt vor meiner Nase. Zahlungen von Lucre an verschiedene Lagerhäuser, die Falcon Holdings gehören. Jeder hätte den Zusammenhang herstellen können.«

»Du unterschätzt dich selbst. Aber nehmen wir mal an, du hast recht, warum sollte Leon wollen, dass du darauf stößt?«

»Genau das beunruhigt mich. Ich glaube nicht, dass Leon sich wegen der Verbindung zwischen Lucre und Falcon Sorgen macht. Ich glaube, es geht ihm um Ashaki Maloof.«

»Die Agentin, die sich als Mateks Tochter ausgibt?«

»Ja. Das alles ist doch seltsam. Warum sollte er so tun, als sei sie seine Tochter? Und hatte er überhaupt je eine Tochter?«

»Glaubst du, Leon wollte Ashaki beschützen?«

»Ja. Etwas anderes ergibt für mich keinen Sinn. Er hat mir den Tötungsbefehl erteilt, nachdem wir Nazari gerade ausgekundschaftet hatten. Zane hat recht. Leon hatte mich die ganze Zeit über im Auge. Er wusste, was wir gesehen und herausgefunden hatten. Nämlich, dass die Frau nicht seine Tochter ist.«

»An dieser Theorie gibt es nur einen Haken, Schätzchen. Der Mann, den du erschossen hast, hat den Prinzen erwähnt.«

»Das ist richtig, aber vielleicht hat Leon uns an Al Issa verraten und ihm erzählt, dass wir in der Gegend sind. Der Feind meines Feindes ist mein Freund. Warum sollte er also nicht Al Issa die Drecksarbeit für ihn erledigen lassen?«

Verdammt. Das ergab Sinn. Es wäre durchaus denkbar, dass Leon Brown uns an Al Issa verraten hatte.

»Schätzchen, so gern ich jetzt auch mit dir schlafen würde, ich denke, wir sollten die Jungs wecken und ihnen erzählen, was du mir gerade mitgeteilt hast. Falls Al Issa weiß, dass wir hinter ihm her sind, müssen wir den Einsatz verschieben.«

»Ich weiß.«

Sie wollte sich wegdrehen, aber ich hielt sie fest. »Noch eine Sache. Hast du dich entschieden, ob du im Team bleiben willst oder nicht?«

»Das will ich. Bist du damit einverstanden?«

»Auf jeden Fall. Ich habe mir schon Gedanken darüber gemacht, wie ich dich zum Bleiben bewegen kann.«

»Wird Zane auch einverstanden sein … ich meine mit …«

»Uns?«

»Ja.«

Für einen Moment schloss ich die Augen und war dankbar, dass es ein »Uns« geben würde.

»Er wird kein Problem damit haben. Jasmin und Linc sind ebenfalls im selben Team.«

»Aber sie sind verheiratet.«

»Und? Worauf denkst du, steuern wir zu?«

»Du willst mich heiraten?«, fragte sie mit schriller Stimme.

»Wenn die Sache zwischen uns sich weiter so entwickelt wie bisher, dann ja. Ich will dich heiraten.«

»Ich kenne dich doch erst seit einer Minute.«

Eine Minute, ein Tag, ein Jahr – ich wusste, dass sie die Eine war. An dem Tag, an dem ich das UN-Gebäude betreten und diese abweisende, kluge, schöne und sinnliche Frau getroffen hatte, hatte mein Leben sich verändert. Ich hatte es damals gewusst und war nicht so dumm, sie jetzt gehen zu lassen.

»Und?«

»Du bist verrückt.« Sie lachte.

»Verrückt nach dir.«

Sie lachte immer noch. Es war ein schönes Gefühl, ihren warmen Körper an meinem zu spüren und zu sehen, wie glücklich sie war. Aber so sehr ich den Anblick auch genoss, wir mussten aufstehen. Der Knoten in meinem Magen hatte sich noch fester zusammengezogen. Tatiana hatte recht, irgendetwas stimmte nicht, und nichts an Leon ergab einen Sinn. Wenn das alles vorbei war, würde ich mit ihr irgendwohin in die Tropen reisen und in Ruhe und Frieden an einem Strand Cocktails schlürfen. Wir würden den ganzen Tag lang im Bett liegen, ohne befürchten zu müssen, dass jemand sie umbringen wollte. Gleich nachdem ich sie davon überzeugt hatte, mit mir vor den Traualtar zu treten.

KAPITEL DREIUNDDREISSIG

Ich wäre viel lieber mit Brooks im Bett liegen geblieben, aber er hatte recht. Wir mussten mit den Jungs reden. Also standen wir auf und zogen uns an.

Leon Browns Verschwinden war ein Problem. Und da wir nun wussten, dass er befohlen hatte, meine Waffe unbrauchbar zu machen, lag es nahe, dass er uns auch an Al Issa verraten hatte.

Ich wollte schon die Schlafzimmertür öffnen, als Brooks mich aufhielt und mich an sich zog. Mein Gott, ich genoss es, in seinen Armen zu liegen, während er auf mich herabblickte. Dann fühlte ich mich geliebt und beschützt. Ich hatte kein Problem damit, es zuzugeben, denn ich wusste, er traute mir zu, dass ich auf mich selbst aufpassen konnte. Genau das war das Entscheidende. Weil er in mir eine ebenbürtige Partnerin sah, konnte ich mir erlauben, meine Schutzmauern fallen zu lassen. So etwas hatte ich nie zuvor erlebt, doch es war ein gutes Gefühl. Ich musste Brooks nicht beweisen, dass ich gut genug war, denn er respektierte mich und meine Fähigkeiten.

Er beugte sich vor und presste seine Lippen auf meine. Der Kuss war viel zu schnell vorbei und weckte in mir eine Sehnsucht nach mehr.

»Später, wenn wir wieder im Bett sind, werde ich dir zeigen, wie sehr ich dich liebe.«

Der Boden unter meinen Füßen bebte. Ein Feuerwerk explodierte. Meine Sicht trübte sich.

Ich brauchte einen Moment, um zu begreifen, dass meine Welt nicht aufgrund seiner Liebeserklärung ins Wanken geraten war. Das Haus hatte buchstäblich gewackelt. Die Explosion rührte nicht von einem Feuerwerk in meinem Kopf, sondern von schweren Geschützen. Und meine Sicht hatte sich nicht getrübt, weil ein Schleier des Glücks sich vor meine Augen gelegt hatte, sondern weil das Haus im Dunkeln lag und die Decke einstürzte.

»Scheiße. Bleib hinter mir«, befahl er.

Es war so dunkel, dass ich die Hand vor Augen nicht sehen konnte, aber an dem leisen Knarren erkannte ich, dass er die Tür geöffnet hatte. Mit schlurfenden Schritten bewegte ich mich vorwärts, um nicht über den Putz zu stolpern, der von der Decke gefallen war.

»Lagebericht«, rief Declan.

»Vier im Anmarsch«, antwortete Max.

Ich prallte gegen Brooks' Rücken, als er abrupt stehen blieb. »Hier.«

Ich ertastete den Helm, den er mir entgegenschob, während ich kaum in der Lage war, die Pistole in meiner Hand zu halten. Also steckte ich die Waffe in den Hosenbund, wobei ich froh war, dass wir uns angezogen hatten, bevor die Hölle losgebrochen war. Ich setzte den Helm auf und tastete in der Dunkelheit nach dem Nachtsichtgerät.

Es dauerte einen Moment, bis meine Augen sich an das grüne Licht gewöhnt hatten und ich den Raum scharf sehen konnte. Max stand neben dem Fenster, dessen Scheibe zerborsten war. Kyle hockte dicht bei ihm und versuchte, seine Stiefel zu schnüren. Declan kam ins Wohnzimmer und schnallte sich seine Weste um. Thad hatte sich mehrere Gewehre um die Schulter gehängt. Er warf die Waffen auf die Couch und ging zurück in Richtung der Schlafzimmer.

Declan schnappte sich ein AR und warf es Brooks zu. Er fing das Gewehr in der Luft auf und reichte es an mich weiter.

Mehrere Schüsse durchlöcherten die Tür und die Kugeln flogen uns um die Ohren.

»Verdammt noch mal!«, brüllte Declan, bevor er das Feuer erwiderte. »Ihr zwei übernehmt die Rückseite.«

»Verstanden.« Brooks wirbelte herum und ging durch den Flur zurück.

Da ich das Ausmaß der Zerstörung nun sehen konnte, war ich erstaunt, dass das Haus noch nicht eingestürzt war. Doch es würde sicher nicht mehr lange dauern. Putz und andere Trümmer knirschten unter meinen Stiefeln, und der Geruch von Schießpulver lag in der Luft und führte mir vor Augen, wie ernst unsere Lage war.

»Übernimm die rechte Seite«, befahl Brooks.

Wortlos gehorchte ich und hielt mich auf drei Uhr, während wir uns der von Kugeln durchsiebten Hintertür näherten. Brooks brach nach links aus. Die ramponierte Tür explodierte und Hunderte von tödlichen Schrapnellsplittern flogen durch die Luft.

Ich drehte der Explosion den Rücken zu und duckte mich, um meinen Kopf so gut wie möglich zu schützen. Sobald die Hitze nachließ, richtete ich mich auf und drehte mich gerade noch rechtzeitig um, um den ersten Mann durch die Tür kommen zu sehen. Er hatte den Lauf seines Gewehrs auf Brooks gerichtet, der bewusstlos am Boden lag. Ohne zu zögern, drückte ich ab und feuerte einen zweiten Schuss auf den Mann hinter ihm ab. Bei der Explosion war das Nachtsichtgerät auf meinem Kopf verrutscht, weshalb ich den dritten Mann verfehlte. Mir wurde die Luft aus der Lunge gepresst, kurz bevor ein brennender Schmerz meinen linken Arm durchzuckte. Ich taumelte rückwärts, verlor den Halt und landete mit einem dumpfen Aufprall auf dem Hintern.

Das war es, so würde ich sterben. Auf dem Boden eines baufälligen Hauses mitten in der saudischen Wüste, ohne Brooks je meine Liebe gestanden zu haben. Verdammt! Das konnte nicht das Ende sein. So wollte ich unsere Geschichte nicht enden lassen. Ich musste mich zusammenreißen. Einfach aufzugeben wäre Selbstmord. Mit aller Kraft hob ich meine Waffe an und drückte ab, als der Mann ebenfalls einen Schuss abfeuerte. Ich traf ihn an der Kehle, er mich am Bein. Blut rann aus meinen Wunden und durchtränkte meine Kleidung, während der Schmerz mich fast lähmte. Aber nichts konnte mich davon abhalten, nach Brooks zu sehen.

Es war ein Wunder, dass ich es schaffte aufzustehen. Sobald ich mich hochgehievt hatte, wünschte ich, ich hätte es nicht getan und wäre stattdessen gekrochen. Auf allen vieren wäre ich schneller gewesen. Mit unbeholfenen, abgehackten Schritten kämpfte ich mich zu Brooks vor. Sein Gesicht war blutverschmiert und für einen

Augenblick befürchtete ich, ich müsste mich übergeben. Der stechende Geruch von Rauch und Blut stieg mir in die Nase und drohte mir den Atem zu rauben.

Die Jungs waren immer noch im vorderen Teil des Hauses unter Beschuss. Wenn ich Brooks nicht in Sicherheit brachte, würden wir beide hier sterben. Ich hoffte inständig, dass er noch lebte. Er rührte sich nicht, und um ihn herum sammelte sich so viel Blut, dass ich nicht wusste, ob es sein eigenes, das der drei Toten oder meines war. Alles vermischte sich zu einem Gebräu des Verderbens.

Ich balancierte auf dem gesunden Bein, beugte mich vor und ertastete den Rettungsgriff auf der Rückseite von Brooks' taktischer Weste. Dann betete ich zu allem, was mir heilig war, dass ich die Kraft haben würde, ihn zu ziehen.

»Komm schon, Brooks, beweg dich.« Ich zog mit aller Kraft und geriet kurz ins Schwanken, konnte mich jedoch aufrecht halten.

Er hatte sich nur den Bruchteil eines Zentimeters bewegt, aber es war besser als nichts. Ich brauchte ein Wunder. Mein Bein schrie vor Schmerz und das Team war weiterhin in ein Feuergefecht verwickelt. Ich war Brooks' einzige Chance. *Unsere* einzige Chance. Ich bezweifelte, dass die Jungs mich hätten hören können, selbst wenn ich um Hilfe geschrien hätte.

Drei Meter, ich musste ihn nur zurück in den Flur bringen. Ich atmete aus und versuchte es noch einmal. Brooks bewegte sich wenige Zentimeter. Mit ungeahnter Kraft zog ich weiter und schaffte es, ihn Stück für Stück den Flur entlang zu schleppen. Es kam mir wie eine halbe Ewigkeit vor und ich war völlig erschöpft, aber irgendwann war ich weit genug gekommen, um einigermaßen geschützt zu sein. Zumindest standen wir jetzt nicht mehr direkt vor der Tür. Ich wusste nicht, wie lange es gedauert hatte, ich hatte das Zeitgefühl verloren und war am Ende. Meine Sicht verschwamm, und mir wurde schwindelig. Ich sollte Brooks auf Verletzungen untersuchen, aber ich wusste, wenn ich mich jetzt neben ihn kniete, würde ich nie wieder aufstehen. Das Einzige, was mich am Leben hielt, war das Adrenalin, das durch meine Adern rauschte, doch das verebbte schnell.

»Es tut mir so verdammt leid, Brooks!«, schrie ich frustriert.

Ich konnte nichts mehr tun. Ich hatte nicht einmal mehr genügend Kraft, um den Verband aus meiner Weste zu ziehen. Dieser würde zumindest die Blutung an meinem Bein verlangsamen. Ich konnte nur noch mein Gewehr auf die Hintertür richten und jeden erschießen, der versuchte einzudringen.

»Ich liebe dich«, flüsterte ich.

Ein eiskalter Schauer lief mir über den Rücken. Was, wenn Brooks schon tot war? Was, wenn er auf der anderen Seite auf mich wartete? Was, wenn ich nur für eine Sekunde die Augen schließen würde? Was, wenn …

KAPITEL VIERUNDDREISSIG

Ich befand mich im siebenten Kreis der Hölle. Es war fünf Stunden her, seit ich Tatiana das letzte Mal gesehen hatte. Ihr Leben hatte nur noch an einem seidenen Faden gehangen, als sie in den OP gebracht wurde.

Als ich wieder zu mir gekommen war, hatten Max und Thad gerade ihre Verletzungen versorgt und Declan führte eine Herz-Lungen-Massage durch. Wenn sie durchkam, dann nur dank dieser Männer. Nicht meinetwegen. Ich hatte bewusstlos auf dem Boden gelegen, während meine Frau mich beschützt hatte und dabei langsam verblutet war. Tex hatte auch einen Teil zu ihrer Rettung beigetragen, denn er hatte die Gegend mit Hilfe von Drohnenaufnahmen im Auge behalten und gesehen, dass wir angegriffen wurden. Er war in der Lage, Verstärkung und einen Rettungshubschrauber zu rufen. Wenn er nicht gewesen wäre, wäre sie auf dem Boden dieses verdammten Hauses gestorben. Und ich hätte nur fassungslos zusehen können.

»Es ist Tex«, sagte Declan und hielt sein Handy ausgestreckt vor sich.

Wir waren allein in dem kleinen Warteraum im North Armed Forces Trauma Center. Kyle hatte uns etwas zu essen besorgt, doch es blieb unangetastet auf dem kleinen Tisch stehen. Das Team ernährte sich momentan nur von Kaffee und Energydrinks.

»Schieß los. Du bist auf Lautsprecher.«

»Zuerst wollte ich euch wissen lassen, dass ich mich in die Datenbank des Krankenhauses eingewählt habe. Bisher gibt es keine Neuigkeiten, aber ich werde in Kürze wieder nachsehen.« Das war seine Art, uns mitzuteilen, dass er sich ins System der Klinik gehackt hatte. »Ein Delta-Team steht bereit und wartet auf meinen Befehl. Ich könnte euch die Frage zu keiner beschisseneren Zeit stellen, aber ich brauche eine Antwort. Soll ich Ghost grünes Licht geben oder wollt ihr selbst gehen?«

Die Frage war ein Schlag in die Magengrube und eine weitere Erinnerung daran, dass unsere Mission gescheitert war. Al Issa war noch am Leben, auch wenn wir die kleine Armee, die er geschickt hatte, um uns auszuschalten, zur Strecke gebracht hatten. Ich würde mir nie verzeihen, dass ich mein Team im Stich gelassen hatte. Während meine Kameraden um ihr Leben gekämpft hatten, hatte ich auf dem Boden gelegen und geschlafen. Ich war das schwache Glied. Meinetwegen hätten sie alle sterben können. Tatiana hatte die Rückseite des Gebäudes bewacht und ihre Waffe erst niedergelegt, als der letzte Mann tot war.

Die Jungs hatten mir erzählt, dass sie über mir gestanden hatte, als sie in den Flur kamen. Sie war weiß wie ein Laken, hatte nur noch flach geatmet und ihr

Gewehr in einer zitternden Hand gehalten. Aber sie hatte nicht aufgegeben. Erst als Declan ihr versichert hatte, dass die Luft rein sei, knickte sie ein. Sie war buchstäblich wie ein Sack Kartoffeln zusammengesackt.

Sie war eine verdammte Kriegerkönigin. Eine Heldin. Und ich hasste mich selbst, weil ich ihr keine Hilfe gewesen war.

Scheiße.

Jetzt stand ein anderes Team bereit, um einen Job zu erledigen, den wir hätten ausführen sollen. Nein, Tatiana sollte das Vergnügen haben, Al Issa zur Strecke zu bringen. Ihr gebührte die Ehre, den Mann zu töten, der sie fast umgebracht hätte.

Doch diese Chance würde sie nie bekommen.

»Schick Ghosts Team los«, wies Declan Tex an.

»Wie bitte?« Ich wandte mich von dem Fenster ab, aus dem ich gedankenverloren gestarrt hatte, und begegnete Declans Blick.

»Wir sollten uns darum kümmern«, erinnerte ich ihn. Plötzlich stieg ein irrationaler Blutdurst in mir auf, und ich wurde von dem überwältigenden Bedürfnis gepackt, jemanden zu verstümmeln und zu töten.

»Es ist wichtiger, dass wir hierbleiben. Tatiana ist wichtiger.«

»Den Mann zu töten, der sie hierhergebracht hat, ist auch wichtig«, erwiderte ich.

Declan durchbohrte mich mit einem teuflischen Blick. Es war, als würde der Leibhaftige persönlich uns mit seiner Anwesenheit beehren.

»Al Issa wird seine gerechte Strafe erhalten. Aber nicht *wir* werden ihn in die Hölle schicken. Du wirst hier gebraucht, wir alle werden gebraucht. Ich werde meiner

Kameradin nicht von der Seite weichen, nicht einmal, um sie zu rächen. Wenn du glaubst, dass du derjenige sein musst, der dieses Schwein erledigt, werde ich dich nicht aufhalten. Ich bin sicher, Ghost hätte nichts dagegen, wenn du dich ihm und seinem Team anschließt. Aber ich warne dich, dieses Verlangen, das in dir brennt, diese Lust zu töten, ist gefährlich. Wenn du einmal damit anfängst, wirst du es nie wieder los. Du hast zwei Möglichkeiten, aber es gibt nur eine richtige Wahl.«

»Meine Seele ist bereits gezeichnet. Was ist da schon …«

»Unsinn. Wage es nicht, unsere Arbeit zu entehren. Wir schützen und dienen. Dabei handeln wir selbstlos, nicht aus egoistischen Beweggründen. Wenn du jetzt da rausgehst und den Kerl ins Jenseits beförderst, dann tust du das nicht zum Wohle der Menschheit, sondern nur aus einem einzigen Grund. Wir haben nur unsere Ehre. In unserem Beruf tragen wir Narben auf unserer Seele davon, aber wir tun es mit klarem Verstand und reinem Herzen. Moralisch haben wir uns nichts vorzuwerfen. Wenn du jetzt aus Hass abdrückst, bist du nicht besser als diese Schweine.« Declan hielt inne, atmete tief durch und fügte hinzu: »Ich weiß das, weil ich jeden Tag damit leben muss.«

Das war das Persönlichste, was Declan mir je anvertraut hatte. Ich musterte meinen Freund und fragte mich, was er durchgemacht hatte und ob ich damit leben könnte, wenn ich nicht derjenige wäre, der Vergeltung üben würde. Eines wusste ich mit Sicherheit. Wenn Tatiana aufwachen würde und ich nicht bei ihr wäre, würde ich mir das nie verzeihen. Sie hatte sich geopfert, um mich zu beschützen. Mein Platz war an ihrer Seite.

»Schick Ghost rein«, sagte ich zu Tex.

»Gute Entscheidung. Ich gebe den Jungs Bescheid und halte euch auf dem Laufenden«, erwiderte er.

»Danke«, sagte Declan mit erstickter Stimme. Offenbar hatte ihn gerade eine Erinnerung eingeholt, von der er sich wünschte, er könnte sie vergessen.

»Und, Brooks?«, rief Tex durch die Leitung.

»Ja?«

»Wenn ich eines über Tatiana Jones weiß, dann, dass sie verdammt zäh ist. Sie wird das durchstehen. Es tut mir nur leid, dass ich nicht schneller da sein konnte.«

»Du hast ihr das Leben gerettet. Die Jungs haben alles in ihrer Macht Stehende getan, um sie am Leben zu halten, aber sie war schon tot, als der Rettungshubschrauber eintraf. Dec konnte sie nicht wiederbeleben. Nicht ohne den Defibrillator. Wenn sie überlebt, dann nur, weil du ein Auge auf uns hattest. Mein Dank ist nicht einmal annähernd genug.« Ich presste die Worte nur mit Mühe hervor, während ich mich daran erinnerte, wie Declan versucht hatte, ihr Herz zum Schlagen zu bringen.

»Du musst mir niemals dafür danken, dass ich dir den Rücken freihalte. Ich muss jetzt ein paar Anrufe tätigen. Ende.«

Tex trennte die Verbindung und es wurde still im Raum. Was sollte ich tun, falls Tatiana nicht überlebte? Es war kaum zu glauben, dass ich sie vor nicht einmal einem Monat kennengelernt hatte. Es war, als sei mein Leben davor bedeutungslos gewesen. Ich war immer zufrieden gewesen und hatte mein Leben gelebt, aber die Liebe hatte ich nie gekannt. Ich hatte nicht gewusst, wie es ist, zu lieben und geliebt zu werden. Wenn sie es nicht schaffte, würde ich das nicht überleben.

»Sie wird …«, begann Kyle.

»Sag es nicht«, fiel ich ihm ins Wort. »Du hast den Arzt gehört. Sie hat zu viel Blut verloren. Er meinte, wir müssen mit dem Schlimmsten rechnen.«

»Ja, der Mann ist ein unsensibler Klotz. Er sagte auch, dass er schon schlimmere Verletzungen bei Patienten gesehen hat, die überlebt haben. Du, Thad und ich haben ausreichend Blut gespendet. Du darfst nicht aufgeben.«

Aufgeben lag nicht in meiner Natur. Noch nie in meinem Leben hatte ich aufgegeben. Und ganz sicher würde ich Tatiana jetzt nicht aufgeben. Doch langsam schwand meine Hoffnung.

KAPITEL FÜNFUNDDREISSIG

»Du siehst verdammt gut aus für eine Frau, die schon dreimal gestorben ist«, scherzte Zane.

Bevor ich etwas erwidern konnte, stieß Brooks ein Knurren aus.

»Zu früh?«, lachte Zane.

»Ja, zu früh«, antwortete er.

»Es ist bereits drei Monate her«, erinnerte Zane ihn.

»Es könnte drei oder dreißig Jahre her sein, es wäre immer noch zu früh.«

Ich schloss die Augen, legte den Kopf in den Nacken und genoss die warmen Strahlen der südkalifornischen Sonne. Ich hätte nie gedacht, dass ich jemals wieder einen Fuß nach San Diego setzen würde. Damals war ich beschämt und mit eingekniffenem Schwanz davongelaufen. Ich war richtiggehend geflohen. Kaum war meine Scheidung rechtskräftig gewesen, hatte ich meine Sachen in einem Lagerraum verstaut und mich aus dem Staub gemacht.

Jetzt war ich zurück, wenn auch nur für ein paar Tage.

Kommandant Storm North hatte um ein Treffen mit dem Team gebeten. Die Strafverfolgungsbehörde des Marineministeriums und das FBI hatten den Fall des inzwischen verstorbenen Captain Isaac Chambers, mit dem die Bitoo-Brüder zusammengearbeitet hatten, bereits geschlossen. Unsere Vermutung hatte sich bestätigt. Die Bitoos hatten Lucre hintergangen und waren aus der Auktion ausgestiegen. Dieser Fehler hatte sie ihr Leben gekostet. Sie dachten, sie könnten die Verwahrungsgebühr, die Al Issa ihnen gezahlt hatte, behalten und obendrein einen Anteil des Gewinns erhalten, den Captain Chambers beim Verkauf der Tafeln erzielen würde.

»Zane«, schimpfte seine Frau Ivy. »Das ist nicht lustig.«

»Ich hatte auch nicht vor zu scherzen, sondern wollte ihr ein Kompliment machen. Warum sind nur alle so empfindlich?«

Bevor Brooks sich verteidigen konnte, ergriff ich das Wort. »Danke, Chef, schön, dass du es bemerkt hast.«

Zane grinste und ich wusste, dass ihm schon wieder ein Spruch auf den Lippen lag, mit dem er versuchen würde, Brooks und mich zu ärgern. Immer wenn er das sarkastische Arschloch mimte, hatte er ein Funkeln in den Augen. »Bist du bereit, dir deinen Unterhalt zu verdienen? Du stehst schon seit Monaten auf der Gehaltsliste, aber bisher habe ich noch nichts für mein Geld bekommen.«

Meine Güte, er war wirklich ein Arsch. Zumindest wollte er, dass alle das dachten. Als ich nach meiner Operation aufgewacht war, hatte er mit dem Rest des Teams an meinem Bett gesessen. Sobald ich stabil genug war, um transportiert zu werden, verlangte er, dass ich zur Genesung nach Deutschland gebracht werde. Mein Team war mir die ganze Zeit über nicht von der Seite gewichen. Dann war da noch Brooks. Mein Beschützer. Er hatte über mich gewacht und war immer liebevoll und geduldig gewesen.

Zane hatte den Fall Omni auf Eis gelegt. Wahrscheinlich war das seine Art, uns zu sagen, dass wir noch Arbeit vor uns hatten. »Ich bin bereit. Du bist derjenige, der mir Bettruhe verordnet hat. Natürlich hat mich das nicht gestört.« Um meinen Worten Nachdruck zu verleihen, wackelte ich mit den Augenbrauen, woraufhin Ivy lachte.

»Sie ist nicht …«

»Doch, Brooks, das bin ich. Du weißt, dass ich recht habe. Vor zwei Wochen wurde mir bescheinigt, dass ich wieder arbeiten kann. Wir haben eine Mission zu erfüllen. Und ich will zurück an die Front.«

»Aber …«

»Warst du nicht derjenige, der mich daran erinnert hat, wie stark und tapfer ich bin? Bitte nimm mir das jetzt nicht weg. Dann habe ich eben zwei frische Narben. Ein kluger Mann sagte mir einmal, ich solle sie mit Stolz tragen. Ich bin bereit.«

»Du hast recht.« Er zog mich an sich und schlang seinen Arm um mich. Mein Gott, ich liebte es, wenn er mich auf diese Weise festhielt.

»Wunderbar. Sind wir fertig mit der Gefühlsduselei? Wir haben zu tun.«

Ivy verdrehte die Augen über die Bemerkung ihres Mannes. »In Wahrheit hat er eine Schwäche für Gefühlsduseleien. Er spielt nur den Emotionslosen.«

»Ghosts Team ist auf eine Goldader gestoßen, als sie Al Issas Laptop gefunden haben.« Brooks nahm Zane beim Wort und kam ohne Umschweife zur Sache. Er hatte immer noch Schwierigkeiten, sich mit den Geschehnissen abzufinden. In seinen Augen war die Mission gescheitert.

Als ich im Krankenhaus aufwachte, erfuhr ich, dass ein Delta-Force-Team geschickt worden war, um Al Issa zu töten. Zuerst fühlte ich mich verraten, weil ich diejenige sein wollte, die sein elendes Leben beendet. Brooks hatte angenommen, ich sei enttäuscht von ihm, weil er sich nicht an meiner Stelle gerächt hatte. Ich hatte keine Ahnung, wie er darauf gekommen war. Er hatte sich für mich entschieden. Statt die Mission zu beenden, war er an meiner Seite geblieben. Er war bei mir, als ich aus dem Operationssaal kam, und er war der erste Mensch, den ich sah, als ich die Augen öffnete, nachdem mein Herz dreimal aufgehört hatte zu schlagen.

Ich war dankbar, dass Ghost und sein Team zu Ende führen konnten, was wir begonnen hatten. Der erste Schritt zur Zerschlagung von Omni war getan. Und mit den Informationen, die sie im Palast des Prinzen gefunden hatten, konnten Tex und Garrett weitere Teile des Puzzles zusammensetzen. Sowohl Militrix als auch Lucre waren vernichtet worden. Zane hatte beschlossen, Falcon Holdings unangetastet zu lassen. Wir waren uns alle einig, dass sie die Antworten hatten, die wir brauchten.

»Ihr werdet nach Mexiko fliegen«, wies Zane uns an. »Aber ich möchte, dass du vor eurer Abreise mit deiner Freundin Faith aus dem Tierheim sprichst, Tatiana. Vielleicht kann sie euch einen besseren Einblick in die Hundekampfringe geben.«

»Ich kann nicht glauben, dass wir uns mit Hundekämpfen beschäftigen.« Kyle schüttelte den Kopf. »Es ist nicht zu fassen, dass diese Untergrundkämpfe Millionen von Dollar einbringen.«

»Und wo illegales Geld fließt, gibt es auch Männer, die ein Stück vom Kuchen abhaben wollen. Diese Leute sind nicht zu unterschätzen«, warnte Zane.

»Ist das Rocco?«, warf Max plötzlich ein.

Wir alle drehten uns um und sahen einen Mann, der über den Parkplatz ging. Er hatte einen Arm um eine Frau geschlungen und drückte sie fest an sich. Genauso wie Brooks mich immer hielt.

»Ja, das ist er.« Brooks stieß einen ohrenbetäubenden Pfiff aus und ich zuckte zusammen.

»Verdammt. Eine Vorwarnung wäre nett gewesen.«

»Tut mir leid, Schätzchen.« Brooks drückte mir, wie nicht anders erwartet, einen Kuss auf den Kopf. Er war berechenbar.

Rocco blickte auf, aber erst nachdem er sich schützend vor die Frau gestellt und sie vor unseren Blicken verborgen hatte. Die Männer lachten leise, als hätten sie an seiner Stelle nicht dasselbe getan. Zane zum Beispiel entfernte sich nie weiter als dreißig Zentimeter von Ivy und war immer bereit, sich vor sie zu werfen. Und Brooks? Er war mir gegenüber so aufmerksam und umsorgte mich rührend. Seine Hingabe kannte keine Grenzen, und ich hatte nichts dagegen einzuwenden.

»Ich habe schon gehört, dass ihr in der Stadt seid, und hatte gehofft, dass wir euch treffen würden. Das ist meine Freundin, Caite McCallan«, sagte er stolz.

Das war also die berühmte Caite. Die Frau, die im Alleingang drei SEALs gerettet und damit den Dominoeffekt ausgelöst hatte, der den Plan von Captain Chambers zunichtegemacht hatte. Gut für sie. Und so wie es aussah, hatte sie sich dabei einen guten Mann geangelt.

Nachdem wir uns begrüßt und einander vorgestellt hatten, ergriff Rocco wieder das Wort. »Falls ihr heute Abend noch nichts vorhabt, wir veranstalten am Strand ein Grillfest. Das tun wir alle …«

»Alle paar Monate«, beendete Zane den Satz für ihn. »Ja, ich weiß. Ich habe gerade den Lagebericht von eurer letzten Strandparty gelesen. Meiner Meinung nach ist eine kleine Schießerei auf einer Betriebsfeier zwar ein akzeptables Vergnügen, aber selbst ich bin nicht …«

»Verdammt noch mal, Zane. Du machst ihr Angst«, mahnte Ivy und wandte sich dann an Caite. »Ich entschuldige mich im Namen meines Mannes. Er hat schon viel zu oft einen Schlag auf den Kopf bekommen.« Dann sah sie Rocco an. »Wir würden gern mit euch am Strand feiern. Zane hat mir versprochen, dass wir auf dieser Reise auch Urlaub machen werden. Und der beginnt heute Abend.«

»Ich habe keine Angst vor ihm«, sagte Caite und zeigte auf Zane.

Die Jungs brachen in schallendes Gelächter aus.

»Großartig. Einfach wunderbar. Bald fürchtet sich niemand mehr vor mir. Baby, du musst aufhören, den Leuten zu sagen, dass sie keine Angst vor mir haben sollen«, brummte Zane.

Nichts als heiße Luft.

Caite wandte sich mir zu. »Kennen wir uns? Du kommst mir bekannt vor.«

»Wir sind uns in Bahrain begegnet.«

»Ja, richtig. Bei der Jobmesse, die ich organisiert habe.« Sie hatte recht. Ich hatte mir die Museen angesehen, die daran teilgenommen hatten, in der Hoffnung, neue Hinweise auf geschmuggelte Artefakte zu finden.

»Gutes Gedächtnis.«

»Also sehen wir uns heute Abend?«, fragte sie.

»Auf jeden Fall.«

Ein Picknick am Strand klang fantastisch. Morgen wollten wir die Kartons mit den Überresten meines alten Lebens sortieren. Es war an der Zeit, die Vergangenheit zu entsorgen.

»Komm schon, *ma petite fée*. Zeit, nach Hause zu gehen.«

Rocco schenkte Caite ein Lächeln, woraufhin ihr eine hübsche Röte in die Wangen stieg.

»Ich glaube, wir sollten jetzt auch nach Hause gehen«, flüsterte Brooks.

Verdammt, das hörte sich gut an. Nach Hause mit Brooks. Auch wenn dieses Zuhause momentan ein Hotelzimmer war.

KAPITEL SECHSUNDDREISSIG

»Der Sonnenuntergang ist wunderschön«, sagte Tatiana neben mir.

Wir hatten uns von der Menge entfernt und gingen am Wasser entlang. Ich wollte etwas mit ihr besprechen, aber jetzt, da wir allein waren, wusste ich nicht, wo ich anfangen sollte.

»Das ist er«, stimmte ich zu. »Weißt du eigentlich, wie sehr ich dich liebe?«

Sie drehte sich in meinen Armen um und begegnete meinem Blick. Ihr schönes Lächeln verblasste. »Stimmt etwas nicht?«

»Nein. Warum sollte etwas nicht stimmen?«

»Ich weiß es nicht. Du klingst so ernst, und dein Gesicht …«

»Was ist mit meinem Gesicht?«

»Nichts. Aber du wirkst irgendwie nachdenklich.«

»Nachdenklich?« Verdammt. Ich war dabei, es zu vermasseln. Statt entspannt zu lächeln, war sie nun nervös. So hatte ich mir das nicht vorgestellt. »Tatiana …«

»Machst du etwa … mit mir Schluss?«, flüsterte sie.

»Natürlich nicht. Ich wollte dich fragen, ob du mich heiraten willst.«

»Dich heiraten?«

Ich war ein Idiot und hatte alles ruiniert. Stundenlang hatte ich in Gedanken immer wieder meine Rede geprobt. Ich hatte ihr den perfekten Moment bescheren wollen.

»Ja, ich wollte dich …«, begann ich wieder.

»Ja.«

»Wie bitte?«

»Ja, ich will dich heiraten.«

»Eigentlich hatte ich eine Rede vorbereitet. Ich wollte vor dir auf die Knie gehen und dir einen richtigen Antrag machen.«

»Du musst nicht vor mir auf die Knie fallen und ich brauche keine Rede. Ich bin mir sicher, Brooks. Du zeigst mir jeden Tag, wie sehr du mich liebst. Also, ja, ich will dich heiraten.«

Die Vehemenz in ihrer Stimme zauberte mir ein Lächeln auf die Lippen. Ich war froh, dass sie wusste, wie sehr ich sie liebte. Ich würde den Rest meines Lebens dafür sorgen, dass sie es nie vergaß. »Willst du den Ring überhaupt haben? Oder ist das auch nicht nötig?«

»Oh, ich will den Ring«, sagte sie und lächelte.

Ich griff in meine Tasche und zog die Ringschachtel heraus. Meine Kameraden hatten mir geholfen, ihn auszusuchen. Als ich die Schatulle öffnete, schnappte sie nach Luft.

»Oh mein Gott, Brooks, er ist wunderschön.«

Ich hatte mir überlegt, einen noch protzigeren Stein zu kaufen, aber wie ich Tatiana kannte, war dieser Ring schon an der Grenze dessen, was ihr übertrieben erschien.

»Die Jungs haben mir geholfen«, gab ich zu und zog den Ring aus der Schachtel. Ich griff nach ihrer linken Hand und ließ das Schmuckstück an ihren Finger gleiten. »Der Diamant in der Mitte steht für uns beide. Die vier Saphire, die ihn umgeben, sind unser Team. Sie haben gelobt, uns immer den Rücken zu stärken und ein wachsames Auge auf uns zu werfen. Durch dick und dünn.«

»Ich liebe den Ring und wofür er steht.«

Applaus ertönte hinter uns und ich schüttelte den Kopf. Sie hatten sich einfach nicht zurückhalten können. Ich hätte es wissen müssen.

»Herzlichen Glückwunsch«, begann Declan.

»Verdammt, du bist ein Glückspilz«, sagte Max.

Kyle klopfte mir auf den Rücken und Thad umarmte Tatiana. Ich war noch nicht einmal dazu gekommen, meine Verlobte zu küssen, bevor die Jungs uns unterbrochen hatten. Es hätte mich stören sollen, aber das tat es nicht. Sie waren meine Brüder und bei jedem wichtigen Ereignis in meinem Leben dabei gewesen. Da war es nur recht und billig, dass sie jetzt auch dabei waren.

»Gefällt dir dein Ring? Ich habe ihn ausgesucht«, sagte Thad zu Tatiana.

»Nein, hast du nicht, Arschloch. Ich habe ihn entdeckt«, korrigierte Max.

»Eigentlich war es meine Idee«, fügte Kyle hinzu.

Es war mir völlig egal, ob meine Kameraden die Lorbeeren für etwas ernteten, was eigentlich meine Idee gewesen war. Ich war glücklich, denn Tatiana war umringt von vier Männern, die sie in ihren Kreis aufgenommen hatten und sie fast so sehr liebten wie ich. Ich wusste, was sie alle für sie empfanden. Declan hatte ihr Leben eingehaucht. Thad und Kyle hatten beide Blut gespendet, um sie zu retten. Sie war eine von uns.

»Dachte ich mir doch, dass du das bist«, ertönte eine Männerstimme hinter mir.

Ich musste mich nicht umdrehen, um zu wissen, wer es war, denn Tatianas Gesicht sagte alles. Sie war stink-wütend. Ich überlegte, ob ich sie hinter mich schieben und den Idioten zum Teufel jagen sollte, oder ob ich ihr das überlassen sollte. Sie straffte die Schultern und biss die Zähne zusammen.

Also schön, sie würde sich selbst darum kümmern.

»James. Wie schön, dich zu sehen«, sagte sie mit einem betont sarkastischen Tonfall.

Schließlich drehte ich mich um und erblickte James Monroe. Neben ihm stand eine hübsche blonde junge Frau mit entschieden zu viel Make-up im Gesicht. Er hielt ihre Hand und lächelte, als hätte er irgendeinen Preis gewonnen.

»Ich wusste nicht, dass du zurück nach San Diego gezogen bist.«

»Das bin ich nicht. Hör zu, Monroe, es ist nett von dir vorbeizuschauen, aber wir sind gerade beschäftigt. Wenn du uns also bitte allein lassen würdest.«

»Wie ich sehe, bist du immer noch so ein Miststück wie früher.«

»Was zum Teufel hast du gerade gesagt?«, knurrte ich.

Unsere Kameraden rückten dichter an uns heran, aber Tatiana hob nur beschwichtigend die Hand und schüttelte den Kopf.

»Baby, er ist es einfach nicht wert. Jahrelang habe ich

zugelassen, dass dieser Versager seine eigenen Unsicherheiten an mir ausließ. Es hat lange gedauert, er hat mich beschimpft *und* betrogen, aber schließlich hatte er mich überzeugt. Irgendwann glaubte ich selbst, dass ich nur eine dumme, nichtsnutzige Schlampe bin, die nicht weiß, wie sie ihren Mann zufriedenstellen kann. Du hast jedoch nur wenige Minuten gebraucht, um mich daran zu erinnern, dass ich nichts von alledem bin.«

Ich ließ ihre Worte auf mich wirken und spürte sie tief in meinem Inneren. Ein paar Minuten. Mehr nicht.

»Beschimpfungen? Tut mir leid, wenn dein sensibles Gemüt die Wahrheit nicht ertragen konnte.«

»Nun gut. Ich würde ja gern behaupten, dass es schön war, dich zu sehen, aber das wäre gelogen. Du solltest dich mit deiner Frau wieder auf den Weg machen. Ich werde nichts mehr für dich tun können, wenn Brooks erst einmal beschließt, dass er genug von deinem Mist hat. Ich würde dir raten, jetzt zu gehen, bevor du dich blamierst.«

Ich hatte bereits beschlossen, dass sie nicht länger die gleiche Luft wie ihr Ex-Mann atmen würde. Sie schlug sich tapfer, aber ich wusste, dass es trotzdem schmerzhaft sein musste, ihn zu sehen.

»Brooks? Ist er etwa dein neues Opfer? Sie ist zuckersüß, bis du ihr einen Ring an den Finger steckst. Sobald sie in deinem Bett liegt, stellst du fest, dass du woanders besser dran bist. Du solltest dich aus dem Staub machen.«

Bevor ich diesen Idioten zu Brei schlagen konnte, ertönte eine andere männliche Stimme.

»Monroe!«

James ließ sofort die Hand des Mädchens los und stand stramm. Der Anblick war fast zum Lachen. Ihm wich das ganze Blut aus dem Gesicht, als Kommandant North sich vor ihm aufbaute.

»Sir. Ich war …«

»Ich habe genau gehört, was du getan hast. Glaub mir, nichts würde mich glücklicher machen, als mich einfach umzudrehen und diesen fünf Männern zu gestatten, dir ein wenig Respekt einzuflößen. Ich sehe nur davon ab, weil ich denke, dass die Lektion bei dir nicht fruchten würde. Du bist ein aufgeblasenes Arschloch und eine Schande sowohl für diese Uniform als auch für unser Abzeichen. Aber ich werde sofort dafür sorgen, dass du beides nicht mehr beschmutzen wirst.«

»Ich habe nicht …«

»Hör zu, Junge. Über einige Dinge kann ich hinwegsehen. Aber wenn ein Mann seine Frau nicht respektiert, sie betrügt und sie auch noch herabwürdigt, dann kann ich das unmöglich ignorieren. Du hast dich aller drei Vergehen schuldig gemacht. Ich bin stolz darauf, die besten Männer zu befehligen, die die Navy zu bieten hat. Aber du bist kein Mann, du bist ein feiges Arschloch. So jemand wie du hat in meinen Reihen nichts zu suchen. Ich werde dafür sorgen, dass du vors Militärgericht gestellt wirst und eine Disziplinarstrafe erhältst. Du kannst dich jetzt umdrehen und gehen. Solltest du das nicht tun, wanderst du für eine Nacht in den Bau.«

Leider beschloss Monroe zu gehen, wodurch ich keine Gelegenheit hatte, ihm eine Lektion zu erteilen.

»Es tut mir leid, Tatiana«, sagte Kommandant North. »Ich wünschte, Sie hätten schon vor Jahren eine Beschwerde eingereicht, damit wir uns um ihn hätten kümmern können.«

»Es widerstrebt mir, die Karriere eines Mannes zu zerstören, Sir. Ich wollte nur weg, also bin ich gegangen.«

»Glauben Sie mir, wenn ich Ihnen sage, dass Sie dem Kommando einen Gefallen getan hätten. Wir suchen schon lange nach einer Möglichkeit, ihn auszuschließen. Männer wie er können für eine ganze Einheit den Ruin bedeuten. Eigentlich würde ich Monroe nicht einmal als Mann bezeichnen, aber ich befinde mich in Gesellschaft einer Dame. Echte Männer haben für Lügner und Betrüger nichts übrig. Wenn der Kerl seiner eigenen Frau ein Messer in den Rücken rammen kann, dann wird er auch nicht davor zurückschrecken, einem Kameraden in den Rücken zu fallen. Sie sind eine wunderbare Frau, und ich bin froh zu sehen, dass Sie nun einen echten Mann an Ihrer Seite haben.«

Es war amüsant, Kommandant Storm North dabei zu beobachten, wie er sich bemühte, vor Tatiana nicht ausfällig zu werden. Ich wusste, wie er James Monroe gern genannt hätte. Aber er war ein Mann der alten Schule. Ein Gentleman. Und ein großartiger Kommandant. Er würde in Gegenwart einer Dame niemals fluchen.

»Vielen Dank, Sir.«

»Genießen Sie den Rest des Abends.«

Mit diesen Worten verabschiedete sich der Kommandant und ging davon. Bevor ich etwas sagen konnte, ergriff Tatiana das Wort. »Das hat sich gut angefühlt«, verkündete sie strahlend. »Es gibt nichts Besseres, als den Müll rauszutragen. Danke, dass du mich das allein hast regeln lassen. Obwohl ich gehofft hatte, er würde Kommandant Norths Befehl missachten. Ich hätte zu gern gesehen, wie du ihn windelweich schlägst, Baby. Ich hätte dich angefeuert und dir zugejubelt.«

Offensichtlich hatte ich mich wieder einmal geirrt. Gerade als ich dachte, dass Tatiana mich nicht mehr überraschen könnte, verblüffte sie mich aufs Neue. Ich hatte damit gerechnet, dass sie noch immer ein wenig unter der Vergangenheit litt, aber sie schien sich gänzlich davon befreit zu haben. Meine Frau war unglaublich. Sie war stark, zäh und mutig und so verdammt schön, dass ich es kaum erwarten konnte, mit ihr nach Hause zu fahren. Doch das würde noch warten müssen. Zuerst würden wir mit den anderen feiern, während ich stolz mit meiner Verlobten prahlen konnte.

»Wie lange willst du mich warten lassen, bis ich den Verlobungsring durch einen Ehering austauschen kann?«, fragte ich, als wir zur Party zurückgingen.

»Mindestens ein paar Jahre«, antwortete sie und zuckte mit den Schultern.

»Jahre?« Ich blieb abrupt stehen.

Ihr betont unschuldiger Gesichtsausdruck wich einem verschmitzten Lächeln. »Verdammt, dich kann man aber leicht aus der Fassung bringen. Ich würde dich noch heute Abend heiraten, Baby.«

»Ach wirklich?«, erwiderte ich und schmiedete im Geiste bereits Pläne. »Wann fliegen wir nach Mexiko?«

»In achtundvierzig Stunden«, antwortete Declan.

»Sehr gut. Wer hat Lust auf einen Roadtrip?«

»Vegas?«, fragte Kyle.

Ich nickte, wandte den Blick aber nicht von Tatiana ab, denn ich würde sie dazu bringen, Farbe zu bekennen. Ich wusste genau, was ich wollte, und wenn sie es ernst meinte, würde sie noch vor Einbruch des Morgengrauens meine Frau sein.

»Ich habe mir geschworen, nie wieder einen Roadtrip mit euch zu unternehmen. Das letzte Mal war für mich eine Nahtoderfahrung«, erklärte sie mit einem Lächeln.

»Es ist doch gar nichts Schlimmes passiert«, murrte Max.

»Du hast dich mit Thad geschlagene sieben Stunden lang über Sport unterhalten. Das Einzige, was mich davon abgehalten hat, mich aus dem Wagen zu werfen, war die Tatsache, dass ich mein Testament nicht geändert hatte. Ich wollte vermeiden, dass dieser Scheißkerl Monroe meine Ersparnisse erhält.«

»Wer fährt nach Vegas?«, fragte Zane, als er sich zu uns gesellte.

»Wir. Wir werden heiraten«, antwortete ich.

»Oh Gott. Ich sollte besser die verdammte Kindertagesstätte in der Zentrale ausbauen, zu deren Errichtung ich gezwungen wurde. Könntet ihr nicht einfach einen ganz normalen Babysitter engagieren? Oder besser noch, wie wäre es mit Geburtenkontrolle?«

»Das ist doch Blödsinn, Zane Lewis. Ich habe dich mit deinen Neffen gesehen. Und was ist mit dir? Hast du schon mal etwas von Geburtenkontrolle gehört?« Tatiana deutete auf die schwangere Ivy.

»Autsch«, murmelte Zane und sah seine Frau an. »Merk dir eins, Schätzchen. Ich führe Buch, und nachdem du meinen Sohn zur Welt gebracht hast, werde ich dich übers Knie legen und dir für jede Gelegenheit, bei der du mich in den letzten sechs Monaten gekniffen hast, den Hintern versohlen.«

Heilige Scheiße, Zane wurde Vater eines Jungen. Die

Menschheit sollte sich wappnen. Es bestand kein Zweifel, dass die Lewis-Gene sich durchsetzen würden.

»Warum stehen wir eigentlich noch alle hier herum? Wollt ihr nun heiraten oder nicht?«, fragte Zane und wippte ungeduldig mit dem Fuß auf und ab.

»Bist du bereit, Mrs. Miller zu werden?«, fragte ich Tatiana.

»Darauf kannst du wetten.«

»Dann lass uns gehen.«

KAPITEL SIEBENUNDDREISSIG

THAD

Ich zweifelte ernsthaft meine Fähigkeit an, im Leben die richtigen Entscheidungen zu treffen. Vor drei Tagen hatte ich in Las Vegas zu tief ins Glas geschaut und mein Schädel schmerzte immer noch. Ich hatte das Gefühl, als würde jemand in meinem Kopf sitzen und auf eine Trommel schlagen. Die Hitze und der Gestank von fauligem Müll waren da nicht gerade zuträglich.

Zane hatte kein Mitleid. Nur einen Tag nachdem Brooks und Tatiana sich das Jawort gegeben hatten, hatte er uns nach Mexiko geschickt. Der Scheißkerl hatte genauso viel getrunken wie wir und war am nächsten Tag vollkommen nüchtern aufgewacht. Er hatte Befehle gebellt, als hätte er selbst keine ganze Flasche Knob Creek getrunken.

Jetzt genossen er und seine Frau Ivy ihren Urlaub, den sie »Babymoon« nannte. *Was auch immer das bedeuten soll.*

Ich wiederum ging mit Max an meiner Seite die

Avenida Revolución entlang, während selbst meine Gator-Sonnenbrille die grellen Strahlen der Nachmittagssonne nicht mildern konnte.

Selbst die bunten Gebäude brachten mich in Rage.

»Du musst wirklich an deiner Einstellung arbeiten«, beschwerte Max sich. Ich biss die Zähne zusammen, um mich davon abzuhalten, ihm eine Beleidigung an den Kopf zu werfen.

Es war nicht seine Schuld, dass ich so schlecht gelaunt war. Eigentlich wusste ich gar nicht, warum ich so wütend war. Wir hatten alle viel Spaß in Vegas und waren fast drei Monate in den Staaten gewesen. Ich hatte schon lange nicht mehr so viel Zeit außerhalb des Nahen Ostens verbracht. Vielleicht war das mein Problem. Drei Monate waren eine lange Zeit, um untätig und ziellos herumzusitzen. Aber das erklärte nicht, warum ich jetzt so verstimmt war, denn inzwischen waren wir wieder auf der Jagd. Tex hatte eine Spur gefunden, die uns vielleicht zu Leon Brown führen würde. Die Hinweise waren zwar nicht eindeutig, aber es war immerhin ein Anfang. Brown war mit einer Frau in Venezuela gesehen worden. Mit etwas Glück handelte es sich um Ashaki Maloof. Aber sie war eine CIA-Agentin, und es würde mich nicht wundern, wenn sie bald wieder untertauchen würde. So sehr ich es auch hasste, im Dunkeln zu tappen und nicht zu wissen, wer sie war und welche Rolle sie spielte, sie war nicht unsere Angelegenheit, sondern Omni. Auch wenn wir Prinz Al Issa nicht ausgeschaltet hätten, wäre er tot gewesen. Bald würde Omni in Aufruhr sein.

Ich musste mich zusammenreißen und wieder einen klaren Kopf bekommen. Es war helllichter Tag, aber die Straßen von Tijuana waren nicht gerade sicher. Statistisch gesehen wäre ich einer geringeren Gefahr ausgesetzt, wenn ich in Kandahar einen Spaziergang machte. Zumindest laut des Auswärtigen Amtes.

»Glaubst du, Zane hat uns in einem lindgrünen Haus untergebracht, nur um uns zu ärgern?«, fragte ich Max, als wir die Cantina National erreichten.

Ich hatte in meinen zweiunddreißig Jahren noch nie eine so leuchtende Fassadenfarbe gesehen. Sie war wie ein riesiges blinkendes Neonlicht, das sämtliche Bandenmitglieder in der Nachbarschaft auf uns aufmerksam machte. Wir könnten auch gleich ein Schild draußen aufhängen: Weiße Jungs wohnen im lindgrünen Haus.

»Wahrscheinlich. Ich würde es ihm zutrauen. Die Farbe ist widerwärtig. Aber sie fügt sich in die Nachbarschaft ein. Das Haus nebenan ist flamingorosa. Wir können von Glück reden, dass wir nicht dort wohnen müssen.«

Eine hübsche Brünette mit langen glänzenden Haaren, die ihr bis zur Taille fielen, begrüßte uns. Sie war umwerfend. Und jung. Viel zu jung, als dass ich ihr hätte hinterherstarren sollen. Vielleicht war das ein Teil meines Problems. Es war schon sehr lange her, seit ich mich nicht nur mit der Hand befriedigt hatte. So verdammt lange, dass ich mich nicht einmal mehr an das letzte Mal erinnern konnte, an dem ich mit einer Frau zusammen war.

»Ist der Tisch in Ordnung?«, fragte die Frau.

»Ja. Danke«, erwiderte Max.

Ich setzte mich an den Tisch und war dankbar, dass zumindest Max wachsam war.

»Erde an Thaddeus.« Max klopfte auf den Tisch und riss mich aus meinen Gedanken.

Dann spürte ich es.

Eine knisternde Energie. Eine Spannung, die in der Luft lag. Ich erinnerte mich an dieses Gefühl. Es hatte nur einen Menschen gegeben, der dieses Phänomen hervorrufen konnte. Ihre Berührung war wie ein Blitzschlag gewesen.

Schließlich drehte ich mich um und war wie erstarrt. Ich blinzelte ein paarmal, aber die Fata Morgana war immer noch da. Die schöne Frau zwei Tische weiter starrte mich an. Sie hatte ihre grünen Augen vor Schreck geweitet und ihre vollen Lippen nach unten gezogen.

Im nächsten Moment fing sie sich wieder und setzte eine ausdruckslose Miene auf, als sie sich ihrem Tischnachbarn zuwandte.

Was zum Teufel?

Max hob das Kinn, um mich stillschweigend zu fragen, ob ich sie kannte.

Die Antwort war kompliziert. Kannte ich die gepflegte Frau, die dort mit einem Mann in einem teuren, perfekt sitzenden Anzug zu Mittag aß? Er trug eine Uhr, die ein Jahresgehalt kostete, während sein Haarschnitt wahrscheinlich ein Vermögen wert war. Nein, *diese* Frau kannte ich nicht.

Kannte ich Emerson Pierce? Sehr gut sogar. Ich hatte Stunden damit verbracht, jeden Zentimeter ihres Körpers zu erforschen. Das alles schien eine Ewigkeit zurückzuliegen. Seit über einem Jahrzehnt hatte ich sie nicht mehr gesehen. Damals war ich ein junger zweiundzwanzigjähriger Mann, der so dumm gewesen war, atemberaubenden Sex mit Liebe zu verwechseln. Vielleicht war der Sex gar nicht so gut, wie ich ihn in Erinnerung hatte. Damals war ich so unerfahren, dass ich mich wahrscheinlich blamiert hatte. Für sie kann die Erfahrung nicht sonderlich denkwürdig gewesen sein, denn sie hatte sich einfach aus dem Staub gemacht.

Emerson stand auf, richtete den Saum ihres eleganten roten Kleides und warf einen flüchtigen Blick in meine Richtung. Ihre hübschen Augen tanzten nicht mehr vor Verlangen und Lust wie beim letzten Mal, als ich mich in ihnen verloren hatte. Jetzt lag ein eindringlicher Ausdruck darin. Sie schüttelte kaum merklich den Kopf und flehte mich im Stillen an, sie nicht zu beachten. Am liebsten wäre ich aufgesprungen, um Antworten zu verlangen. Aber ich blieb sitzen und ließ mir nicht anmerken, dass ich mich immer noch an jedes Keuchen und jedes Stöhnen erinnern konnte, das sie von sich gegeben hatte, während sie mich ritt. Ich konnte immer noch ihre Hände spüren, mit denen sie an meinen Haaren zerrte, während ich meine Zunge zwischen ihren Schenkeln spielen ließ. Sie war ein wildes Ding und völlig schamlos in ihrer Lust.

Ihre teuren Absätze klackerten auf dem abgenutzten Holzboden, als sie an unserem Tisch vorbeiging. In meinen Augen brachte schon die Vorderseite ihres hautengen Kleides ihre Kurven bestens zur Geltung, doch diese war nichts im Vergleich mit der Rückseite. Der Stoff schmiegte sich an ihren prallen Hintern, während der Rücken entblößt war. Mit meinem Blick verschlang ich jeden Zentimeter ihrer Haut, bis er an dem schwarzen Schriftzug ihrer Tätowierung hängenblieb.

Ich hätte ihn sicher nicht als »feminin« beschrieben, denn er reichte in fetten Lettern von Schulterblatt zu Schulterblatt. Die Buchstaben waren unverkennbar griechisch. Der Name war unverkennbar meiner.

Θεοδωρος.

Sie hatte darauf bestanden, mich Thaddeus zu nennen. Ihrer Meinung nach war der Name stark und sinnlich, genau wie ich. Sie sagte, sie würde ihn nie vergessen. Offenbar hatte sie nicht gelogen.

»Ist alles in Ordnung?«, fragte Max.

»Nicht einmal annähernd.«

Zum zweiten Mal in meinem Leben hatte Emerson Pierce meine Welt auf den Kopf gestellt.

* * *

Holen Sie sich jetzt Buch 2 von Gold Team – Stahlharte Beschützer, *Thaddeus*

DANKSAGUNG

An Sie alle – meine Leserinnen und Leser. Danke, dass Sie dieses Buch gelesen und mir einige Stunden Ihrer Zeit geschenkt haben. Ob dies nun das erste Buch ist, das Sie von mir lesen, oder ob Sie schon von Anfang an dabei sind, danke für Ihre Unterstützung. Ihretwegen habe ich den tollsten Job der Welt.

BÜCHER VON RILEY EDWARDS

<u>Gold Team – Stahlharte Beschützer:</u>

Brooks (1 Januar)

Thaddeus (1 Februar)

Kyle (1 Marsch)

Maximus (1 April)

Declan (1 Mai)

<u>Red Team – Stahlharte Beschützer:</u>

Jasmins Erinnerung

Schutz für Olivia

Vergebung für Violet

Erlösung für Ivy

Die Rettung von Erin

<u>Die Gemini-Gruppe:</u>

Nixons Versprechen

Jamesons Erlösung

Westons Schatz

Alecs Traum

Chasins Kapitulation

Holdens Erwachen

Jonnys Befreiung

<u>Eliteteam 707:</u>

Shanes Auferstehung

Jaspers Freiheit

Levis Erkenntnis

Nolans Zwiespalt

BIOGRAFIE

Riley Edwards ist eine USA Today und Wall Street Journal Bestsellerautorin, Ehefrau und Armee-Mom. Geboren und aufgewachsen ist sie in Los Angeles, lebt inzwischen jedoch mit ihrem fantastischen Ehemann und ihren Kindern an der Ostküste.

Riley schreibt herzerwärmende Liebesgeschichten mit sexy Alphahelden und noch stärkeren Heldinnen. Rileys Lieblingsgenres sind spannende Liebesromane und Militärromanzen.

Besuchen Sie Riley im Netz!
www.rileyedwardsromance.com
facebook.com/Novelist.Riley.Edwards
instagram.com/rileyedwardsromance
youtube.com/channel
tiktok.com/@rileyedwardsromance
twitter.com/rileyedwardsrom
E-Mail: riley@rileysrebels.com

facebook.com/Novelist.Riley.Edwards
x.com/rileyedwardsrom
instagram.com/rileyedwardsromance
bookbub.com/authors/riley-edwards
amazon.com/author/rileyedwards

BÜCHER VON SUSAN STOKER

SEALs of Protection:
Schutz für Caroline
Schutz für Alabama
Schutz für Fiona
Die Hochzeit von Caroline
Schutz für Summer
Schutz für Cheyenne
Schutz für Jessyka
Schutz für Julie
Schutz für Melody
Schutz für die Zukunft
Schutz für Kiera
Schutz für Alabamas Kinder
Schutz für Dakota

SEALs of Protection: Legacy
Ein Beschützer für Caite
Ein Beschützer für Brenae
Ein Beschützer für Sidney

Ein Beschützer für Piper
Ein Beschützer für Zoey
Ein Beschützer für Avery
Ein Beschützer für Kalee
Ein Beschützer für Jane

Die Zuflucht in den Bergen

Zuflucht für Alaska
Zuflucht für Henley
Zuflucht für Reese
Zuflucht für Cora
Zuflucht für Lara
Zuflucht für Maisy
Zuflucht für Ryleigh

SEALs of Protection: Alliance

Schutz für Remi
Schutz für Wren
Schutz für Josie (4 Mar)
Schutz für Maggie (1 Apr)
Schutz für Addison (6 May)
Schutz für Kelli
Schutz für Bree

Das Bergungsteam vom Eagle Point

Ein Retter für Lilly
Ein Retter für Elsie
Ein Retter für Bristol
Ein Retter für Caryn
Ein Retter für Finley
Ein Retter für Heather
Ein Retter für Khloe

Die SEALs von Hawaii:

Die Suche nach Elodie
Die Suche nach Lexie
Die Suche nach Kenna
Die Suche nach Monica
Die Suche nach Carly
Die Suche nach Ashlyn
Die Suche nach Jodelle

Delta Team Zwei

Ein Held für Gillian
Ein Held für Kinley
Ein Held für Aspen
Ein Held für Jayme
Ein Held für Riley
Ein Held für Devyn
Ein Held für Ember
Ein Held für Sierra

Die Delta Force Heroes:

Die Rettung von Rayne
Die Rettung von Emily
Die Rettung von Harley
Die Hochzeit von Emily
Die Rettung von Kassie
Die Rettung von Bryn
Die Rettung von Casey
Die Rettung von Wendy
Die Rettung von Sadie
Die Rettung von Mary
Die Rettung von Macie
Die Rettung von Annie

Mountain Mercenaries:

Die Befreiung von Allye
Die Befreiung von Chloe
Die Befreiung von Morgan
Die Befreiung von Harlow
Die Befreiung von Everly
Die Befreiung von Zara
Die Befreiung von Raven

Ace Security Reihe:

Anspruch auf Grace
Anspruch auf Alexis
Anspruch auf Bailey
Anspruch auf Felicity
Anspruch auf Sarah

Die Männer von Silverstone

Vertrauen in Skylar
Vertrauen in Taylor
Vertrauen in Molly
Vertrauen in Cassidy

Eine Sammlung von Kurzgeschichten

Ein langer kurzer Augenblick

BIOGRAFIE

Susan Stoker ist die New York Times, USA Today und Wall Street Journal Bestsellerautorin der Buchreihen »Badge of Honor: Texas Heroes«, »SEAL of Protection«, »Die Delta Force Heroes« und einigen mehr. Stoker ist mit einem pensionierten Unteroffizier der US-Armee verheiratet und hat in ihrem Leben schon überall in den

Vereinigten Staaten gelebt – von Missouri über Kalifornien bis hin zu Colorado. Zurzeit nennt sie die Region unter dem großen Himmel von Tennessee ihr Zuhause. Sie glaubt ganz und gar an Happy Ends und hat großen Spaß daran, Geschichten zu schreiben, in denen Romantik zu Liebe wird.

Besuchen Sie Susan im Netz!
www.stokeraces.com
facebook.com/authorsusanstoker
twitter.com/Susan_Stoker
bookbub.com/authors/susan-stoker
instagram.com/authorsusanstoker
Email: Susan@StokerAces.com